es 1062
edition suhrkamp
Neue Folge Band 62

In Marecheras Zimbabwe, dem Haus des Hungers, werden Schuljungen zu Spitzeln, Schulmädchen zu Prostituierten. Den Ängstlichsten der Klasse sieht man später auf einem Zeitungsfoto als einzigen Gefangenen inmitten toter Guerilla-Kämpfer. Daß der Ich-Erzähler sich – durch einen Nervenzusammenbruch hindurch – Sensibilität und Verletzlichkeit bewahrt, ist triumphierende Botschaft des Buches. Um für Zimbabwe zu hoffen, wünscht man sich Bücher wie dieses, von den neuen Herrschenden gelesen und nicht vergessen. »Dieser Mann kann wunderbar schreiben. Von der ersten Seite an muß man ein hervorragendes Talent anerkennen. Der Zorn eines Schwarzen, der all die stupiden Brutalitäten der weißen Unterdrückung in Rhodesien – dem jetzigen Zimbabwe – erlebt hat, explodiert, nicht in politischer Rhetorik, sondern in einer Mischung von Lyrismen, Witz, Obszönitäten. Unglaublich, daß solch eine machtvolle Anklage auch komisch sein kann. Wenn dies das erste Buch ist, was kann man von seinem nächsten und seinem übernächsten erwarten?« (Doris Lessing)

Dambudzo Marechera wurde 1952 geboren, 1974 von der Universität von Salisbury verwiesen, ging ins Exil nach England und lebt dort zur Zeit als freier Schriftsteller.

Dambudzo Marechera
Haus des Hungers

Erzählungen

Aus dem Englischen von
Claus Peter Dressler und Curt Kaemmerer

Suhrkamp

Schwarzafrikanische Literatur
Herausgegeben von Dagmar Heusler
unter Mitwirkung von Rüdiger Jestel

edition suhrkamp 1062
Neue Folge Band 62
Titel der Originalausgabe: *The House of Hunger*

Erschienen 1978 bei Heinemann Educational Books

Deutsche Erstausgabe

Satz: Hümmer, Waldbüttelbrunn
Druck: Nomos Verlagsgesellschaft, Baden-Baden
Umschlagentwurf: Willy Fleckhaus
Printed in Germany.

Haus des Hungers

Haus des Hungers

Ich nahm meine Sachen und ging. Die Sonne stieg herauf. Ich wußte nicht genau, wohin ich gehen sollte. Gemächlich wanderte ich zur Bierhalle, hielt dann beim Getränkeladen inne und kaufte ein Bier. Die große Terrasse des Ladens war mit trinkenden Leuten übersät. Ich setzte mich unter den hohen Msasa-Baum, dessen Zweige auf dem Wellblechdach kratzten. Ich wollte nicht daran denken, was nun geschehen würde. Ich fühlte keinen Zorn. Ich war froh, daß die Dinge sich so entwickelt hatten; ich hätte keinen Moment länger in diesem Haus des Hungers bleiben können, wo einem das letzte Quentchen Verstand weggerissen wird, genauso wie manche Raubvögel kleinen Kindern den Bissen vom Munde wegschnappen. Und es war, als ob die Augen vom Haus des Hungers auf dir ruhten, als ob ein unsichtbares wildes Tier dich jeden Augenblick anspringen wollte. Klar, da war die Sache mit dem Mädchen. Aber was hätte ich denn noch tun sollen, wenn Peter sie jeden Tag so verprügelte? Nebenbei gesagt, mein Eingreifen wäre nicht so völlig selbstlos gewesen, wie ich das gern gewollt hätte.

Die Sonne stieg mit einer solchen Geschwindigkeit herauf, daß man sie als Hieb zwischen den Augen spürte, bevor einem bewußt wurde, daß sie sich schon über die Berge erhoben hatte.

Ich zog meine Jacke aus und steckte sie gefaltet zwischen meine Beine. So, wie sich das alles entwickelt hatte, konnte niemand einen anderen für seinen eigenen Seelenhunger verantwortlich machen. Meiner war schon in der Morgensonne heiß und staubig, und ich wußte nicht, was ich hätte tun können, wenn überhaupt etwas, um ihn zu stillen. Doch mein Kopf war klar, und als die schwarzen Polizisten unter der Flagge paradierten und salutierten und der schwarze Gemeindebeamte aus der Siedlung lässig auf die Lager-Bierwagen zutrottete und eine Gruppe von Schulkindern in Khaki-Uniformen teuflisch geschwind auf die graue Schule zustürmte, während die Glocke erklang, da fühlte ich, wie vor meinen Augen all jene Einzelheiten dieses stinkenden Kuhfladens vorbeizogen, der mein Leben gewesen war und noch ist. Die Polizisten durften wegtreten. Der Wachtmeister war ein scharfer Hund von Einmeterfünfundachtzig, dürr und hungrig und verschlagen wie ein Chamäleon, das einer Fliege auflauert. Das Haus des Hungers hatte bisher von dieser Art von Chamäleon nicht viel zu fürchten. Dennoch gab es kleine Störungen. Der alte Mann, der bei diesem schrecklichen Zugunglück umkam, hatte einmal Schwierigkeiten wegen Bettelns und Landstreicherei. Und dann wurde Peter eingelocht, weil er sich von einem Polizeispitzel bestechen ließ. Als sie ihn wieder aus dem Knast rausließen, konnte er sich nicht mehr beruhigen. Er redete ständig von den »dreckigen Weißen«; dieser Ausdruck »dreckige Weiße« schien seine Gedanken zu entflammen, und er zettelte Schlägereien an, die alle Welt so terrorisierten, daß niemand mehr, der noch alle Sinne beisammen hatte, ihm entgegenzutreten wagte. Und Peter rannte umher, wild und besessen von Kampflust, die er nicht austoben konnte. Und daß er nach der nächstbesten Schlägerei lechzte, konnte jeder in seinen Augen sehen, und deswegen mochte ihn jeder. Das machte die Sache für ihn nur noch schlimmer, bis seine Frau schwanger wurde und der Schulinspektor meinte, sie könne in diesem Zustand nicht mehr unterrichten, und Peter damit drohte, den Himmel in Nichts zu zerkrümeln, und sich weigerte, sie zu heiraten, weil er »frei« sein wollte. In dieser Zeit der Schande nahm Vater etwas leicht Giftiges und siechte unter unseren Augen dahin und sagte kein Wort mehr, und wir wußten, dies alles geschah nur, um Peter zur Heirat zu zwingen. Sie war schließlich niedlich und kindlich und dick von seinem Sperma, und wir alle konnten kaum an Peters Glück glauben. Das war zu der Zeit, als meine Klasse, wie andere Klassen auch, auf die Straße ging, um gegen das diskriminierende Lohngefälle zwischen Weiß und Schwarz zu protestieren, und wie alle anderen wurde auch ich für einige Stunden eingesperrt: das bedeutete Fingerabdrücke und Fotografien und ein Paar hinter die Ohren, »um zur Besinnung zu kommen«. Der Schuldirektor konnte sich gerade noch bremsen, seinen Schlagstock zu benutzen, und hielt uns eine Predigt, wie wichtig es sei, sich zu bilden, bevor man sich herabläßt, auf die Barrikaden zu steigen. Zu der Zeit dürstete ich förmlich nach Selbsterkenntnis, und komischerweise glaubte ich, ich fände sie in »politischem Bewußtsein«. Die ganze schwarze Jugend dürstete. Es gab keine Oase des Denkens mehr, die wir nicht trockengeleckt hätten; außer jenen natürlich, die verboten waren und deren Austrinken zu Verhaftungen und dergleichen »Mückenstichen« führte. Ich gab es auf, der für mich unerreichbaren Julia nachzuweinen, die mein bester Freund meiner Obhut anvertraut hatte. Ich war an jenem Punkt angelangt, wo es sinnlos war, viel Wind darum zu machen, wie man mit etwas gutem Willen Geld auftreiben könne, um dann die unbekannten Gefahren einer Geschlechtskrankheit auszukosten, gelindert durch ein bißchen guten Stoff. In einer heißen Nacht stürzte ich mich ins Vergnügen – und was blieb, war Reue. Peter verstand das natürlich.

»Du bist kein Mann, wenn du das nicht durchgemacht hast«, sagte er.

Und ich stimmte ihm zu und lächelte mit gespielter Dankbarkeit, weil er wußte, wo sich das kurieren ließe, zumindest, wo man mit gebührender Diskretion ein paar Spritzen bekommen konnte. Das Erlebnis hinterließ in mir einen respektlosen Überdruß an Frauen, den ich nie wieder loswurde. Nicht noch einmal wollte ich wegen irgendeiner Frau so schmerzhaft leiden.

Doch nicht jeder wusch die Hand des anderen. Es gab Massenverhaftungen an der Universität, und als die Arbeiter anfingen zu streiken, gab es weitere Verhaftungen. Verhaftungen gehörten so sehr zum täglichen Brot, daß niemand auch nur mit der Wimper zuckte, als eines Morgens zwei Guerillas hingerichtet und ihre Leichen einer Gruppe von Schulkindern vorgeführt wurden.

Es gab jedoch auch dieses Frohlocken des Geistes, das uns umherstreifen ließ auf der Suche nach diesem unerreichbaren Zaubertrank, den unsere Ungeduld noch versüßte. Doch die Suche war von Anfang an zum Scheitern verurteilt, denn der Zaubertrank schien sich genau vor unserer Nase zu befinden, und doch auch wieder nicht. Die Freiheit, die wir begehrten – wie man Hasch oder

Bier oder Zigaretten oder das Leben nach dem Tode begehrt –, sie vibrierte so sehr in unserem Atem und in unseren Fingern, daß sie einen berauschte, noch bevor man ihr begegnet war. Es war so, als wenn sich jemand alle Finger ableckt, während er von einem Festessen träumt; so als wenn eine Frau von einem Karneval träumt und dabei zu tanzen beginnt; so als wenn ein alter Mann, getrieben von seiner Sehnsucht, wie eine Gazelle läuft, um die Begräbnistänze seiner Jugend einzuholen. Doch das Festessen, den Karneval und die Tänze gab es nicht. Das war das Paradox, dessen Entdeckung uns unsicher und verschlagen machte und uns schließlich mit der schmerzlichen Erkenntnis zurückließ, daß man nie wieder so fühlen würde. Wir nahmen nicht bewußt Abschied von der Jugend. Deren Leere lag uns schwer auf der Seele. Wir wußten, daß wir eine andere große Leere vor uns hatten, deren Appetit nach Lebendigem bestenfalls wölfisch genannt werden konnte. Das Leben zog sich dahin, in einer Straßenfront aus hungergekerbten Bruchbuden, die bis zum Horizont reichten. Der Geist eines Menschen wurde zu verrußten Zimmern, zu staubigen Spinnweben, in denen die winzigen Skelette der Kindheit auf immer im Spinnengriff gefangen blieben, der sich auskrallte, um nicht nur die Steine, auf denen man entlanggeht, zu umschließen, sondern auch die Sterne mit ihrem schwachen Glitzern herab auf die Dunstwolken unserer Leben. Darmfäule, das war's, wozu man allmählich wurde. Und welche Gedankeninsekten auch immer in der Blechdose des Kopfes herumsummten, wenn man sich über dessen Plumpsklo spreizte – die Sonne zog sich noch immer mit der gleichen Geschwindigkeit am

Himmel hoch, und die Dunkelheit fiel auf das Land so geschwind, wie in all den Jahren, die vergangen waren.

Die Leben kleiner Leute sind wie Spinnweben, in die winzige Skelette von Größe eingeflochten sind. Und das Haus des Hungers hielt alles fest zusammen, schließlich hatten die Skelette in seiner Spinnwebe noch Funken von Leben in ihren winzigen Knöchelchen. Das Mädchen, natürlich – und was ich für sie empfand – klammerte sich rebellisch an ihre eigene und einzigartige Geistesverfassung. Wie brutal die Schläge auch waren, sie konnten ihr die Verrücktheiten nicht austreiben. Und obwohl er sie schließlich schlug, bis sie nur noch ein roter Fleck war, sah ich, wie das Pulsieren wilden Mutes in ihren großen Tieraugen flimmerte. Es waren Augen, die einen stachen, bis man in Tränen schwamm. Doch Peter mit seiner großen Hand, die noch einmal ausholte und zuschlug – diese Augen stachelten ihn zu größerer Wut auf. Ich wußte, diese Schau war für mich inszeniert. Ich wußte es, und das machte es für sie nur noch schlimmer, weil sie mir gesagt hatte, sie würde *es* nie aufgeben. Und Peter sagte fest und bestimmt:

»Ich werd es dir schon austreiben.«

Worauf ihre Augen aufflackerten, in jener traurigen und widerborstigen Art, die ihr eigen ist.

»Nur weiter so!« schrie sie, senkte ihren Kopf auf die Brust, so daß der Hieb ihr Auge verfehlte und sie zur Seite schleuderte. Ich hörte etwas – eine Katze – im Todeskampf schreien.

In diesem Augenblick hätte ich schwören können, daß *sie* mir etwas vorspielte. Ich lachte. Und das war mein größter Fehler. Es hatte auch andere Fehler gegeben, die zu alldem geführt hatten, doch das war der erste schwere Fehler. Peter blitzte mich an, die Faust erhoben. Ich hörte es noch einmal – eine Katze – in äußerster Todesangst.

»Was gibt's denn hier zu lachen, Buchscheißer?«

Es handelte sich nicht um eine Frage. Und ich sah ihn an und hätte schwören mögen, daß er eigens für mich so dick auftrug, auf eine brüderliche Weise zwar, und fast hätte ich noch einmal gelacht. Doch ich zog die Kerze näher ans Buch heran, das ich gerade las, und kurz darauf fand ich die Stelle wieder, wo ich aufgehört hatte.

Doch er blies die Kerze aus und tauchte das Zimmer in Dunkelheit. Ich spürte, wie sein stinkender Atem sich an mein Gesicht klammerte. Ich hörte vom Fenster her, wie Kinder draußen sagten: »Brecht ihr das Kreuz!«

»Ich hab dich was gefragt, Shakespeare«, sagte er im Dunklen.

Ich antwortete nicht, ich war erstaunt, wie schnell er zum Angriff überging.

Er packte mich beim Hemdkragen.

Ich wehrte mich nicht.

Er spuckte mir voll ins Gesicht und stieß mich mit dem Stuhl um, daß ich hinstürzte und mit dem Kopf gegen die Wand knallte. Ich hörte, wie er aus dem Zimmer polterte. Ich rührte mich nicht, solange seine Schritte noch zu hören waren. Er schien die Straße hinunterzulaufen, wahrscheinlich zur Bierhalle. Erst dann merkte ich, daß das Baby im Nebenzimmer sich die Lunge aus dem Leib brüllte und wahrscheinlich schon eine ganze Weile geschrien hatte. Doch weder das Mädchen noch ich rührten sich. Sie keuchte vor Schmerz irgendwo im Dunkel des Zimmers. In diesem Moment wurde mir bewußt, wie kindlich das klang. Sie hatte einen seltsamen Namen. Ich rief in ihre Richtung:

»Immaculate, bist du verletzt?«

Schweigen.

»Warum bist du wiedergekommen?« fragte ich. »Du weißt doch, es ist immer dasselbe.«

Nach langem Schweigen sagte sie etwas wie »Schsch!«

»Was? Ich versteh dich nicht.«

»Sei still«, sagte sie.

Im Nebenzimmer schrie das Kind noch immer. Ein schwerer Stein prasselte aufs Dach: wieder einmal die Nachbarskinder. Ein zweiter Stein – es muß ein Ziegel gewesen sein – polterte aufs Dach. Ein Schatten strich am offenen Fenster vorbei und warf etwas herein; ein pelziges, nasses Etwas schlug mir ins Gesicht. Ich hatte es bereits weit weggeworfen, als ich merkte, was es war. Ich stürzte darauf zu, und sofort krachte ein Brocken dorthin, wo ich gelegen hatte, und zerbrach an einem Stuhl. Ich wühlte in meiner Tasche nach Streichhölzern, fand sie und zündete eins an. Das Licht, zornig aufflammend, erhellte für einen Moment ihr Gesicht, das geschwollen und blutbeschmiert von Rissen auf Lippen und Backenknochen war. Die Flamme verbrannte mir die Finger, und ich schmiß das abgebrannte Streichholz aus dem Fenster und zündete ein neues an. Sie hielt mir einen Kerzenstummel hin. Als er brannte, beugte sie sich über das nasse, pelzige Etwas, das mir ins Gesicht geflogen war. Es war meine Katze. Tot. Ihr Fell war blutig, außerdem angesengt, es sah aus, als hätten die Nachbarskinder versucht, sie anzustecken, bevor sie sie durchs Fenster geschleudert hatten.

Sie war aufgestanden und stellte die Kerze auf den Tisch und schaute abwesend auf den umgekippten Stuhl.

»Hat er dich verletzt?« fragte sie.

Ich schüttelte den Kopf.

»Und dich?« fragte ich unsinnigerweise.

»Gleich ist alles wieder gut«, sagte sie. »Das Kind – hat er sich am Kind vergriffen?«

»Nein.«

»Ich wollte dich wiedersehen«, sagte sie.

Ich wußte nicht, was ich sagen sollte. Ich konnte das nicht ganz ernst nehmen. Sie redete immer so – als wäre ich eine Figur aus ihren Träumen. Ich wollte nicht die Qualen und die Prügel ihres grausamen Lebens wieder aufrühren. Und doch war ich derjenige, der das alles auf dem Gewissen hatte. Mein desinteressiertes Eingreifen – so formulierte ich es für mich selbst. Wie konnte ich ahnen, daß sie auf die Idee kommen würde, es ernst zu nehmen? Ich war so erbittert, daß ich über den grausamen Sarkasmus lachen mußte, der unser Leben im Griff hielt.

Die Hohlheit meines Lachens erschreckte sie. Ich sagte hastig:

»Ich dachte eben daran, was für ein Schafsgesicht er machen wird, wenn er's erfährt.«

»Schafsgesicht . . .wer?«

»Na, mein Bruder Peter«, antwortete ich dümmlich.

Sie runzelte die Stirn.

Und ich dachte zufrieden: Jetzt hat sie mich durchschaut und will nichts mit dieser Verlogenheit zu tun haben. Doch wie üblich belog ich mich selbst, denn ihr Gesicht klärte sich auf, und ihr winziges Biskuitrunzeln verwandelte sich in ein Grübchen, als sie zu lachen versuchte. Ich Schaf!

»Du bist wie ein kleines Kind«, sagte sie und streichelte meinen Arm.

Ich stieß sie fort und murmelte etwas von meiner toten Katze, die ich in meinem unterdrückten Zorn erst zur Tür kickte und dann mit einem letzten heftigen Fußtritt in den Garten beförderte. Ich wünschte von ganzem Herzen, ich hätte sie statt der Katze hinausgekickt. Meine graue Gehirnmasse loderte vor Haß auf sie.

Die kleinen Drehungen und Wendungen des Wetters waren sicherlich nicht nur gegen mich gerichtet, doch deren Gehässigkeiten waren so wenig voraussehbar, daß ich – wie fern liegt das jetzt! – mir vornahm, ihrer unerwünschten Aufmerksamkeit keine Beachtung zu schenken. Eine ähnliche Empfindung hatte ich, wenn Leute, die ich kannte, sich plötzlich ungewöhnlich benahmen. Ich konnte natürlich kein tropisches Gewitter löschen, doch die Schande zu fliehen und Schutz zu suchen vor dem, was schließlich nicht von meiner Person – oder was ich dafür hielt – zu trennen war, das war eine Selbsterniedrigung, die ich mir nicht verzeihen konnte. Und so schuf ich mir eine labyrinthische Eigenwelt, die mich mit ihrer krausen Mythologie umschlungen hielt. Daß ich keinen Stern, keinen Stein, keine Flamme, keinen Fluß oder keine Tasse voll Luft ertragen konnte, lag schlicht daran, daß all diese Dinge eine Bedeutung trugen, die absolut nichts mit mir zu tun hatte. Deshalb beachtete ich sie nicht und erschuf sie noch einmal durch Worte, Kadenzen, Lichter, Geflüster und Luftgewitter, um dem Schock zu entfliehen, der von »da oben« kam. Ich war völlig verwirrt. Ich fand die Idee der Menschlichkeit und die Vorstellung von einer universalen Menschheit attraktiver als wirkliche Menschen. Auf einer tieferen Ebene konnte ich dem Menschen – mir selbst – nicht verzeihen, schlicht und einfach *vorhanden* zu sein. Ich verspürte ein Bedürfnis nach Vergebung. Und jene Unglücklichen, die mit mir in Beziehung kamen, trösteten sich und mich hinterher immer, indem sie das alles als »kleine Macke« verharmlosten.

»Du wirst schon darüber hinwegkommen«, sagten sie.

So etwa wie Kleinkinder alles mögliche durchmachen, bevor sie gegenüber jener seltsamen Krankheit immun werden, die Erwachsenwerden heißt.

Im Haus des Hungers waren Krankheiten die seltsamen Eruptionen eines gestörten Universums. Masern und Mumps waren die Symptome einer bösartigen Ordnung. Selbst eine gewöhnliche Erkältung konnte zwischen Nachbarn zum *casus belli* werden. Und nun füg einer noch den Gestank unseres verwesenden Familienlebens hinzu, mit seinen ewigen Migränen aus Darmfäule und Seelenschmerz und den Ratten, die am Käse nagen, und mich selbst, wie ich am nächsten Morgen darüber wütend bin, wie ein Kind, das genüßlich eine noch nicht verheilte Wunde am Zeigefinger aufkratzt.

Wie kann ich jemals darüber hinwegkommen, um Gottes willen?

Was als schmales Rinnsal eines moralischen Experiments begann, ist schließlich zu einem breiten Viktoria-Fall eines Krebsgeschwürs angeschwollen.

Doch widerstrebte es mir, das so zu nennen. Es war eine Art zu leben, denke ich. Es handelte sich um *mich*, nicht um einen anderen.

»Du glaubst wohl, die Welt wird schon für dich sorgen?« fragte Peter listig.

Ich antwortete nicht, weil die Antwort offensichtlich war: Die erbarmungslose Kälte einer Winternacht blies durch das alte Tor vom Haus des Hungers – die Antwort kroch kühl durch das Mark meiner Knochen und sickerte mit erbarmungsloser Sicherheit in die graue Masse meines Gehirns.

Meine Mutter sagte immer zu ihren Bekannten, ich sei ein »reizbares« Kind gewesen, und schon wenn mich jemand anfaßte, reagierte ich, als hätte mich der Donner gerührt. Oder als hätte ich gerade einen hysterischen Anfall. Vielleicht übertrieb sie, denn das erzählte sie immer, wenn sie sich mit meinen Zeugnissen brüstete.

»Du erwartest wohl nur Böses von anderen«, sagte Peter und gähnte. Das war am Tag, nachdem die erste Spritze zu wirken begonnen und ich aufgehört hatte, meinen Penis nur als ein verdorbenes Anhängsel zu betrachten.

»Alle guten Sachen muß man später mit Reue bezahlen«, sagte ich. Ich streckte meine Beine aus und zündete eine von den Zigaretten an, die eher aus einem Mischmasch von Tee- statt Tabakblättern zu bestehen schienen. Ich wußte nicht mehr, was ich sagte, noch warum ich es sagte.

»Was erwartet *sie* deiner Meinung nach vom Leben?« fragte ich geistesabwesend mit einer Art durchsichtiger Schläue, die von Peter natürlich sofort enträtselt wurde.

Er spielte jedoch den Verständnislosen.

»Wer?« fragte er leichthin.

»Immaculate.«

»Das, was sie kriegt«, sagte er und lachte wie eine wohlgenährte Krähe.

Ich fühlte mich erschlagen von seiner unersättlichen Fröhlichkeit. Und beinahe hätte ich ihn gefragt, wen er denn eigentlich für den Vater seines Kindes hielte.

Doch hier trat unsere Mutter ins Zimmer. Sie machte ein Gesicht wie saure Milch. Peter murmelte etwas in den Bart, was wie »die hat mal wieder ihren Jubeltag« klang. Sie stieg über meine ausgestreckten Beine und setzte sich an den Tisch. Ihr Gesicht war schmal und hager, zernarbt von den vielen Opfern, die sie der Familie gebracht hatte. Sie begann, in ihrer Baßstimme zu reden:

»Der Alte ist tot«, sagte sie.

Es klang rätselhaft und lächerlich zugleich. Ich lachte lange und laut.

Doch sie beachtete mich keine Sekunde.

»Der Zug erfaßte ihn am Bahnübergang«, sagte sie. »Es blieben nur noch Flecken von ihm übrig.«

Ihre heisere Baßstimme war nicht immer so gewesen. Sie führte sie zurück auf die Art und Weise, wie sie »in der Welt herumgestoßen« wurde, was aber nur eine euphemistische Bezeichnung für ihre fortgeschrittene Trunksucht war. Das Trinken führte bei ihr immer dazu, daß sie ihre Worte auf einen bestimmten Bahnübergang schleuderte, der – genauso wie es mit dem alten Mann in Wirklichkeit passierte – folgenreich jede Bedeutung und jeden Inhalt zermalmte, der noch im Hinterhalt gelegen haben mochte. Nichts tat sie lieber, als immer wieder an mir herumzunörgeln, sie habe mich nicht großgezogen, damit ich faul auf meinem Arsch säße. Und wenn sie an mir herumnörgelte, nahm ihre Sprache eine solch erdige Farbe an, daß ich mich fragte, wieso ich überhaupt jemals an so etwas wie Menschlichkeit glauben konnte. Die Schimpfworte ihres Schmähredenzuges schleuderten meinen Körper genauso fort wie jener Zug des zwanzigsten Jahrhunderts, der den alten Mann zu einem bloßen Flecken zermalmt hatte.

»Ich hab dich auf die Universität geschickt«, sagte sie. »Jetzt sollten ein paar bessere Posten auf dich warten.«

»Sag das mal Ian Smith«, mischte Peter sich tückisch ein. »Alles, was du getan hast, war, zu hungern, um diesen Scheißer zur Schule zu schicken, während Ian Smith dafür sorgte, daß die Bildung, die ihm eingetrichtert wurde, aus ihm nur das machen konnte, was er ist.«

Dieses Gerede mißfiel mir, also begann ich zu pfeifen: »Ich heiße Fritz, unser Hund heißt Spitz.«

Wie gewöhnlich, wenn ihn etwas Unbestimmtes nervt, furzte Peter lang und laut und spuckte ungefähr in meine Richtung, und brabbelte etwas von Kapitalisten und Imperialisten.

»Und nicht zu vergessen, die dreckigen Weißen«, fügte ich hinzu, denn diese Dreieinigkeit hielt, wie er meinte, das Haus des Hungers in ihren widerlichen Krallen. Der stinkende Atem unserer Geschichte, sagte er.

Ich warf meinen Mantel über die Schulter – fast so, wie die Nacht plötzlich den Spätnachmittagshimmel verdunkelt – und stand auf, um noch ein Bier zu trinken. Es war voll im Getränkeladen, doch der Barmann rief, als er mich erkannt hatte – was schon längst geschehen war, denn er ist genau jener Typ, der seine Zeit braucht, auch wenn er die eigene Schwiegermutter begrüßt:

»Terrorist! Gandanga – ein Bier, oder?«

Meine Gesichtsmuskeln kräuselten sich zu einer Maske des Wohlgefallens, als ich meine Hand über die vielen Schultern ausstreckte, um zu zahlen. Er lächelte verkrampft:

»Nein, nein. Geht auf meine Rechnung«, sagte er.

Ich nahm mein Bier und verschüttete etwas auf große, karmesinrote Schultern, die sofort ärgerlich wurden.

»Verzeihung«, stammelte ich schnell und hielt inne:

»Ach, du bist's!«

Das kohlschwarze Gesicht über dem karmesinroten Jackett löste sich in ein Zahnpastalächeln auf. Es war Harry. Während der Schulzeit hatte er mich immer wegen meines Mangels an »Stil« – und an Geld – gequält. Im letzten Schuljahr hatte er sein Schließfach neben dem meinen gehabt und erzählte immer Schauermärchen darüber, »wie gut er es mit den Miezen konnte«. Er hatte die Sprüche der ganzen Stadt drauf, kannte alle heißen Schuppen und konnte auf Anhieb alles aufzählen, was im »Show-biz« gerade Rang und Namen hatte. Doch als wir entdeckten, daß er für den Staatssicherheitsdienst arbeitete und die Studentenorganisation infiltrierte, griffen wir uns den Burschen in einer heißen Nacht, stopften ihm den Mund und banden ihn wie einen Mehlsack zusammen, und nachdem wir ihn ziemlich unsanft aus dem Schlaftrakt gezerrt hatten, verdroschen wir ihn so sorgfältig, daß er lange im Bett bleiben mußte und mindestens drei Stunden lang seinen Mund nicht aufbekam, um zu prahlen, »wie gut er es mit den Miezen konnte«.

Und jetzt griff er also nach meinem Arm mit einer zungenverbrennerischen Freude am Kaffee. Zuletzt hatte ich ihn gesehen, als er auf der Weihnachtsfete des Studentenverbandes herumflippte. Er klatschte sich auf die Schenkel und lachte mit einer Brise frischer Unschuld. Er gehört zu jenen Leuten, die mit dem festen Glauben durchs Leben ziehen, niemand, aber auch niemand, könne sich ihrem Charme entziehen, unter welchen Umständen auch immer. Und in gewisser Beziehung hatte er sogar recht. Immaculate war seine Schwester.

Wir verließen den Getränkeladen Arm in Arm, genauso wie es Jesus und Judas getan haben müssen, nachdem jeder das Geheimnis des anderen kannte. Die Sonne prallte sanft auf den herumschwirrenden Staub. Eine Fliegenwolke aus der nahe gelegenen öffentlichen Bedürfnisanstalt summte Händels Hallelujah-Chor. Es war ein fast perfektes Abbild der »conditio humana«.

Solomon, der Fotograf der Afrikanersiedlung, ist jetzt ein reicher Mann. Sein Studio im hinteren Teil des Lebensmittelgeschäftes ist vom Fußboden bis zur Decke mit Fotos tapeziert, die Afrikaner in europäischen Perücken, Afrikaner in Miniröcken und solche Afrikaner zeigen, die mit paranoidem Blick die Linse durchbohren. Der Hintergrund der Fotos ist stets der gleiche: Wellen, die sich an makellos weißem Strand brechen, und ein einsamer Adler, der sich wie ein Glas hoch in die Luft schwenkt und das Licht gegen die mächtigen Räume des Universums bricht. Unausgegorenes Hoffen, das sich nur in geschmackloser Fotografie verwirklichen läßt. Das Elend des Lebens wurde in den Explosionen der Blitzlichtbirnen ausgelöscht, damit man später erzählen konnte: »Mensch Mann, das bin ich ja – in der Stadt!«

Harry muß schon eine ganze Menge Fotografen reich gemacht haben. Als ich noch keine besonderen Ansprüche an Bekleidung stellte, bewunderte ich immer seine schreienden, grellen Farbtöne, sein Auftreten aus der Trickkiste der Zahnpastawerbung und sein unerschütterliches Vertrauen in hochhackige Schuhe.

»Wir beide«, sagte er und nahm einen Schluck, »sind zivilisiert.«

Für ihn war das der Gipfel eines angenehmen Lebens, dieses Wort »zivilisiert«. Ich hatte mich auf den Boden gesetzt, und er schaute auf mich herab mit seltsam spöttischem Blick.

»Setz dich«, sagte ich.

»Hier gibt's keine Stühle, Mann«, sagte er und stopfte eine Hand in seine Hosentasche. Er sagte: »Ich treff mich nachher mit 'ner Mieze, ich darf meine Sachen nicht dreckig machen.«

»Mit was für einer?«

»Rate mal«, blinzelte er.

Ich beschloß, es zu wagen:

»Einer weißen?«

Er lachte:

»Was denn sonst, Mann?« Sein Arm baggerte sich durch das Panorama von Stacheldraht, weißtgetünchten Häusern, Betrunkenen, Prostituierten, Engels-Chören, gottgewollten Fliegen und dem Staub, der in kleine Wölkchen göttlicher Gnade explodierte, wo immer das goldene Sonnenlicht hinzuscheinen geruhte. Seine göttergleiche Geste endete abrupt – er deutete geradewegs auf die Bedürfnisanstalt.

»Was gibt's denn sonst hier, Mann?« wiederholte er.

Ich glaube, ich verstand ihn.

Immaculate hatte mir früher die gleiche Frage gestellt, aber mit einem ganz anderen emotionalen Hintergrund als ihr weißmieziger Bruder. Sie und ich waren das Tal hinuntergegangen, hatten den Fluß überquert und liefen nun die altertümlichen, gepflasterten Wege hinauf, hin zu den alten Festungsmauern, die unsere kampflustigen Vorfahren zu Kriegszeiten benutzt hatten. Die weiche Haut spannte sich mühelos über dem Schmerz in ihrem zerbrechlichen, ovalen Gesicht. Wir schauten hinunter auf das Tal, auf das Afrikanerviertel, wo wir wohnten.

»Was gibt's denn sonst hier?« wiederholte sie.

Und ihre Hände taten mir weh. Keine Fotografie kann jemals die Glut dieses Augenblicks wiedergeben. Doch ich – das Schaf! – hielt mich fest an dem winzigen Strohhalm meines Hasses auf sie. Es schien mir unmöglich, daß ein Geschöpf wie sie im grimmigen Elend unserer Geschichte ins Leben treten konnte. Sie weckte in mir die Lust zu träumen, ließ mich an Visionen glauben, an Hoffnung. Aber Stein und Staub dieser Erde machten das unmöglich.

»Ich kann mir's nicht leisten«, sagte ich.

Sie sah mich erstaunt an.

»Wenn es um Geld geht –« begann sie und runzelte die Stirn. »Geld!« lachte ich bitter wie ein mißverstandenes Kind. Und doch hatte es zum Teil mit Geld zu tun. Es gab keine Möglichkeit zu lieben, zu essen, zu schreiben, zu schlafen, zu hassen, selbst zu träumen nicht – ohne Geld.

Doch die Helden, die schwarzen Helden unserer Zeit...

Sie schaute mich besorgt an, ihre Finger gruben sich in meine Hüfte. Irgend etwas in ihrem Blick stach mich wie eine Mistgabel, stach und durchbohrte meinen Magen, bis sie ihn plötzlich abwandte, und es schien mir die Eingeweide zu zerreißen.

Ich wäre von der Plattform heruntergefallen, hätte sie mich nicht aufgefangen. Wir schlugen beide auf den Boden der Gewißheit. Wir lagen ruhig. Doch Harry sagte:

»Meine weiße Mieze ist einfach Zucker. Sie ist ein vollmundiger Wein mit einem Schuß Göttlichkeit, ja, so ist sie, diese Mieze.«

»Aber hat sie eine Vagina?« fragte ich verdutzt.

Er sah mich schief an. Ich redete schnell von etwas anderem.

»Wo hast du sie kennengelernt?«

»Bei der Weihnachtsfete, Mann«, blinzelte Harry. »Mann, hat die was drauf!«

»Was hat sie?« hakte ich nach und gähnte nicht ganz überzeugend.

»Alles«, sagte er. »Alles, was diese Niggermädchen nicht haben.«

Ich schloß die Augen. Ich erblickte die roten Vorhänge meiner Seele.

»Niggermädchen sind nichts als Fleisch«, sagte Harry. »Und ich mach mir nichts aus rohem Fleisch.«

Und dann musterte er mich scharf, als er sagte:

»Das ist natürlich was anderes, wenn jemand so mösengeil ist.«

Ich biß mir irritiert auf die Lippe und murmelte etwas Obszönes.

»Ja, richtig so, Mann. Fluch's aus dir raus. Fluchen tut gut«, sagte er.

»Prost!« sagte ich und leerte mein Glas.

Blitzschnell war Harry im Getränkeladen verschwunden. Ich lehnte mich an den Msasa-Baum und entspannte mich, versuchte auch, nicht über das Haus des Hungers nachzudenken, wo die Säuren der Darmfäule sich bis in den metallenen Grundstoff meines Gehirns hineingeätzt hatten. Das Haus war jetzt zu meiner Gedankenwelt geworden, und es gefiel mir nicht, wie das Dach klapperte.

Eines Tages war ich auf dem Weg nach Hause. Ich rannte vor Freude. Ich weiß nicht mehr, weshalb ich mich so freute. Und obwohl es ein ziemlich trüber Tag war – der Himmel sah aus, als ob Gott darin seine schmutzige Unterwäsche ausgewrungen hätte –, sprühte ich vor Lebenslust. Ich stürzte ins Zimmer, und alles explodierte auf einmal in meine Erzählung, die ich hastig und mit ausladenden Gesten vor meiner Mutter abspulte, die mich nur fassungslos anstarrte. Ein stechender Hieb, der meine Ohren zum Singen brachte, ließ mich innehalten. Verwirrt sah ich meine Mutter an. Sie schlug noch einmal zu.

»Du wagst es, mit mir Englisch zu sprechen?« sagte sie erbost. »Du weißt genau, daß ich das nicht verstehe, und wenn du meinst, du bist gebildet . . .«

Sie schlug noch einmal zu.

»Ich spreche ja gar nicht Eng-«, begann ich, und merkte dabei, daß ich tatsächlich Englisch sprach.

Ich eilte aus dem Zimmer und ließ mich auf einen Stein im Garten fallen. Ich wollte nicht heulen. Ich sprang auf und eilte ins Zimmer zurück, und nachdem ich meine Mappe unter dem Bett hervorgekramt hatte, nahm ich meine Englischhefte heraus und fing an, sie in kindlicher Wut zu zerreißen. Meine Mutter sah mir wortlos zu. Als ich fertig war, holte sie mein Essen und stellte es vor mich hin. Ich schob es beiseite.

»Ich habe keinen Hunger mehr.«

»Wirklich?« fragte sie.

»Ich habe keinen Hunger«, beharrte ich und gab mir Mühe, nicht hinzusehen.

»Nun – ich habe welchen«, sagte sie.

Und sofort begann sie, sich darüber herzumachen, mit lautem Geschmatz. Schweigend beobachtete ich sie. Sie weckte in mir ein solches Hungergefühl, daß ich mich am liebsten am Dachbalken aufgehängt hätte. Als sie fertig war, leckte sie zuerst mit ihrer roten Zunge den Teller und dann der Reihe nach ihre Finger ab, um schließlich mit einem kleinen Rülpser ihrer Wonne Ausdruck zu geben. Hier zerriß plötzlich meine Seele wie der alte Vorhang im Tempel. Und die Wände des Zimmers schienen ins Wanken zu geraten – doch war das nur mein Versuch, auf die Beine zu kommen. Ich stand auf, bevor das Zimmer sich vollends drehen konnte. Und dabei klimperte etwas in meiner Tasche. Ich hatte noch Geld! Ich schleuderte die zerrissenen Reste meiner Aufgabenhefte zurück in meine Mappe und ging hinaus in den Laden, wo ich drei neue Hefte und ein halbes Brot sowie etwas Butter kaufte. Auf dem Heimweg ging ich bei Harry vorbei, der so freundlich war, mir seine eigenen Englischhefte zu leihen, damit ich all das wieder abschreiben konnte, was ich zerrissen hatte. Bei meiner Rückkehr saß Vater am Tisch und aß. Er mampfte gemächlich und sorgfältig wie ein alter Elefant. Mutter erzählte ihm von den zerrissenen Aufgabenheften. Er blickte mich nicht an. Ich setzte mich auf den Boden, so weit als möglich von ihnen entfernt, und begann, das Brot zu essen, während ich gleichzeitig in Harrys Heften blätterte. Ein Stuhl, zurückgestoßen, knarrte. Ich zuckte zusammen. Wie ein Stein starrte ich auf den Boden, auf die Hefte. Ein Schlag kickte mir die Vorderzähne aus. Der Schlag kickte das Brot aus meinem Munde, durch das ganze Zimmer. Mein Vater rieb sich sorgsam die Knöchel und blickte mich an, als sei ich eine Schabe in einem Delikatessengeschäft. Ich stürzte ihm entgegen, doch sein langer Arm schoß nach vorn und griff meinen Kopf, so daß meine Dreschflegelhände und mein schlagender Jähzorn ihn nicht einmal streiften. Er hielt mich so, bis ich total erschöpft war und mich nicht mehr rühren konnte. Dann stieß er mich zurück, und ich fiel in meine Ecke, genau auf die Hefte. Befleckte sie mit Blut.

Ich war damals neun Jahre alt.

Harrys blutrote Jacke baute sich vor mir auf. Er reichte mir ein Bier. Er zog ein rotes Taschentuch heraus und schneuzte sich die Nase. Er betrachtete seinen Schnodder.

»Das hat sie mir geschenkt, du weißt schon«, sagte Harry.

»Wer?«

»Na, wer schon – die weiße Puppe.«

Ich verzerrte meine Lippen zu einem bemühten Lächeln.

»Deine Lippen sind zerschlagen«, sagte Harry kritisch. »Du hast Blasen auf der Lippe.«

Ich strich mit der Zunge darüber, aber er schüttelte den Kopf:

»Nein«, sagte er und gab mir einen Fettstift. »Nimm das.«

Ich benutzte ihn.

»Behalt ihn ruhig«, sagte er. Er trank und kleckerte rosa Tröpfchen auf seine rote Krawatte.

Er schaute auf seine Digitaluhr.

Ich starrte auf das orangene Rot des Daches der stinkenden öffentlichen Toilette.

»Die Bar macht jetzt auf«, sagte er. »Laß uns hingehn und dem lieben Gott zuprosten.«

Ich staubte mich ab, wie ein vor den Kopf geschlagener Köter hastig Toilette macht. Wir steuerten geradewegs den breiten, glitzernden Toren entgegen, die zu den Musen führten. Harry sagte:

»Gehen wir in die Klubbar. Das Besondere. Die Cocktailparty. T. S. Eliot.«

Harry richtete sich auf wie Achilles, als dieser Troja zum ersten Mal in Augenschein nahm.

»Wenn das der Styx sein soll, muß ich stilvoll hinuntersteigen«, murmelte ich aufgeblasen.

»Was?«

»Ich sagte, du hast Stil, Harry.«

»Stil!« wiederholte er dankbar. »Ach, Stil.«

Er klopfte mit einer Silbermünze auf die Theke.

»Mein ganzes Leben verbrachte ich im Kral und schlachtete Rindvieh wie Ajax«, sagte ich.

»Wer?«

»Aus Homer«, sagte ich. »*Ilias*.«

»Ach, das alte Griechenland«, folgerte Harry zur Ergötzung des Barmannes, der fest in mein entstelltes Gesicht starrte.

Als die Getränke bereitstanden, machten wir's uns an der Theke bequem.

»Ihr Literaten seid unsere einzige Hoffnung«, begann Harry.

Ich würgte höflich an meinem Drink. Dann sind wir verloren, dachte ich.

Ich hatte ein Gefühl wie an jenen schalen Morgen, an denen der kalte Wind ziellos herumwirbelt und es im schimmernden Sarg der Schöpfung nichts als Luft gibt. Die faulen Säfte wallten in mir auf, so daß ich Brechreiz spürte. Und der verdammte Barmann starrte noch immer sehr interessiert auf mein Gesicht.

»Du siehst gut aus«, sagte Harry. »Ich hab dich noch nie so gesehen.«

»Das ist lange her«, murmelte ich.

Ich kräuselte mein Gesicht im Bemühen, gegen die Übelkeit anzukämpfen, die in mir hochkam und mein Inneres mit den ätzenden Säuren der Darmfäule zersetzte.

»Ja, lange nicht gesehen«, bestätigte Harry.

Er stieß sein Glas gegen das meine.

»Trink aus«, befahl er höflich.

Ich tat es. Die Gläser wurden sofort neu gefüllt. Der Barmann platzte heraus:

»Sind Sie nicht der ...?«

Doch Harry, heftig die Stirne runzelnd, warf ein:

»Nein, er ist es nicht. Suchen wir uns einen Platz.«

Das taten wir, unsere Rücken an die Wand gelehnt, unsere Blicke auf die Tür gerichtet – Harry hatte darauf bestanden.

Doch als wir uns hinsetzten, klickte etwas Metallenes auf der Höhe von Harrys Hüfte und schob sich ins Blickfeld: Handschellen. Ohne niederzublicken oder sonst etwas zu tun, bewegte Harry seinen Körper zur Seite und ließ sie verschwinden. Ich nahm eine Zigarette heraus und zündete sie langsam an. Der Rauch brannte mir in den Augen.

»Solche solltest du nicht rauchen, weißt du«, sagte Harry und zog eine wesentlich teurere Packung aus der Tasche. »Mach deine aus und probier eine von diesen.«

»Später«, sagte ich abwesend.

»Nimm ruhig die ganze Schachtel. Ich hab noch mehr. Nun sag mir mal«, fügte er hinzu, »wie steht's mit ihr?«

Ich tat unwissend.

»Wem?«

»Meiner Schwester.«

»Gut.«

»Da hab ich aber anderes gehört.«

»Klatsch.«

»Sie hat mir's selbst erzählt.«

»Was denn?«

»Über dich und sie und dein desinteressiertes Eingreifen.«

Die Zinnfolie meiner Seele zerknitterte.

»Mein Freund, was kann sie dir über mich schon gesagt

haben? Sie ist die Frau meines Bruders«, sagte ich und kippte meinen Drink hinunter mit einer übertriebenen Geste weltmännischer Sicherheit.

Er fixierte mich mit zinnener Verwunderung und beschloß, das Thema zu wechseln.

»Dein Ruf scheint die Tatsachen überflügelt zu haben«, sagte er bedächtig. »Siehst du die Bewunderung in den Augen des öligen Barmanns? Guck, noch immer starrt er dich an. Deine Lyrik hat ihn hypnotisiert.«

Ich schaute auf. Im selben Augenblick schien der alte Vorhang vor meinem früheren Ich sich noch einmal heftig zu spannen, um schließlich zu zerreißen. Ein Schmerz zuckte durch meinen Kopf, und wie eine eiskalte Hand erdrückte er meine blutenden Lungen. (Was wird sichtbar werden, wenn der Vorhang völlig in Fetzen ist und alles entblößt? Das ist so, als ob ein feiner Sprung in der Himmelsglocke sichtbar würde. Das menschliche Gesicht, aus der Nähe betrachtet, ist befremdlich – Swift hatte recht. Und was ist mit dem Haus darinnen? Und dem Ding innen im Haus? Und dem Ding innen im Ding innen im Ding innen im Ding innen im Ding? Ich war betrunken, nehme ich an, drehte mich schamlos um meine eigene Achse. Ich fand ein Samenkorn, ein kleines Samenkorn, das kleinste, das es auf der Welt gibt. Und das hieß Haß. Ich säte es in meine Gedankenwelt und wässerte es in meinen Tränen. Kein Samenkorn hatte jemals einen besseren Gärtner. Während es größer wurde und in grünendes Leben aufbrach, hatte ich das Gefühl, daß mein Volk zittert, zittert in Geburtswehen – und blüht und sich verzweigt.)

Nachdem ich mit dem Abwaschen des Katzenblutes

von meinen Händen fertig war, begann sie noch einmal, meinen Arm zu streicheln. Ihr Gesicht war wie aufgeblasen, ein Auge war fast zugeschwollen. Und die fromme Kuh wagte noch zu träumen, noch zu hoffen, Visionen zu haben – warum! So etwas hatte ich noch nicht gesehen!

»Siehst du nicht, daß wir alle ersticken werden, wenn die Dinge so weiterlaufen?« fragte ich verzweifelt. Ich konnte noch immer hören, wie das Kind im Nebenzimmer schrie.

»Ich wollte dich nur noch einmal wiedersehen«, sagte sie sanft. Und dann, als einen nachträglichen Einfall, fügte sie hinzu:

»Weißt du eigentlich, daß du ziemlich arrogant bist? Ziemlich.«

Was hatte das hiermit zu tun? dachte ich. Aber es war nicht der richtige Zeitpunkt, ihr meine scharfen kleinen Zähne entgegenzustrecken. Außerdem war eine Handvoll Eisenspäne, vom Tode ausgestreut, gerade dabei, kühl meine Gehirnmasse auszubrennen. Irgendein magnetisches Kraftfeld drehte und drehte sich beständig durch meine Gedanken.

Bruchstücke jener weiten Leere
Deren Pulse in menschlichen Augen funkeln
Welche Ruine brachte dich so grausam ans Licht?

»Was?« fragte sie.
Sie war äußerst verdutzt.
»Ein Gedicht«, sagte ich.
Doch Harry beugte sich vor und stieß mein Glas um.
»Was für ein Gedicht?« sagte Harry erwartungsvoll.

»Das Gedicht, das ich gerade schreibe«, sagte ich, »ich habe eben die ersten drei Zeilen zitiert.«

Und schon wieder dieser schräge Blick:

»Davon hab ich nichts bemerkt. Du hast hier gesessen wie ein Träumer. Wie lauten die Zeilen nochmal?«

Ich konnte mich beim besten Willen nicht mehr erinnern.

Harry gluckste mitleidig. Er grapschte mit dem Finger in mein Gesicht.

»Nun, Lyrik«, begann Harry, »ist jedenfalls die Seele aller zivilisierten Völker. Verskunst. Tiger, Tiger, stolze Pracht. Im Dunkel einer Urwaldnacht. Der Falke hört den Falkner nicht. Es droht Gefahr. Wenn Sterne ihre Speere schleudern, welch rauhes Untier ...«

Er mußte tief Luft holen, dann fuhr er fort:

»Dieses Gedicht ist mir unvergeßlich«, sagte er nachdenklich.

Sein heißer Atem dampfte mir ins Gesicht, als er sich vertraulich nach vorn beugte.

»Ich habe nie jemandem davon erzählt«, sagte er mit leiser Stimme, »aber ich schreibe Liedertexte.« (Die Betonung, die er auf das Wort »Liedertexte« legte, beunruhigte den Barmann so sehr, daß er erstaunt ein Glas fallen ließ, welches hinter der Theke in Scherben zerfiel.)

Ich starrte Harry an. Ich wußte nicht, ob ich weinen oder lachen sollte. Doch interpretierte er mein mundoffenes Staunen als Bewundern.

»Danke, alter Freund«, sagte er leise. »Nicht überall schätzt man seine eigenen Dichter. Die nächsten Drinks, bitte!«

Und der Barmann tanzte ein beschwingtes Menuett.

Harrys Glas klirrte gegen meines, und wir tranken beide auf die Gesundheit des anderen.

Ich glaube, ich war darüber hinweg, mir noch von meiner Gesundheit Kopfschmerzen bereiten zu lassen – tote Seelen haben solche Sorgen nicht. Ein Extremfall von der linken Hand, die sich den Teufel darum schert, was die rechte tut. Ich war, ich wußte es ja, ein toter Baum, tot in den Zweigen und verfault an den Wurzeln. Ein Baum jedoch, der noch immer aufrecht stand, trotz der üblen Laune des Windes. Und gefangen zwischen den knorrigen Ästen waren eine Seite aus Shakespeares *Othello* und die Titelseite des *Rhodesia Herald* mit einem Bild von mir, wie ich aufgebracht in die Kamera stiere.

Doch Harry sagte etwas.

»... in der Abendausgabe«, sagte er, »ich hab's zuerst nicht glauben wollen, doch bist du ja schon immer mit geballter Faust herumgelaufen.«

»Nein. Ich habe nur keine Freunde.«

Harry starrte mich verletzt an.

»Ich habe dich immer ganz in Ordnung gefunden«, sagte er.

»Werden wir nicht persönlich«, sagte ich angewidert. »Es könnte peinlich werden.«

Er räusperte sich.

»Trinken wir lieber.« Er schluckte an seinem Schnodder.

Ich lachte und sagte:

»Das ist tödlicher.«

Ich blickte auf. Die Augen des Barmannes bohrten sich in die meinen. Mein Gelächter tat meinem Gaumen weh;

etwas zuckte unkontrollierbar über seinem linken Auge. Hastig erhob ich mich und flüchtete zur Toilette und kam gerade noch bis zum Waschbecken, wo ich mich heftig übergab. Als ich herauskam und mir mit dem Handrücken den Mund abwischte, stieß ich mit zwei massiven Brüsten zusammen, die sich zornig gegen ein dünnes T-Shirt preßten, auf dem die Parole »Zimbabwe« stand.

»Paß besser auf, wo du hintrittst, Schnucki«, sagte sie.

»Sorry«, murmelte ich und steppte rückwärts.

Doch sie griff nach meinem Arm.

»Oder noch besser, du spendierst mir einen Drink – einen Cognac für Zimbabwe«, sagte sie.

Jetzt erst schaute ich sie richtig an und –

»Julia! Das gibt's ja nicht!« stieß ich hervor.

»Wie sie leibt und lebt«, sagte sie und ließ ihre Augen blitzen, als ob sie vor einer teuren Kamera posierte.

Das Herz sank mir langsam in die Hosentasche.

»Setz dich doch zu uns«, sagte ich tonlos.

Julia war das Mädchen, auf das ich aufzupassen hatte, als ich in der Oberstufe war. Jetzt hatte sie ihr Haar entkräuselt mit diesem verdammten heißen Kamm. Ihre Lippen waren flammendes Karmesinrot, wie Blut. Um ihre Augen lagen angepinselte Schatten, und sie trug falsche Wimpern. Ein Augenbrauenstift vollendete die Verwandlung meiner einstigen Julia in eine Bierhallenpuppe. Und sofort balgte sie sich mit dem flotten Harry, und platzte heraus:

»Du, ist das nicht der Spitzel, den ihr Kerle damals hinterm Internat verhauen habt?«

Harry war nicht gerade erfreut.

»Du bist ja bloß 'ne Niggernutte«, brach es aus ihm heraus, »was weißt du überhaupt von solchen Dingen.«

Sie wandte sich an mich.

»Ja«, sagte ich gähnend, »das ist er.«

»Paß ja auf«, sagte Harry und erhob sich.

»Warum machst du dich nicht auf die Socken zu deiner blöden weißen Mieze?« riet ich ihm.

Aber Harry hatte Stil. Er erhob sich zu voller Länge und war gerade dabei, seine Arme zu verschränken, als – seine Handschellen wieder ins Blickfeld rasselten.

Es herrschte tödliches Schweigen, genau sieben Sekunden lang.

Ich benutzte die Pause, um den Anblick von Julias Make-up auszukosten und den ihrer riesigen Brüste, auf welche die gigantische Parole »Zimbabwe« aufgedruckt war. Mit solchen Waffen könnte Afrika . . . meine Gedanken wurden von Julia wie Erdnußschalen zerbröselt, als sie in das zornigste Lachen ausbrach, das ich jemals gehört hatte. Harry hatte jetzt seinen Siedepunkt erreicht und machte einen kohlschwarzen Schritt in ihre Richtung, doch bevor er sie tatsächlich schlagen konnte, war ich dazwischengetreten und zog langsam an meinem Zigarettenstummel.

»Jetzt werde ich eine deiner Zigaretten rauchen, Harry«, sagte ich.

Ich öffnete die Schachtel, die er mir gegeben hatte, und zündete eine an. Sie war so gut, wie er gesagt hatte. Plötzlich war ich wieder ein Kind, das Vergnügen an dem empfand, was es tat. Meine Sinne tanzten frohlockend. Und Julia . . .

»Du wolltest doch einen Cognac, Julia?« Ich blies Rauch in Harrys Gesicht.

In sein Wichsgesicht.

Seine Augen glühten wie brennende Kohlen. Es gelang ihm, ein winziges Lächeln aus einer Hälfte seines Mundes hervorzuspucken.

»Ja«, sagte Harry, »ich werde jetzt zu meiner weißen Puppe gehn. Aber ich werde wiederkommen – deinetwegen«, betonte er.

Es zuckte durch meine Sinne:

»Harry, wenn du wiederkommst, ist es aus mit dem Fechten«, sagte ich.

»Drohst du mir etwa? Hier gibt es Zeugen ...«

»Barmann«, sagte ich, »einen Cognac für die Dame. Und für mich ein Bier.«

Der Barmann nickte.

Als ich mit den Getränken zurückkam, war Harry schon fort. Sie nahm die Drinks und stellte sie auf den Tisch, ihre Augen blinzelten wie einst, sie schmiß die Arme auf meine Schultern und schob ihren Kopf nahe genug an meinen heran, um ihn gerade eben noch nicht zu berühren.

»Nun?« lächelte sie.

»Ich dachte schon, du würdest gar nicht kommen«, sagte ich. »Ich habe gestern gewartet und gewartet, den ganzen Tag.«

»Es war ein richtiger Kampf, von Vater was loszueisen«, sagte sie. »Er hatte wieder seine Launen. Du weißt, wie schwer es ist, wenn's ihm so geht.«

»Deinen Reisepaß?« flüsterte ich.

»Schsch.« Sie küßte mich sanft auf die Backe, und – wir

setzten uns. Sie tauchte ihren kleinen Finger in mein Getränk und leckte ihn schnell ab.

»Sag, was hatte denn der Harry?«

Ich zögerte.

»Sie müssen einen Wink bekommen haben, und dann schickten sie ihn los, um ...«

»Wir wissen das schon«, sagte sie langsam.

»Dieses Bild in der Zeitung«, warf ich ohne rechte Überzeugung ein. »Vielleicht wissen sie, daß ich das schwächste Glied in der Kette bin«, fügte ich hinzu.

»Das mußten wir ihnen vorspiegeln«, sagte sie.

Ich blickte auf, überrascht.

»Mußtet ihr ihnen sagen, daß ich ...«

»Das war meine Idee«, meinte sie.

Und ihre Augen funkelten. Ich starrte auf die Parole, die sie auf der Brust trug, und mußte an die schwarzen Helden denken.

»Mußtest du dich denn so aufdonnern?« fragte ich schwach.

Ihre Augen vergrößerten sich; es waren Sterne darin. Ich mußte das Thema wechseln.

»Bist du aufgehalten worden?«

Sie biß sich reuevoll auf die Lippe:

»Etwas«, sagte sie.

Sie blickte mir genau ins Gesicht.

»Ich habe heute das Haus des Hungers verlassen«, verkündete ich unbestimmt.

»Und was wird aus dem Mädchen?« bohrte sie.

»Immaculate? Mit so einem Namen wird sie bestimmt überleben.«

»Warst du, bist du noch ...?«

»Ich war es nie. Du weißt, daß ich das nicht schaffe, wenigstens nicht auf die Dauer. Ab und zu vielleicht.«

»Das ist wenigstens ehrlich«, sagte sie. In ihrer Stimme schwang brutaler Sarkasmus. Sie sagte:

»Du kotzt mich an.«

Mein Herz kletterte langsam aus meiner Hosentasche heraus und nahm wieder seinen alten Platz ein.

»Nun sag mal, Julia, was habe ich denn falsch gemacht?«

»Du wolltest mich anrufen, wie versprochen. Und ich machte so einen wilden Wirbel im Haus, daß Vater sagte, wenn du je wieder einen Fuß über die Schwelle setzt, wird er dich – dazu beglückwünschen.«

»Der spinnt wohl.«

»Warum hast du nicht angerufen?«

»Krach in der Familie«, seufzte ich theatralisch. »Du kennst das ja.«

»Dein desinteressiertes Eingreifen?«

»Ja. Es schlug auf mich zurück.«

Sie biß sich eine Ecke ihres Zeigefingernagels ab. Ihre Augen schnellten nach oben. Sie fragte nochmals:

»Was wird aus dem Mädchen?«

»Sie hat 'ne ganze Menge Mut. Aber nur solchen, der einen auf dem schnellsten Wege ins Irrenhaus bringt.«

»Du bist wirklich arrogant«, sagte sie.

Ich zündete ihre Zigarette an. Mir fiel ein winziger Zündfunke auf, der in ihren Augen pulsierte. Ich hielt das noch brennende Streichholz zwischen Daumen und Mittelfinger.

»Du hast mir den schmutzigen Film nie verziehen«, sagte sie.

Sie tippte in ihr Gesicht und verwischte einen Teil ihrer Lidschatten.

Ich dachte nicht daran, ihr zu antworten. Schließlich hatte ich auch mit einem Mädchen namens Patricia gedreht.

»Also warum müssen wir immer . . . ?«

»Ja«, antwortete ich scharf, »warum zanken wir uns ständig?«

Ich hielt noch immer das brennende Streichholz.

Seltsamerweise brach Julia in Gelächter aus. Ihr Lachen ist äußerst ansteckend. Der Barmann spritzte ein fröhliches Kichern in die Luft, wie knuspriger Schinken, wenn er sprühend in der Pfanne brutzelt.

Und als sie ihr Glas erhob und dessen transparentes Glühen seine Speere in meine feuchten Augen bohrte, leuchtete mein Leben einen Augenblick lang als versengender, zuckender Schmerz auf.

Philip hatte mir Julia anvertraut. Und als wir ihm auf die Universität folgten, hatte sich einiges abgekühlt. Hauptsächlich, weil Philip eine Szene machte und mich einen biersaufenden kleinen Judas nannte. Julia stürzte aus dem Zimmer, um Sekunden später mit einem Besen zurückzukommen, mit dem sie in der Luft herumfuchtelte und Philip einen gehörigen Schrecken einjagte. Worauf ich vom Campus floh und in den Straßen umherirrte, bis ich einen Nachtclub für Afrikaner fand, der noch geöffnet war. Dort trank ich Zug um Zug, doch irgend etwas stimmte nicht, und es gelang mir nicht, mich zu betrinken. Es lag an der Örtlichkeit: all diese grellen Lichter und Farben, und eine Gruppe halbnackter Mädchen, nur mit Leopardenfellen bekleidet, wirbelte einen ordinären Smanje-Manje aufs Parkett. Was der Riese vor dem Mikrofon von sich gab, war weniger Gesang als vielmehr lautes Herumfurzen in einer gekünstelten Baßstimme. Die Wände waren mit Werbeplakaten bepflastert für Produkte wie Hautbleichcremes, Afro-Perükken, Vaseline, Benson & Hedges. Eines davon beeindruckte mich besonders: Es zeigte ein hautgebleichtes Afromädchen, das sich an ihren kohlschwarzen Freund schmiegte und Schloß-Lager-Bier anpries. Während die Musik gegen die Plakate hämmerte und die Schockfarben und Scheinwerfer an und aus flackerten, verlor ich jegliches Zeitgefühl und saugte mich mit den Drinks selbst auf. Ich kam der Entdeckung jener wahren schwarzen Helden keinen Schritt näher, die meine Träume in ein entlegenes Goldenes Zeitalter eines schwarzen Arkadien katapultiert hatten. Und dann war es Zeit zu gehen. Ich taumelte durch die Tür in die kalten Schrecken der Nacht. Ein Taxi hielt vor mir an. Ich ließ mich auf den Rücksitz fallen, murmelte, wohin es gehen sollte. Doch jemand, eine sehr dicke, hautgebleichte Frau – eine der Tänzerinnen – sprang mit in den Wagen und sank mir lächelnd in die Arme.

»Willst du vergessen?« flüsterte sie mit einer Ginwolke in mein ungläubiges Gesicht.

Bevor ich noch irgend etwas erwidern konnte, tippte sie dem Fahrer auf die Schulter, und das Taxi schoß in die Nacht hinaus. Nach vielen Kurven und Biegungen – es war mir, als würden wir uns im Kreise drehen – wußte ich nicht mehr, wo um Himmels willen wir waren. Doch das Taxi, langsamer werdend, hielt vor einer blaugetünchten Tür an, die von einer nackten Glühbirne erhellt wurde. Sie stieg zuerst aus und ging um den Wagen herum, um mir die Tür zu öffnen. Sie bezahlte den Fahrer, der dann die schlecht beleuchtete Straße herauffuhr und mit Karacho aus dem Blickfeld jagte. Sie zog den Schlüssel heraus, und Sekunden später hatten wir unsere Mäntel in einem schmalen Korridor abgelegt, und sie wisperte unbestimmt:

»Sei ein lieber Junge jetzt.«

Mein Kopf schmerzte vom plötzlichen Aufflackern grellen Lichts. Der Fußboden war kohlrabenschwarz, doch die Wände waren makellos weiß. In der hinteren Ecke baumelte eine Puppe, die Ian Smith darstellen sollte, von einem großen Fleischerhaken. Sie ertappte mich beim Lächeln.

»Willst du vergessen?« fragte sie.

Ich konnte ihren Dialekt nicht lokalisieren, verstand sie aber. Jetzt hatte ich Gewißheit.

»Nein«, sagte ich mit Bestimmtheit.

»Gut.«

Die Lichter gingen aus.

In jener Nacht zuckten alle Lichter, die ich je gesehen hatte, durch meinen Kopf. Ihr Schmerz bestand aus dem Geräusch von Glasklingen, die eine nach der anderen in einem Stahlschraubstock zerbröselt wurden, von einem Halunken, dessen Gesicht dem des Zimmermanns glich, der einst mein Lehrer gewesen war und jetzt im Irrenhaus gelandet ist. Die gebleichte Tänzerin, sie brannte, und brannte den Wahnsinn aus mir heraus. Das Zimmer nahm meine Sinne gefangen. Mein Hunger wurde zum Zimmer. Wo ich ging, herrschte ein trübes Dunkel. Es war ein Gefängnis. Es war der Unterleib. Es war Blut, das sich wie ein Sumpf an die grasmattigen Niederungen meines Lebens klebte. Es war ein Schild »Nur für Weiße« auf einer Toilettenwand. Es waren meine bißgierigen Zähne – die bittere Säure des Hungers. Es war die Stoffpuppe, die sanft in der Nacht meiner Gedanken hin- und herbaumelte. Und die Qual des Hungers glühte, bis sie Flamme wurde, flackerte wie ein Streichholz: Einen Moment lang erleuchtete es das Zimmer, ließ die Schatten von der nackten Tänzerin und mir geschwind an die Decke hüpfen und in einer Umarmung verschmelzen. Ein Hüpfen wie das einer entkräfteten Ekstase – eine Gewalttätigkeit, die sich langsam in Sanftheit verwandelt.

Aber das Streichholz starb ab, und Geschichte wurde das verkohlte Ästchen, aus dem es gemacht war. Die feinen Körner dieses abgebrannten Widerstands waren jene Geschichten von schwarzen Helden, unter denen meine eigene Geschichte nur *ein* hautbleichender Schmerz mehr war.

Ist die Qual des Geistes größer als die Qual des Körpers? Die Freunde, deren verletzte Blicke mich zurück in diese Lebensweise geworfen haben – kleine Eiswürfel, die sich brennend durch mein Gehirn hindurchfressen ...

»Du verbrennst dir ja den Finger«, rief Julia.

Ich warf das fast abgebrannte Streichholz in den Aschenbecher.

Julia war aufgesprungen, um noch ein Bier zu holen. Diese Kuh. Ich hatte nie aus voller Überzeugung fluchen können wie die Quäker, obwohl ein göttlicher Funke nun gewiß ihr *primum mobile* gewesen ist. Meine Flüche werden von einer Lust an der Blasphemie aus mir herausgekitzelt.

»Ich fluche, weil mir zu wenig Adjektive in den Sinn kommen«, sagte ich, als sie mir den Drink reichte.

»Scheiße«, explodierte sie lässig und setzte sich hin.

Aus irgendeinem Grunde begann ich, mir triviale Zwischenfälle zu vergegenwärtigen, die in mir ein Gefühl hinterlassen hatten, das eine Katze gehabt haben muß, als man sie ohne übertriebenes Pathos in einen tiefen Brunnen warf.

Eines Tages war ich gebeten worden, vor einer Gruppe junger Leute eine zwanglose – illegale – kleine Rede zu halten. Wie ich dabei etwas lockerer wurde – ich kannte die Jungs ja alle, außer einem, der beharrlich abseits saß, betrübt aussah und meine rhetorischen Bemühungen mit Stirnrunzeln begleitete –, da klickte etwas in meinem Gehirnkasten, und ich fing an, dicker aufzutragen, indem ich versuchte, ihr Bewußtsein aufzurütteln und ihnen Beispiele des Heroismus unserer nationalistischen Guerillas vor Augen zu führen. Wie immer ging ich zu weit. Dies wurde mir bewußt, als ich die peinliche Stille bemerkte, die sich unter meinen Zuhörern ausgebreitet hatte. Der Strom politischer Rhetorik entwich meinem Kratermund wie eine Dampfwolke. Am Ende war ich sprachlos und wie ausgetrocknet. In diesem Augenblick stand der Junge, der solange abseits gesessen hatte, auf und näherte sich mir mit drohender Gebärde. Auf seinem Gesicht gab es keinen natürlichen Fixpunkt, nur einen Drehpunkt gewalttätiger Absichten. Die Jungs hinter ihm bildeten eine kompakte und gierige Masse, wie Teilnehmer an einem besonders blutrünstigen Zeremoniell. Und im Hintergrund flackerte und verfinsterte sich der Spätnachmittagshimmel und überließ mich meinem unglücklichen Schicksal. Die geschwind heraneilende Dämmerung schien den wütenden Jungen auf mich zu katapultieren. Er schlug mir zweimal mit der Faust auf die gleiche Stelle am Unterkiefer. Meine Nickelbrille blitzte herab und klingelte im Gras. Erneut schlug er mich zweimal auf die gleiche Stelle. Ich weiß noch, wie angsterfüllt ich war, und nicht so sehr wegen der Schmerzen, sondern weil ich wahrscheinlich hinstürzen und die Besinnung verlieren würde, wenn dieser trojanische Verräter mir weiter solche Schläge verpaßte, bot ich die andere Backe dar. Diesmal war der Junge, als er erneut zuschlug, etwas weniger selbstsicher. Ich starrte ihm geradewegs in die Augen und murmelte etwas wie: »Hast du dein Pensum jetzt erfüllt?« Das ließ seine Wut erst richtig auflodern. Er drosch auf mich ein wie ein Hagelsturm, der einen Blumengarten verwüstet. Ich verspürte diverse Schmerzen und Wehwehchen am ganzen Körper. Die Jungs, näher heranrückend, schlossen sich in einem dichten Ring um uns zusammen. Der Junge schlug wild um sich, wie jemand, der ein winziges, kaum sichtbares Insekt totzutrampeln versucht. Plötzlich röchelte ein tiefes Knurren aus meinem halbstarken Publikum. Der Junge zögerte etwas unsicher und bemerkte wie ich, daß die Stimmung in der Gruppe zu meinen Gunsten umgeschlagen war. Auch er war zu weit gegangen. Blitzschnell hatten mich die Halbstarken zur Seite geschleudert, um über den anderen herzufallen. Der Junge war augenblicklich in einer Wolke faustschwingender, fußtretender und kopfstoßender Körper untergegangen; selbst das Quieken seiner Angst wurde vom Grunzen meiner Erretter unhöflich übertönt. Der Junge ist seitdem hundertprozentig invalide, und als wäre das nicht genug, weigerte sich sein Gehirn von diesem Tage an, sich in irgendeiner Weise zu betätigen, und er verwandelte sich in etwas, was man gewöhnlich einen Idioten nennt. Doch scheint er sich gelegentlich an die Ursache seines Elends zu erinnern, denn kürzlich köpfte er fast meine Mutter, als sie von einer Hochzeitsfete zurückkehrte.

»Das Leben besteht aus einer Reihe kleinerer Explosionen, deren Echo beim Verklingen sich ganz gemütlich in unserem Hinterkopf einnistet«, sagte Peter, als er sich mein Abiturzeugnis ansah.

Ich stimmte ihm zögernd zu.

Peter packte das beleidigende Schriftstück beim Genick, wobei er mich hin und her rüttelte, um mein Halbstarkentum noch zu unterstreichen.

Immaculate starrte gedankenlos auf den Socken, den sie stopfte. Ich krümmte mich in dem vergeblichen Versuch, das Gelächter abzuwürgen, das tief aus meiner Kehle emporstieg und aus meinen Ohren hinauskrähte.

Peter sah mich an auf eine Weise, mit der ein häßlicher Knabe einen plötzlichen Pickelausbruch inspiziert.

Schließlich warf er mir das unheilvolle Papier vor die Füße.

»Geh mir aus den Augen!« schrie er wie Jesus, als dieser sagte: »Weiche von mir, Satan.«

Ich machte Anstalten, mich zu verdrücken, als er mich zurückrief.

Es herrschte ein unbehagliches Schweigen.

Doch das Fallbeil blieb oben.

Ich riskierte einen Blick auf die Schneide.

Er warf eine Handvoll Dollars nach mir:

»Das ist das allerbeste Zeugnis, das meine Augen je erblickt haben«, sagte er. »Geh und besauf dich.«

Ich lächelte und knautschte die Zinnfolie meiner Freude zusammen.

Stunden später kam ich zurück, stocknüchtern, mit einem Päckchen unterm Arm. Er bumste sie unterm Tisch. Bevor ich mich zurückziehen konnte, sagte Peter erbost:

»Komm rein und setz dich hin, Mann. Bist ja schließlich hier zu Hause. Man könnte meinen, du bist in Daniels Löwengrube geraten.«

Ich setzte mich und hielt mich verkrampft an meinem Päckchen fest. Er fixierte mich neugierig.

»Was ist denn das?«

»Ein paar Bücher von Robert Graves«, sagte ich.

Er machte ein Gesicht wie einer, der gerade ein äußerst peinliches Familiengeheimnis entdeckt hat, oder wie jemand, der zur Überzeugung gelangt ist, daß sein bester Freund in Wahrheit ein mordender Schwachsinniger ist, einer morbiden und satanischen Anstalt entlaufen.

Ich schlug meine Augen nieder und murmelte eine Entschuldigung. Immaculate, noch immer unter ihm festgenagelt, sagte:

»Laß den Jungen in Ruhe, Peter.«

»Er ist schließlich mein Bruder«, sagte Peter.

Und er schlug die Decke zurück, unter der die beiden gelegen hatten. Das Schwermetall meiner Gedanken glitt rasch in meinen Magen. Ich glotzte. Dann, wie ein Betrunkener in Hypnose, stand ich auf, stieß einen Stuhl um und stolperte zur Tür. Als ich wieder wußte, was ich tat, führte ich hämische Selbstgespräche über einem Bier in einem fünf Meilen entfernten Nachtclub für Afrikaner.

Sie spürte mich auf, spät in der Nacht, in bramarbarsierender Volltrunkenheit. Am frühen Morgen erwachte ich in irgendeinem Bett, und jemand ruhte in meinen Armen. Ich zündete ein Streichholz an. Es flackerte einen Augenblick lang über Immaculates schlafenden Kopf. Eine graublaue Spinne lag auf ihrer Backe. Doch als ich mit dem Streichholz näher herankam, war nichts mehr da, nichts als die schwachen Umrisse eines Grübchens.

Das Streichholz erlosch. Die Schatten schlossen sich um uns mit lautloser kosmischer Gewalt. Ich weckte sie auf. Ihre Stimme besaß einen inneren Glanz, der langsam in Bewegung geriet, wie Wolken, in deren Mitte ein zerbrechlicher Schimmer wahrzunehmen ist. Sie redete so manches, oft nur bruchstückhaft. Sie sprach mit einer Intensität, die meinen Charakter zu durchleuchten schien, wie ein Prisma, das die Lichtstrahlen beim Auftreffen bricht und verstärkt. Die Tatsache, daß ich nicht mehr weiß, worüber sie sprach, verrät viel über die dunklere Seite meines Charakters. Ich hingegen berichtete ihr von meinem Nervenzusammenbruch, von der Zeit, in der ich um mich herum Leute wahrnahm, die anderen unsichtbar blieben. Es waren sicher nicht die schwarzen Helden, nach denen ich beständig suchte – oder vielleicht waren sie es doch. Ich weiß es nicht. Es waren ihrer vier, drei Männer in fadenscheiniger Kleidung und die Frau im verblichenen Umhang. All das spielte sich ein paar Wochen vor meiner Abschlußprüfung ab, die ich nur mit Hilfe einer gewaltigen Dosis weißer Beruhigungspillen und kleiner, rosaroter Dreieckstabletten durchstand. Am Anfang folgten mir die drei Männer und die Frau lediglich in die Schule. Sie sagten nichts, sie waren nur *anwesend*. So unterhielt ich mich beispielsweise mit einer Gruppe meiner Schulkameraden, als ich zu meinem Schrecken bemerkte, daß *sie* mit in der Gruppe standen. Oder ich befand mich im Geschichtsunterricht, hörte dem Lehrer zu und machte, wie üblich, Notizen und Unfug, als ich herzklopfend gewahr wurde, daß *sie* sich auch im Zimmer befanden, sich bewegten, dem Lehrer auf Schritt und Tritt folgten, sich niedersetzten, wenn er sich setzte, und jede seiner Gesten nachäfften. Oder wenn wir uns nach einem Fußballspiel in den Duschraum begaben, dann tauchten *sie* plötzlich vor der Dusche auf und beglotzten, steif herumstehend, meine Nacktheit. Eines Tages terrorisierte mich dies so sehr, daß ich völlig nackt und wie besessen schreiend aus dem Duschraum sprang. Danach wurden ihre Belästigungen noch unverschämter. Sie begannen zu *reden*. Ich hörte sie ständig reden, selbst wenn ich sie nicht sehen konnte. Meine Schulkameraden hörten nichts dergleichen, und so gelangte ich zu der Vermutung, sie alle hätten es darauf abgesehen, meine Vernunft zu unterminieren. Ich fing an, mich ganz unmöglich zu benehmen, und der Psychiater sagte, ich bräuchte nur dann am Unterricht teilzunehmen, wenn ich mich »dazu imstande« fühlte. Immer länger hielt ich mich jetzt im Kunststudio auf, wo ich mit Entsetzen entdeckte, daß ich kein Bild mehr malen konnte, das sich nicht in etwas Düsteres verwandelt hätte. Unterdessen setzten die Stimmen ihre Quälereien fort; nicht genug, daß sie an Intensität zunahmen, auch ihre Reden wurden immer hemmungsloser. Ich erzählte dem Nervenarzt nie die volle Wahrheit über das, was die Stimmen mir nun eigentlich *sagten*, doch schickte ich Peter eine Reihe hysterischer Schreiben, in welchen ich »die volle Wahrheit« von ihm verlangte. Er machte sich nicht die Mühe, darauf zu antworten. (Am liebsten möchte ich jetzt diese vielsagenden Briefe veröffentlichen.) Die Stimmen hatten mir höchst obszöne Dinge über den Lebenswandel meiner Mutter mitzuteilen, und jeden Tag litt ich Höllenqualen auf diesem Rost glühender Kohlen. Die Luft qualmte vor Schuld. Und Schande. Und Empörung. Und Skandal. Berge von Gegenargumenten schwirrten durch meinen Kopf, bis das Erdbeben dieser teuflischen Stimmen sie alle auf meinen Zehen zerschmetterte. Das Absurde, das Groteske, so schien es, hatte hier seine Heimstatt wiedergefunden. Wo blieben die verdammten Helden? Meine Höhenangst hielt mich nicht davor zurück, die Felsen meiner Nerven zu erklimmen. Und die Dämonen, die das Haus unbewohnt vorfanden, stolzierten gemächlich durch die offene Tür herein. Wäre ich ein guter Atheist gewesen, dann vielleicht ... Die Stimmen nahmen jede kleine Übeltat, die ich begangen hatte, aus meinem Koffer heraus und breiteten sie genüßlich vor meinen Augen aus. Jeden üblichen Gedanken – von Geilheit bis zu Eitelkeit – hielten sie mir vor, und ich fühlte mich wie ein schleimiger Wurm. Die Gegenstände, Gerüche und Gegenwärtigkeiten um mich herum schienen im Zentrum ihrer Linsen die scharfen Konturen jener kleinen Raubtierzähne zu tragen, die unaufhörlich an meinen Sinnen nagten. Ich machte den Mund auf, um eine Verteidigungsrede zu halten, doch hatten die Stimmen mich nicht nur durchschaut, sondern sich auch des Klangs meiner Stimme bemächtigt. Ich redete unaufhörlich. Meine Stimme schien von einem lichtbrechenden Gitter transparenter Steine umgrenzt zu sein. Kleine Impulse rasender Lichter, Diamantenfunken, deren Gewirbel einen verrückt machte, schossen mir durchs Gehirn, bis ich das so verursachte Kopfweh nicht länger ertrug. Meine Verfassung verschlechterte sich: Intensives Herzklopfen setzte ein, das noch schlimmer wurde, nachdem ich in der *Encyclopaedia Britannica* den Artikel über Herzkrankheiten durchgelesen hatte. Und mir war kalt. Eine solch eisige Kälte hatte ich noch nicht erlebt. Das Eis versengte meine Gedanken; ich hatte Stimmbruch, und der ungewöhnliche Klang meiner Stimme ließ mich in die Höhe fahren. Es schien mir, als ob etwas Fremdartiges sich in meinem Körper ausbreiten wollte; die Bilder und Symbole, die ich bisher nicht in Frage gestellt hatte, begannen eine seltsame Tönung anzunehmen, und ich verlor die Fähigkeit, die einfachsten Dinge auszudrücken. Ich redete wie ein Wasserfall unverständliches Zeug, in zusammenhangloser Form. Mein Ich war von meiner eigenen Stimme abgeschnitten worden. Ich empfand sie als leises und undeutliches Stimmchen, das aus der tiefsten Tiefe meines Gehirns zu mir sprach. Es war so: Englisch ist meine Zweitsprache, Schona meine Muttersprache. Wenn ich sprach, geschah es immer in Form eines endlosen Streitgesprächs: Der eine Gesprächspartner in mir äußerte sich in Englisch, der andere in Schona. Dabei war mir stets bewußt, daß ich beiden Kulturen gleichzeitig fern und nahe war. Ich fühlte mich vergewaltigt von diesem absurden Konkurrenzkampf zwischen Schona und Englisch. Ich konnte keine andere Sprache sprechen: Mein Französisch und mein Latein waren so mies, daß ich nicht wagte, mich darin auszudrücken. Es gab jedoch Nächte, in denen ich im schattigen Hintergrund des Englischen und Schona dem Duell des Französischen gegen das Latein zuschauen konnte. Diese Kämpfchen stopften mir das Schlappmaul. Die Unterhaltungen, Argumente und Entschuldigungen behaupteten beharrlich ihre Eigenständigkeit – ich irrte umher, betäubt bis zum Gehtnichtmehr von Beruhigungsmitteln, und fühlte mich wortwörtlich der Worte beraubt. An dieser Stelle fingen *sie* an zu lachen. Ihr Gelächter war von allergewöhnlichster Art: obszön. Es reduzierte meine Welt zu einem Scheißhäufchen, dessen Gestank in mein Essen gelangte, meine Malerei, meine Lektüre und meine Träume. Alles, was ich berührte, verwandelte sich in stinkendes Grausen. Nur der Gedanke an Julia ließ mich dieses teuflische Gelächter überleben. In der Schule wußte jeder, daß ich ein »Besengter« geworden war, und gelegentlich spielten mir ein paar von den Jungen, besonders Harry, einen Streich. Einer dieser rohen Streiche bot willkommenen Anlaß, mich aus dem Schlafsaal zu entfernen, und man wies mir einen Raum in der Priorei zu, wo ich natürlich jeden verdächtigte, mich vergiften zu wollen. Julia blieb trotz des albernen Betragens, das sie damals draufhatte, für mich der einzige Grund zum Weiterleben. Sie wußte so viel mehr über Sex als ich, daß ich oft um meine Seele bangen mußte.

Dann hatte eines schönen Nachmittags die Sonne Ringe. Ihr Licht war zugleich kränklich und blaß: ein sicheres Zeichen dafür, daß die Regenzeit im Kommen war. Am gleichen Abend – wir machten noch Schularbeiten, es muß ungefähr halb zehn gewesen sein – explodierte eine gewaltige Ladung von Blitzen und zerschmetterte die feuchte Luft mit finsterer Gewalttätigkeit. Zugleich schleuderten massive Regenblöcke auf die schlafende Erde herab. Der Krach war ohrenbetäubend, der Anblick respekterheischend, und die riesigen Regenschwälle verstörten mich fast bis zu vorzeitiger Senilität. Ein solcher Wahnsinn der Naturgewalten schien schlicht unmöglich. Kübelweise lief das Wasser über das Schulhaus. Es regnete, als ob die Fluten uns den letzten Rest unseres Verstandes auswaschen wollten. Es trommelte auf die Asbestdächer. Es trommelte auf die Fensterscheiben. Es dröhnte in unsere Köpfe hinein. Es trommelte auf uns herab, bis wir es nicht mehr aushielten. Dunkel goß es herab, es platschte, wütete, donnerte herunter auf unsere Köpfe, als wären es Faustschläge. Es röhrte, klatschte, schnaubte, stotterte schnarchend aus den schwarzen Räumen des geistlosen Universums herunter. Es stieg. Es schwoll. Es knallte wie eine Peitsche. Silberne Fische machten über den Kübeln ihre Freudensprünge. Die Schlammassen und ihr Schlürfgeräusch blubberten und blubberten in unseren Gehirnen. Sie legten ihre Kälte auf die Schultern unserer Seele. Das Delirium des Regens erschütterte die Schule in fiebriger Freude. Die Eruption war wie eine Beule, die aufbricht und alles mit ihrer schwarzen Säure bespritzt. Zornige Himmel trieben mächtige Regenschwalle gegen das

Schulgebäude, bis uns zumute war, als sei unsere geistige Normalität von allen Seiten umzingelt. Ihr pfeifendes Wutgeheul trieb kleine Nadeln in unsere Gehirnmasse. Es brauste auf. Es schwemmte auf. Es wallte auf. Es übertönte selbst Löwengebrüll. Es schwappte hinein in unsere Gehirne, durchnäßte unsere Worte und ließ uns mit aufgerissenen Mündern zurück. Mit nassen Mündern. Die Luft roch nur noch nach Nässe. Ihr süßes, schweres Aroma klebte wie Kleister an unseren Kleidern. Dinge trieben im Wasser, die uns vorher Sicherheit bedeutet hatten. Auf dem Friedhof wurden die billigeren Gräber vom Wasser verwüstet, und die kleinen, hölzernen Kreuze wurden weggespült. Ein betrunkener Lehrer, der in einem Anfall von Leichtsinn gewagt hatte, dem Regen zu trotzen, verschwand auf Nimmerwiedersehn. Dieser Regen, er klopfte mehr als den Atem aus einem heraus. Dieser Regen, er trommelte auf seiner Trommel, bis die Trommel entzweibrach und einem mit blitzenden Peitschenhieben ins Gehirn piekte. Es war, als ob ein Verrückter pausenlos quatschte und so tat, als hätte er dem Himmel etwas ins Ohr zu flüstern. Es war, als ob jemand von einer Todesnachricht erschlagen würde, zusammenbräche und sich gegen eine Mauer würfe. Es war, als ob ein großer Fluß seine Wassermassen über einem Abgrund entlud und in einer Geisteswut aufbrüllen ließ, die nur von den Felsen darunter hätte gebrochen werden können. Der Regen ließ die Wohnstätten der Arbeiter zusammenstürzen, er fällte ihre Hütten mit einem brutalen Knöchelhieb. Er klopfte die Lehmwände zu Boden und ließ die windigen Dächer auf die hilflosen Bewohner herabstürzen. Überall in der Siedlung kämpften Männer, Frauen und Kinder um ihre Hütten, stützten, bauten auf und stöhnten gegen seine Schläge an, bis die feindseligen Wände erneut über ihnen zusammenfielen. Und noch immer tropften die Himmel unaufhaltsam auf die Erde. Dieser Regen: Er schnatterte mit seinen scharfen, kleinen Zähnen; er schäumte mit seinem Maul gegen alles und jedes. Die Kraft seiner Argumente machte uns sprachlos. Seine Worte schlugen und schlugen uns immer wieder, mit jedem weiteren Wasserkübel. Etwas Krankes war auf uns gehetzt worden. Seine Entzündung durchschoß uns mit zuckendem Schmerz, als ein Donnerschlag geistiger Klarheit, der den Wahnsinn aus mir heraustrieb. Es zerriß die letzten Fäden unserer Widerstandskraft. Mein Saatbeet war vollkommen verwüstet. Im Regen waren jetzt die aufgequollenen Samenkörner einer alten Fehde; ihr ekliger Geruch reichte tief hinunter in die Geheimnisse der Erdlunge. Seine schlammigen Füße zertrampelten und verschmutzten alles, was mir lieb und teuer war. Es saugte sich im Gedächtnis fest. Es hielt die Sonnenspuren vergangener Tage als Gefangene seiner Begierden. Und die Farben der Gedanken begannen auf der Leinwand zu verlaufen, bis sie sich gegenseitig durchdrungen hatten. Als ich dem Regen fünf Sekunden lang zugehört hatte – was tatsächlich fünfundzwanzig Minuten waren, denn die Schulglocke beendete gerade die abendliche Aufgabenstunde –, wurde mir klar, daß ich nicht die Kraft besitzen würde, mich von meinem Platz zu erheben. Allein die Vorstellung, daß ich jetzt durch dieses schreckliche Gewitter laufen müßte, ließ mich so erschauern, daß ich willens war, die Nacht lieber in meiner Studierzelle zu verbringen. Harry, dessen Zelle neben der meinen lag, fing an, rührselig zu singen:

Shure kwehure kunotambatamba haa!*
Shure kwehure kunotambatamba haaa!
Kanandazofa ndinokuchengetera nzvimbo haa!**
Kanandazofa ndinokuchengetera nzvimbo haa!

Die Schüler liefen im Raum umher. Edmund furzte, und Stephan brüllte etwas über Kwame Nkrumah durch die Gegend. Die Mädchen waren schon fort. Die meisten der Jungen gingen auch. Etwas fiel auf die aufgeschlagenen Seiten meines Buches. Mein Schrei blieb mir im Halse stecken, als ich sah, was es war. Ich drehte mich wütend um. Wieder ein Streich! Harry lachte mitfühlend.

»Sie wird dich nicht verführen. Sie ist künstlich, Mann«, sagte Harry.

Und er griff nach vorn, um seine Gummischlange wieder einzusammeln.

Ich war wahnsinnig wütend. Ich hatte ihn blitzschnell umgelegt, und bevor ich wußte, was ich tat, hatte ich ihm bereits meinen Stuhl über den Rücken gedonnert, einmal, zweimal. Ich warf den Stuhl beiseite und, in größerer Angst darüber, was in mir vorging, als über das, was mit Harry passierte, starrte ich hinaus in das Blitzgetümmel, hinaus in den Gewittersturm, der durch meinen Kopf flackerte. Ich glaube, ich spürte, was jetzt auf mich zukommen würde. Doch fühlte ich mich erleichtert, als

Schona-Kinderreime:
* Der Hintern einer Hure wackelt, ha, ha, ha!
** Wenn ich sterbe, halt ich einen Platz für dich frei, ha, ha, ha!

ob das Schlimmste schon überstanden sei. Das war eine Illusion – und doch ein Schritt in die richtige Richtung. Eine Art Entschlossenheit. Eine Art Gewißheit. Als ich dessen gewahr wurde, erdolchte ein Blitzen die Luft, und als es donnerte, schwang ich mich schnell genug herum, um der größten Wucht von Harrys Schlag mit dem Stuhl gerade noch auszuweichen, den dieser mir an den Kopf gedonnert hatte. Der Hieb ließ mich zur Seite taumeln. Bevor ich mich wieder aufraffen konnte, war Harry bereits im Regen verschwunden. Sekunden später wetzte ich hinter ihm her, nachdem ich die Gummischlange geschnappt und in meine Tasche gestopft hatte. Das Gewitter krallte sich um meinen Körper und wirbelte mich auf Harrys Spur. Kohlrabenschwärze wechselte sich ab mit dem Geflacker fluoreszierender Aale. Die Regenblöcke hatten mich augenblicklich bis aufs Mark durchnäßt. Und dann sprang jemand auf meinen Rücken, und ich fiel mit der Nase zuerst in den buttrigen Schlamm der Nacht. Jemand trampelte mich in den klebrigen Mischmasch des Schlamms. Ich griff nach einem Bein und verdrehte es. Harry fluchte, als er hinschlug. Und dann machten wir uns übereinander her wie zwei Verrückte. Doch keiner von uns gewann die Oberhand. Wir kämpften und bemanschten einander mit Schlamm und Blut, während massive Regenblöcke auf unsere unbedeckten Köpfe herunterwirbelten. Wir kämpften, bis wir so erschöpft waren, daß unsere Hiebe nicht einmal mehr Speiseeis hätten plattdrücken können. In der Tat schienen die Hiebe sich in die neckischen Spielchen zweier Verliebter zu verwandeln, und unser Ringkampf wurde zur zärtlichen Umarmung. Unsere Tritte waren nur noch Koketterie. Und jetzt brach etwas erhaben Weißes, das uns fast erblinden ließ, aus dem Kern des Gewitters hervor, das uns mitten im Schlamm zu Boden schmetterte. Ich begann zu lachen. Harry begann zu lachen. Wir waren beide so hilflos, daß unser Gelächter zum letzten Wort des Gewitters wurde. Es war eine neuartige Geistesklarheit – jene Art von Wahnsinn, welche den Gefährten des Paulus auf dem Weg nach Damaskus widerfuhr. Wir warfen lachend unsere Kleider ab und begannen, unsere Körper gegenseitig mit triefendem Schlamm zu bestreichen. Staub zu Staub. Wir waren in diese Tätigkeit so vertieft, daß wir nicht nur nicht bemerkten, wo wir gerade standen, nämlich auf der Kieszufahrt, sondern daß wir uns im grellen Scheinwerferlicht eines Autos befanden, dessen Fahrer angehalten hatte und ständig auf die Hupe drückte. Wir müssen schlimmer als Geister ausgesehen haben. Es war Harrys Idee gewesen, dem armen Kerl einen Schrecken einzujagen, der ihm den Verstand austreiben sollte – was nur allzu gut gelang. Er war unser Geschichtslehrer, und er erholte sich nie mehr von dem Erlebnis. Er bekam plötzlich Anfälle und mußte seinen Dienst quittieren, nachdem man ihn eines Nachts auf seinem Dachboden beobachtet hatte, von dem er herunterbrüllte, er wäre der Prophet Elias. Als Harry und ich in den Wohnbereich zurückgekehrt waren und unter der Dusche standen, geschah das Wunder – ich weinte fast vor Freude. *Sie* waren verschwunden! Ich spürte es. Sie hatten sich in die unsichtbaren Lüfte des Unwetters aufgelöst. Der Dämon war ausgetrieben und in das gadarenische Schwein gefahren. Zum ersten Mal in meinem Leben fühlte ich mich vollständig verlassen. Total auf mich selbst gestellt. Es war so, als ob im Kopfe ein Gewitter tobte und niemand die geringste Ahnung davon hätte. Es schauderte mich ein wenig. Ich begriff jetzt, daß ich meine Krallen nicht mehr herauskehren durfte.

»Was hältst du davon?« fragte ich.

Sie antwortete nicht.

Sie war eingeschlafen, während ich ihr das alles erzählte.

Ihr Vater war ein Priester der römisch-katholischen Kirche. Doch Fortuna hatte nicht immer auf ihn herabgelächelt. Sein Einstieg ins Leben unterschied sich nicht von dem Tausender anderer halbverhungerter und obdachloser Herumtreiber. Ein »glücklicher Umstand« – eine Begegnung mit einem rassistischen, doch wohlmeinenden weißen Priester – brachte seinen Fuß auf die unterste Sprosse der Stufenleiter zum Erfolg: Er wurde Katechet, verschreckte alt und jung gleichermaßen und klagte jene Frauen, die seine plumpen Annäherungsversuche zurückzuweisen wagten, öffentlich heidnischer und magischer Bräuche an. Er erwarb sein Reifezeugnis, und bald darauf wurde er Diakon und schließlich Priester. Was kann sich ein Mann *noch* wünschen? Weib und Kind, die hatte er schon. Von seinem Hausdach und seiner Kanzel herab begann er sämtliche Bräuche der Afrikaner verächtlich zu machen; zwischen Schreibtisch und Mülleimer karrte er alle Arten von schmutzigen Traditionen umher, die in Wahrheit die einzige Stärke in der Seele seines Volkes waren. Und als schließlich Immaculate – er war es gewesen, der ihr diesen albernen Namen verpaßt hatte – schwanger wurde, führte er sich wie ein gereizter Bulle auf, der sich durch die Eskapaden eines vertrottelten Matadors auf den Arm genommen fühlt. Er sah rot, und mit einem staubsprühenden Stoß seiner Hörner wirbelte er sie von sich. Daraufhin widmete er seine Aufmerksamkeit der Politik – und Harry. Zweimal hielt er eine Ansprache vor der zwölften Klasse, und beide Male benutzte er die Gelegenheit, mich wegen meiner Respektlosigkeit gegenüber den Insignien der Kirche zu rügen: zuletzt geschah dies während der Zeit meines Nervenzusammenbruchs, als ich brüllte: »Ihr seid diejenigen, die uns verrückt machen!« Ich wollte noch mehr sagen, verfing mich jedoch in meinem Stottern, das er ausnützte, um ruhig zu erwidern: »Dein affenähnlicher Vorfahr spricht aus dir, junger Mann, das Herz der Finsternis.«

Er fuhr fort:

»Demut ist die Pforte, die in die Hallen der Herrschaft führt. Die Demut, die ich meine, ist folgende: Du warst nichts als ein Affenmensch, als Jesus Christus kam und . . .«

Mein Tintenfaß verfehlte um ein Haar seinen Kopf und klatschte hinter ihm an die Wand. Doch er schrie um so lauter:

»Du hattest nur dein äffisches Grinsen im Gesicht, als der Weiße ins Land kam. Sieh dich um. Sind nicht die Industrie und der Fortschritt . . .«

Ein großer Klumpen Hirsebrei traf ihn voll ins Gesicht.

Das schien seinen Geist eher zu beflügeln, und mit Volldampf brach es aus seiner erdigen Lunge heraus.

»Gib dem Kaiser, was des Kaisers ist. Paulus selbst sagte . . .«

Drei Hirsebreiklumpen landeten, aus verschiedenen

Ecken des Zimmers, auf seinem ergrauten Haupte als Volltreffer.

Während er seine Hängeschultern resolut schüttelte, rief er triumphierend aus:

»... in den Römerbriefen wörtlich, wer sich der Obrigkeit widersetzt, der widerstrebt Gottes Ordnung.«

Es herrschte Totenstille, als er seine Stimme dramatisch senkte und in einem etwas vertraulicheren Ton fortfuhr:

»Wie ihr war ich früher unruhig und ungeduldig. Schaut, ich hatte nicht wie ihr das Glück, eine ordentliche Schulbildung zu erhalten. In meiner Jugend war ich hungrig und ungeduldig, doch galt mein Hunger nicht den Dingen dieser Welt. Meine Ungeduld zielte auf die Ankunft einer erhabeneren Wirklichkeit. Diejenigen unter euch, die mich gut kennen, werden wissen, daß ich ein Waisenkind war: ohne Obdach, ohne Nahrung, ohne Vater, ohne Mutter, ohne Brüder und Schwestern, ohne die Tröstungen der Freundschaft. In meinem Herzen gab es eine riesige Leere. Diese große Leere war das Grauen im Herz der Finsternis.«

(»Das Grauen – das Grauen!« äffte ihn Edmund etwas schwächlich nach. Joseph Conrad gehörte damals zu unserer Pflichtlektüre.)

An dieser Stelle wurde die Tür aufgerissen und Vater Johnson schwebte aufgeregt ins Zimmer. Als sein Blick über die Spuren unserer Aktivitäten schweifte (die Tinte, die Hirsesauerei), blickte er wie üblich so entrüstet um sich, daß niemand zu atmen wagte, aus Furcht, unser Atem könnte ihn umwerfen. Am Schluß faßte er den Priester am Arm und geleitete ihn aus dem Zimmer.

Nachdem die Tür sich sachte geschlossen hatte, flüsterte Edmund laut: »Auf die Plätze, fertig – los!« und das Zimmer hallte wider von Pfeifen, Johlen, Geheul, Buhrufen, Gekrächze, Jodeln und der geisttötenden Agonie von Tischen, auf die getrommelt wurde, bis sie blaugeschlagen waren.

»Scheißmissionare!«

»Dreckige Weiße!«

»Sie hatten die Bibel.«

»Wir das Land.«

»Jetzt haben sie das Land.«

»Und wir die Bibel.«

»Elende Verräter.«

(Harry guckte aus der Wäsche, als sei er gerade von Jonas Wal lebendig verschlungen worden.)

»Und was ist mit Tangwena!«

»Und wo steckt Nkomo!«

»Sithole.«

»Magandanga edau!«

(Harry hatte in seiner Zerstreutheit im Bauche des Walfisches laut und falsch zu singen begonnen:

Shure kwehure kunotambatamba haa!
Shure kwehure kunotambatamba haaa!
Kanandazofa ndinokuchengetera nvzimbo!)

Jemand hielt fälschlicherweise Harrys Song für einen politischen. Er begann mitzusingen:

Tsuro tsuro woye ndapera basa!*
Tsuro tsuro woye naNkomo!

* Schona: Häschen, Häschen, ich bin erledigt!
Häschen, Häschen, du bist Nkomo!

Ich weiß nicht mehr genau, was darauf folgte. Etwas schien mein Gehirn auseinanderzutreiben. Der Fußboden hob sich und eilte mir rasend entgegen; aus den Augenwinkeln sah ich Harry besorgt auf mich zustürzen. Ich öffnete meine Lippen, um etwas zu sagen. Da war diese dunkle Fallgrube. Ich fiel sanft hinein. Ein winziger Stern wurde emporgeschleudert, und die sprühenden Funken seiner Miniexplosion sowie der überwältigende Geruch frischen Blutes weckten mich ein paar Stunden später auf. Mein Kopf schien von einem teuflischen Eisgriff umkrallt; doch als ich mit meiner Hand danach tastete, den Verband abriß und um die nasse, stechende Wunde herumfingerte, spürte ich bloß die verdammt kalten Nähte, mit denen sie den Riß geschlossen hatten. Nähte, die ausgereicht hätten, Netze von der Außenwand meines Kopfes bis zur Innenwand vom Haus des Hungers zu spannen.

Und mein Kopf verwandelte sich langsam in das Zimmer. Und das Zimmer – Fußboden, Decke, Wände – war verschachtelt in weitere Zimmer. An den Wänden hingen Plakate, verblichene Plakate, die die Risse in den Eierschalen meines Kopfes zum Abbröckeln brachten. Oder meines Zimmers. Eines sprach von Erde. Eines sprach von Feuer. Eines sprach von Wasser. Eines sprach von Luft. Eines sprach: Ich bin ein Stein. Und alle waren ineinander verschachtelt und überdeckten die Risse. Ein anderes stellte eine Felszeichnung der Buschmänner dar: Konturen, die genau jenen Augenblick festhielten, in der eine Gazelle erlegt wird. Die Linse vom Auge dieses Künstlers hatte in wenigen zarten Linien das wahre Gesicht der menschlichen Existenz eingefangen. Wieder ein anderes zeigte das zähnebleckende Gesicht eines Schwarzen, der, die Beine übereinandergeschlagen, in der einen Hand eine billige Zigarre und in der zweiten eine selbstgedrehte Zigarette hielt. Ein Preisschild, auf seiner Wange befestigt, verkündete: *»Fugard«*. Ein winziges Knöpfchen schoß wie ein Komet von seinem Kragenspiegel in meine bildvergrößernde Augenlinse hoch; schweigend schrie es mich an: »Ich bin ich.« Die goldene Nadel auf seiner Pastellkrawatte symbolisierte die Geschlechtsteile eines zweigeschlechtlichen Wesens.

Die Decke war bekleistert mit den zerknautschten Bruchstücken eines Himmels, der von einer alten Rasierklinge hemmungslos zerfetzt worden war. Mittendrin stand, in winzigen morgenrotfarbenen Buchstaben, das Wort ZIVILISATION. Jedoch hatte irgend so ein unternehmungslustiger Vandale drei Worte darübergekliert: SCHWARZ IST DIE.

Der Fußboden glich einem Spiegel, der die Parole seitenverkehrt reflektierte. Der gleiche Vandale – möglicherweise Edmund – hatte in roten Lettern daraufgepinselt: KUNST IST DUNST.

Ich hatte mich nur einige Sekunden lang in diesem Zimmer aufgehalten, als ich diese winzigen, verrückten Laute vernahm. Ich verlagerte mein Gleichgewicht und lauschte angestrengt. Es war das Geräusch entfernter, hin und her eilender Schritte in all den anderen Zimmern, die sich gegen dieses Zimmer preßten. Schritte, genau aufeinander abgestimmt und hin und her eilend. Sie wanderten und wendeten knapp hinter einem Punkt in der Mitte meines Blickfeldes:

Da war dieses Fenster.

Ich ging darauf zu und streckte meinen Kopf heraus.

Da waren Tausende von Fenstern, und überall streckten Leute ihre Köpfe heraus. Köpfe, schwarz wie der meinige.

Ich zog meinen Kopf zurück und starrte auf das Fenster selbst.

Es war ein Spiegel.

Ich streckte meinen Kopf ein zweites Mal heraus.

Tausende schwarze Köpfe streckten sich aus Tausenden von Fenstern.

Eine winzige Explosion eruptierte und zischte durch meinen Kopf wie der funkensprühende Schweif eines Kometen. Er zerstob in Millionen fluoreszierender Leuchtkäfer.

Leuchtender Lilien.

Ein ringendes Etwas schwebte aus dem wäßrig-blauen Himmel herab. Als es in meinem Gesichtskreis angekommen war, konnte ich erkennen, daß es sich um einen schwarzen und einen weißen Mann handelte, die in der Umarmung eines Zweikampfes verewigt waren.

In Bruchteilen einer Sekunde hatte sich das Ding durch die Zimmerdecke gebohrt und schleuderte mich glatt zu Boden. Das ringende Etwas explodierte in ein mächtiges Getöse, das Funken um sich sprühte.

Die Hitze saugte den Sauerstoff aus meinem Gehirn.

Der Schlag läutete zornig und röhrte in meinen Ohren.

Ich blickte hin.

Das Etwas war verschwunden.

Doch an seiner Stelle lag ein Stern aus Klopapier auf dem Boden. Aus weichem Klopapier.

Ich ging grapschend darauf zu und blies.

Pff-pff-pff.

Er flog in die Höhe. Er schwankte unsicher in der Luft. Er taumelte. Er segelte geradewegs zum Fenster. Auf seiner Unterseite stand die Parole ZIMBABWE.

Diese schwarzen Helden . . .

Ich streckte meinen Kopf aus dem Fenster.

Der Stern schoß nach oben, bis er nur noch als ein Glitzern auf der Netzhaut des Himmels zu erkennen war.

Irgendwo wurde eine Toilette gespült. Das Zimmer ertrank.

Meine Gedanken kreideten sich ein auf der schwarzen Tafel eines traumlosen Schlafes. Am Morgen gab es auf dieser Tafel keinen unbeschriebenen Flecken mehr: Die Geschichte war vollständig. Als ich sie las, brannte sich jedes einzelne Wort in mein Gehirn hinein. Später zogen sie mir die Fäden aus dessen Wunde. Ich war wieder beieinander. Die Fäden wurden veröffentlicht. Die Rezensenten lärmten obszön. Es ist jetzt vergriffen.

Doch jene Fäden, jene Gedichte . . .

Das Sonnenlicht konzentrierte sich auf den schmutzigen Ruß, der sich auf der weiß übertünchten Wand gebildet hatte. Fliegen summten Hallelujahs. Eine haarige Spinne zog ihre acht Beine ein und musterte mich neugierig. Ein Chamäleon ätzte den Schmutzflecken der Wand feine Linien entgegen, leckte seine Lippen und schwenkte seinen müden Blick auf den Pickel auf meiner Backe. Wolkenfetzen drifteten gemächlich über die Sonne und warfen launisch ihre Blicke auf mich herab. Das wilde Unkraut zu meinen Füßen kommunizierte freudig miteinander, legte jedoch eine Pause ein, um sich über meine klobigen

Schuhe lustig zu machen. Ein in der Luft umherirrender Samenträger tänzelte zögernd auf mein narbiges Handgelenk, und enttäuscht erhob er sich wieder in die Lüfte. Über mir schwebte eine Krähe im Gleitflug und nahm meine Schädeldecke aufs Korn. Eine flüssige Bombe, die auf mein vorzeitig ergrautes Haar platschte, entsprach der Vorstellung, die sich dieser kluge Vogel von meinem Charakter gebildet hatte...

Doch jene Fäden...

Ein Häufchen schmutzigen Geschirrs zankte und kabbelte sich auf dem fettigen Tisch. Eine unruhige Menge leerer Bierflaschen hatte sich im Schatten eines verdreckten Spülbeckens versammelt. Der roboterartige Küchenschrank hatte seine Geschlechtsteile entblößt: eine Truppe von Salz- und Pfefferstreuern, verstärkt durch einen ominös-roten Ketchup-Kämpen, dessen grimmiger Blick mich ins Badezimmer trieb.

Der Abort erstarrte, als ich mich draufsetzte. Das Klopapier protestierte knisternd, doch zeigte ich kein Erbarmen. Als ich ihm dankbar den Griff drückte, spülte er in einem unaufhörlichen Röhren, während ich mir die schlappen Hosen hochzog.

Ja, jene Fäden, jene Gedichte...

Die kleinen Steine des Kiesweges knirschten mit den Zähnen unter meinen klobigen Schuhen. Der Nachthimmel schielte durch sein lunares Monokel und neigte sich herunter, um die Sonnenfinsternis meiner Eisenseele zu betrachten. Ein eisiger Lufthauch blies mir fromm in den Nacken und wisperte unhörbar etwas über Totenschädel, die durch eine Dreckschicht von zwei Metern aufwärts starrten.

Die Fensterscheibe beschlug sich lindernd vor meinen Lippen. In der Großen Halle sah ich Tausende von Köpfen, die sich gegen gewaltige Humpen verschwiegenen Biers öffneten und verschlossen. Auf dem Podium waren fünf Köpfe, einer von ihnen öffnete und verschloß sich gegen ein beleidigtes Mikrofon. Drei kratzten wütend auf den Bäuchen juckreizgeplagter Gitarren herum. Der fünfte Kopf, fest in sich verschlossen, bearbeitete die straffe Haut von Trommeln, die keinen Schmerz mehr fühlten. An einer bestimmten Stelle vor dem Podium tanzte ein narbiger Kopf hilflos mit einem arroganten Stuhl.

Auch diese waren Fäden.

Und wie viele Schafsfelle hast du im Winter abgetragen?

Jene, die den höchsten Gipfel des Leidens erklommen, haben dort ihre Fahne eingepflanzt. Die übrigen von uns könnten ebensogut...

»Die Fäden veröffentlichen?«

»Bloß nicht.«

Die Fäden verlaufen wie ein großer Damm quer durchs ganze Land. Ein bißchen Blut sickert noch hindurch; es könnte sich um rote Tinte auf den Zähnen von Lausbuben handeln. Die Blutflecke auf meinem Teller klagen meinen Appetit an. Die Flecken auf dem Laken, das sie am folgenden Morgen verlassen hatte, widersetzten sich der Kraft des Waschpulvers. Am Himmel sind Gottes Flecke hübsch anzusehen, gleichgültig ob von unten her oder von weit oben.

Jene, die nur Gehirne leerfressen...

»Verdammte Scheiße!« explodierte Julia.

»Was stört dich denn jetzt?« fragte ich mit vorgetäuschter Unschuld.

»Du.«

»Entschuldige.«

Sie schnaubte verächtlich. Ihre lackierten Fingernägel glänzten wie Klauen, während sie ihre Zigarette hielt. Sie glaubte wahrscheinlich, ich sei für sie eine leichte Beute; die Vorstellung, daß sie sich zu einer von denen entwickelt hatte, deren geistige Gesundheit ausschließlich von der Größe der Klauen abhängt, betrübte mich etwas. Die Größe der Flecken im Bettuch! Flecken! Der Barmann, von ihren massiven Brüsten beeindruckt, verwandelte sie bereits in geiler Berechnung zu einem bloßen Flecken auf einem Laken. Einer der wahren Helden unserer Zeit. Der alles in die Scheiße zieht.

»Und was macht Philip jetzt?« fragte sie.

»Werbebranche. Er überlegt sich, ob er zum Fernsehen geht.«

Sie guckte Löcher in die Luft. Ich wußte, was folgen würde. Der Alkohol war schuld. Wie sie wieder glotzte – ich blickte schnell nach unten, um mich zu vergewissern, ob mein Hosenstall offen war. Er war es nicht. Ich fuhr fort:

»Es handelte sich um eine Zeitschrift, die Philip und ich herausbringen wollten. Gedichte und Kurzgeschichten. Wir wollten so vorgehen wie einst der alte Lermontow. Zwei Typen, Doug und Citre, Arbeitskollegen von Philip, wollten mitmachen. Weiße Kumpels. Aber Doug wurde wegen Drogenhandel eingebuchtet. Und Citre floh aus dem Land, um dem Liebeswerben des Militärs zu entgehen. Mein Onkel schließlich warf mich aus dem Haus, weil die Polizei mich laufend überwachte. Die Zeitschrift kam nie zustande. Zum Glück für Philip, den das vielleicht seine Stelle gekostet hätte.«

Pause.

Immer noch sezierte sie mich mit ihrem schrägen Skalpellblick.

Ein Glas Leitungswasser, seitwärts umgestoßen, und mitten im Fallen eingefroren: so fühlte ich mich.

Verzweifelt fuhr ich fort:

»Es war eine schlimme Zeit für Philip. Ich übte damals gerade das Haschrauchen. Und es gefiel mir. Natürlich hatte er nicht mehr volles Vertrauen zu mir – wegen einer bestimmten Frau. Das heißt, er sprach laufend in Rätseln über eine bestimmte Judasfigur. Der Typ, der Troja verriet, Inkanor war das, oder? Stell dir den menschlichen Körper vor, der in seinem Bauche ein Trojanisches Pferd trägt! Und sozusagen, es gibt nichts Raffinierteres auf der Welt als die Figuren auf einer griechischen Vase. Ode an eine griechische Urne und so weiter. Alles Quatsch, natürlich. Doch so waren unsere Sitzungen. Es lag am Hasch. Vermute ich. Die Langeweile hatte unsere Gemüter entzündet. Es gibt einen göttlichen Funken in jedem Menschen, auch wenn er nur Müllkutscher ist. Die Grenzen der Vernunft. Und etwas über diese Ganoven und jene Pferde. Du erinnerst dich an Lobengulas Brief an die Queen? ›Vor einiger Zeit kam ein Trupp von Männern in mein Land. Ihr Führer war ein Mann namens Rudd. Sie baten mich, ihnen ein Gebiet zuzuweisen, in welchem sie nach Gold graben dürften, und versprachen mir für die Gewährung dieses Rechtes bestimmte Gegenstände. Ich antwortete, sie möchten das, was sie mir geben wollten, herbeibringen; dann würde ich ihnen zeigen, was ich zu geben bereit wäre. Ein Schriftstück wurde aufgesetzt und mir zur Unterschrift vorgelegt. Ich fragte, was es denn enthielte, und man sagte mir, es handele sich um meine eigenen Worte und die Worte dieser Männer. Ich unterschrieb es. Ungefähr drei Monate später hörte ich aus anderen Quellen, daß ich mit diesem Schriftstück sämtliche Rechte an den Bodenschätzen in meinem Lande abgegeben hätte. Ich berief eine Versammlung meiner Indunas ein, zu der ich auch die weißen Männer lud, und erbat eine Kopie dieses Schriftstückes. Ich erlangte jetzt die Gewißheit, daß ich die Schürfrechte an den Bodenschätzen meines ganzen Landes an Rudd und seine Gefährten abgetreten hatte.‹ Armer Kerl. Ich will ihm auf keinen Fall die Schuld daran zuschustern, daß auch wir so reagieren. Natürlich war der Mann ein Schwachkopf. Steckte seine Nase in die Büchse der Pandora. Verdiente, was er einstecken mußte. Wie ein Pavian, der seine Pfote in eine Kürbisfalle steckt. Natürlich wären du und ich Amahole – Sklaven – geworden, wenn der Ärmste die Sache überlebt hätte. Fürst Moghabi verweigerte die Unterwerfung und wurde getötet. Fürst Ngomo tat das gleiche: er und sein Volk wurden mit einem Siebenpfünder und einer Maxim-Kanone getötet. Wir wollten, glaube ich, weder Sklaven der herrischen Ndebele noch der Lendy-Jameson-Bande sein. Jameson sagte: ›Die Maschonas sind den Weißen untertan.‹ Mtshete sagte: ›Wem gehören die Maschona, wenn nicht dem König?‹ Natürlich kam die Untertreibung des Jahres von Lobengula, der zu den Weißen sagte: ›Ihr Leute wollt doch etwas von mir.‹«

»Und dann«, sagte ich, »Krieg. Oder etwas Ähnliches.

Die Maxim und die anderen Kanonen hatten das Wort, und innerhalb einer Viertelstunde war die Umgebung mit Toten und Verwundeten bedeckt. Das geschah am Schangani. Auch am Bembezi sprachen die Kanonen; in einer halben Stunde waren eintausend Ndebele gefallen. Lobengula floh aus Bulawayo. Und nachdem er den Schangani überquert hatte, gab er sich geschlagen. Er sagte: ›Sie haben meine Regimenter geschlagen, mein Volk getötet, meine Krale niedergebrannt, meine Rinder beschlagnahmt, und ich will jetzt Frieden.‹ Eines kratzt mich an dem Burschen, nämlich daß er die Weißen liebte. Daß er die eigenen Leute abschlachtete, als wären es Rinder, genauso, wie es die Deutschen mit den Juden taten. Und dabei den Weißen seine Liebe entgegenbrachte. Ihnen sogar vertraute. Und schließlich wollte er wissen, ob Königin Victoria wirklich existierte. Weibergeschichten. Was ich meine, ist: Ist das schon unsere ganze Geschichte? In ihrem Kern ein stinkender Betrug. Unwichtige Intrigen. Weiße Landstreicher. Verdammte Missionare, die ›Vorwärts, ihr christlichen Soldaten‹ singen. Wo sind die verdammten Helden? Weißt du, was ein sterbender Krieger am Bembezi sagte: ›Wau! Wenn man bedenkt, daß die Imbezu-Regimenter von ein paar bartlosen Knaben besiegt wurden!‹ Beinahe ging sogar die elende Rudd-Konzession in der Kalahariwüste flöten, als der Kerl sich dort verlief, aber immer noch Gold und Champagner und Cognac und Stout mitführte; und als er kaum noch Hoffnung hatte, verbuddelte er die blöde Konzession ausgerechnet in der Höhle eines Ameisenbären, wobei ihm stumpfsinnige Buschmänner behilflich waren, und da sitzen wir nun mit den stinkenden Spuren unserer Geschichte. Qualmend und furzend...«

Ich legte eine Pause ein, weil funkelnde Edelsteine sich aus der Salzlake von Julias großen, klaren Augen herauskristallisierten. Ihre Muskeln waren angespannt. »Perlen in sein Aug gefügt«, sagte Shakespeare. Diese Perlen, wahrgenommen als blendende Transformation äußersten Schmerzes in lichtbrechende Gitter. Ihre Helligkeit war nicht zu ertragen. Ich schüttelte irritiert meinen Kopf – meine Gedanken schwappten in einer Alkoholwolke. Kein Wunder, daß ich so ein Blech redete. Was soll's, mit einer Bildung wie...

»Ein Mistkerl«, sagte ich, »ein Mistkerl hat Philips Schwester verdroschen. Anne, so heißt sie, wurde blau und schwarz geschlagen. Vergewaltigte sie außerdem bis zur Besinnungslosigkeit. Aber wir fanden ihn – das heißt ich. Er meinte, er könne sich schamhaft hinter Nestars Röckchen verstecken. Aber ich fand ihn. Und rief Philip an, der sich knirschend auf ihn warf, genauso wie eine Hacke in eine Zuckergußtorte klatscht.«

Julia lächelte einen winzigen Stern.

»Wie schlägt man einen Schwarzen blau und schwarz?« wollte sie wissen.

Sie hatte hier ein Thema aufgegriffen, mit dem sie mich so fertigmachen konnte, wie ein sadistischer Knabe einst Lucius, den Goldesel, quälte, indem er ihm immer auf die gleiche Stelle eins draufgab. Immer auf die gleiche, entzündete Schwachstelle – auf die Lucius mit einem großen Knüppel geschlagen wurde.

»Das ist nur so eine Redensart«, sagte ich müde.

Eigentlich wollte sie über Anne gar nichts wissen. Man

erfährt viel über Menschen, wenn man herauszufinden versucht, was sie nicht wissen wollen. Jeder will irgendwas nicht wissen. Ich wollte nicht wissen, was ich eigentlich von meiner Mutter hielt oder von Immaculate. Und über – aber Julia kam gerade darauf zu sprechen.

»Stimmt nicht«, sagte sie bissig. »Du bist schrecklich kompliziert.«

Die Mehrzahl der gebildeten Afrikaner liebt das Wort »schrecklich«, das Wort »eigentlich« und den Ausdruck »nicht wahr?« Oder etwa nicht? Sie sind das Sesam-öffne-Dich zum gesellschaftlichen Erfolg. Eigentlich sind Klassenbewußtsein und konservative Vornehmtuerei, die damit einhergeht, zutiefst in der afrikanischen Elite verwurzelt, die es im selben Atemzug fertigbringt, nach BEFREIUNG *und* POLYGAMIE zu schreien, ohne ein Gefühl dafür zu haben, daß hier etwas nicht stimmt. Das ist schrecklich anstrengend. Ich habe natürlich meine eigenen Lieblingsvokabeln und verbalen Eigenheiten, welche dem aufmerksamen Zuhörer verdeutlichen, was für eine Art Mistkerl ich bin. Nun, Harry hat Stil; ich habe auch ... Aber Julia packte bereits die peinliche Sache an.

»Weiß ich«, sagte ich rasch.

»Nein, du weißt es nicht. Es geht mir um die Art, wie du manchmal redest. Deine Launen. Und die Art, in der du die Dinge überhaupt nicht zur Kenntnis nimmst.«

Ihre lackierten Klauen streckten sich aus und umschlossen meine geballte Faust. Die Hyäne, Wildhündin, das Geierweibchen hatte jetzt bemerkt, daß ich mich nicht verteidigen konnte, weil die Löwen bereits dagewesen waren und meine Knochen abgenagt hatten. Ich habe mich immer gefragt, woher die Leute *wissen,* daß ihr Opfer so verschüchtert ist, daß es sich ohne weitere Umstände auffressen läßt. Sie wissen es intuitiv, instinktiv, sagte Stephan früher einmal, als er sich über Edmunds physischer Schwäche die Pfoten leckte. Lobengula war letztlich damit einverstanden, daß Rhodes ihn auffraß. Meine Generation wurde nur von Darmfäule zerfressen; es ist, als ob ein winziger Bohrer sich in unser aller Gehirnmasse hineinsenkte. Die Wichserei nun –

Ihre scharfen kleinen Zähnchen strahlten. Etwas Winziges zerbarst im Firmament ihrer Augen.

»Du haßt das Schwarzsein«, sagte sie.

Meine verfärbten Zähne schmerzten. Jetzt fängt das wieder an, dachte ich. Kann eine hohle, verrottete Seele eine neue Füllung bekommen, ähnlich wie Zahnärzte es mit einem Haufen kaputter Zähne machen? Wollte sie, daß ich mit meinen Hörnern und Hufen angebe? Wenn Zähnekriegen bei Kleinkindern etwas Natürliches ist, warum nicht bei neuem Wein? Harrys Zahnpastacharakter. Ich und mein Gebiß. Blitze, die sich durch die Lüfte fädeln.

Ich schluckte. Meine Stimme war ziemlich heiser geworden. Mein Gaumen schmerzte, als stünde der jüngste Tag vor der Tür, nach mehr als achtzig Jahren voller Darmfäule.

»Guck mich mal ganz genau an«, sagte ich, »und frage dich, ob du das wiederholen möchtest.«

Sie warf einen langen durchdringenden Blick in mein ungläubiges Gesicht.

Und sie brach in schallendes Gelächter aus.

Meine Stimme wurde tonlos und unverständlich, was immer dann geschieht, wenn ohnmächtige Wut sich in mir ausbreitet und meine Fähigkeit zu logischem Denken lähmt. Ich sprach schnell mit einer zahnlosen Stimme. Rasch und irritierend spürte ich in meinem Kopf das schnelle Nagen einer Laubsäge. Und irgendwas zuckte im Gesicht des Barmannes. Und draußen summten Tausende von Fliegen, von ihrem unsichtbaren Dirigenten in wildem Aufruhr hochgepeitscht, ein Crescendo aus Händels Hallelujah-Chor, während die dünne Sonnenlichtfolie in knisternder Freude glimmte und blitzte.

Der Alte starb unter den Rädern des zwanzigsten Jahrhunderts. Nichts blieb von ihm als Flecken, Blutflecken und Fetzen von Fleisch, als dessen ganze Länge ihn schließlich aufgefressen hatte. Und das gleiche geschieht mit meiner Generation. Nein, ich hasse das Schwarzsein nicht. Ich hab es nur satt, immer wieder »schwarz ist schön« zu sagen. Nein, ich hasse mich nicht. Ich hab es nur satt, daß irgendwelche Leute ihre Knöchel an meinem Kiefer stählen. Ich habe es satt, mir zwischen Tür und Angel den Kopf zu zermartern. Ich weiß es nicht. Nichts wird so, wie man sich's vorgestellt hat. Ein grausamer Sarkasmus regiert unser Leben. Manchmal sind die Möglichkeiten der Freiheit ein weites, wüstes Land. Die Bagger sind gekommen und darüber hinweggegangen, und wo einst unsere Helden tanzten, gibt es nur noch einen scheußlichen Flecken. Sie zerrten die Flügel unserer Rasse auseinander, zerrten sie in die Flamme einer Kerze. Nichts blieb übrig als die Genitalien seniler Götter. Mein Leben – mein Leben ist eine Spinnwebe; es ist übersät mit winzigen Skeletten von Genialität – Mein Leben –

»O, Scheiße!« murmelte sie, als hätte sie etwas vergessen.

»Mein Leben ...«

Ich schwitzte unter meinem Redeschwall.

Sie leckte mit ihrer schnellen, roten Zunge den Rand ihres Glases ab.

»Auf diese Tour brauchst du mir nicht zu kommen«, sagte sie.

Ich holte tief Luft.

»Dir macht's wohl Spaß, in meinen Wunden rumzukratzen?« fragte ich.

»Damit du mal wieder aus dir rausgehst.«

»Da kommt nichts raus.«

Ihre Nägel bohrten sich in mein Handgelenk.

»Den guten alten Samen wird's immer geben«, sagte sie.

Wieder einmal sank mir, etwas weniger rasch, das Herz in die Hosentasche. Ich hielt den Atem an.

»Röhren«, sagte sie. »Darauf läuft das Menschsein hinaus. Innereien. Eingeweide. Alles zu einem Knoten verschlungen. Einem roten Knoten.«

»Wahrsagerei aus lebendigen, dampfenden Eingeweiden«, murmelte ich.

»Als ich noch klein war«, sagte sie, »wollte ich immer meine Innereien betrachten. Die Innenseite nach außen reißen und nachsehen, woraus ich wirklich bestand.«

Ich hatte mich hinter meinem Getränk versteckt.

»Wie klappt's mit der guten alten Schmierung?« beharrte sie.

»Unheimlich.«

»Als ich heute aufwachte, fühlte ich mich als ein einziger Hintern«, sagte sie.

Irgendwas rührte sich in meinen niederen Regionen und verwandelte sie in einen Behälter für die Flecken, die alles verdorben hatten.

»Noch immer fühle ich mich so«, sagte sie. »Ich könnte gut bei noch einem dieser Filme mitmachen, mit diesem Typ – wie hieß er doch? –, er bumste sehr gut, als würde er mit seinen Schenkeln Kreise drehen. Wie war sein Name noch?«

»Citre.«

»Glaubst du, daß weiße Mädchen im Bett besser sind? Diese Patricia zum Beispiel.«

»Das Wetter war ziemlich feucht. Irgendwie stickig und dampfig, man konnte ihn nicht drinbehalten, ohne auszurutschen und auf die Felsen herunterzufallen.«

Sie sah entrüstet aus.

»Ich hab das eben nicht ganz mitgekriegt«, sagte sie.

»Es wird wohl auf den Felsen zerschmettert worden sein.«

Die Klauen lockerten den Griff um mein Handgelenk. Doch sogleich legte sie ihre Rüstung wieder an und entsandte, mit der Geschwindigkeit eines geölten Blitzes, den trojanischen Hektor:

»Du schreibst Patricia Liebesgedichte, stimmt's? Wie ihr's damals getrieben habt, könnte man meinen . . .«

»Schon gut, schon gut. Ich bekenne mich jeder Anklage schuldig, die du gegen mich vorbringst. Und noch mehr, ich denke noch immer viel an sie.«

»Der ganze Campus hatte die Nase voll von deinen

Schweinereien«, sagte sie. »Wie konntest du eigentlich deine politische Überzeugung mit deinen sexuellen Abenteuern auf einen Nenner bringen?«

Ich seufzte.

»Ich gebe zu, es gab da gewisse Leute, die gewisse abfällige Bemerkungen machten. Zum Beispiel Harry ...«

»Wie bitte?«

»Er sagte, sie sähe aus wie ein Baumstamm, und er wollte gerne dabeisein, wenn ich ihn endlich besteigen würde.«

Wieder einmal kroch das Herz von den Schenkeln über den Leib nach oben.

»Was soll eigentlich das ganze Geschwätz, Julia?«

Sie sagte nichts.

»Ich meine, du solltest mich etwas besser kennen.«

Sie knirschte mit ihren scharfen, kleinen Zähnen, und das Geräusch ließ mich zusammenzucken. Ich merkte, daß der Augenblick gekommen war, an dem ich meinen Mund zu halten hatte. Ich schloß meine Augen und betrachtete die heruntergelassenen Vorhänge meiner Augenlider. Doch ihre Stimme beharrte:

»Du kotzt mich an.«

Ein Tupfer ihrer speichelsprühenden Worte stach mir in die linke Wange. Ein winziger Stern explodierte in meiner Brust. Als ich mich räusperte, mußte ich einen Haufen Schnodder herunterschlucken. Die Qual trieb mein Herz wieder an die richtige Stelle.

Sie rückte ihren Stuhl so, daß niemand außer mir sehen konnte, was sie jetzt tat. Ihre Hand, die lackierte Klaue, hatte sich fest um meine Geschlechtsteile geschlossen. Ich beschloß, jetzt und hier der Sache ein Ende zu bereiten: In einer gewollt lauten Stimme, die Köpfe zum Drehen brachte, sagte ich:

»Julia, nimm deine Hand von meinem Penis!«

Als ich vier Jahre alt war, schlief ich gewöhnlich im schmalen Streifen zwischen der Wand und dem Bett meiner Eltern. Und acht Nächte pro Woche machten mich die besessenen Sinfonien ihrer Vögeleien verrückt. Dann kam Vater eine ganze Woche lang nicht nach Hause, und ich schlief mit meiner Mutter im gleichen Bett. In der folgenden Woche war Vater immer noch nicht nach Hause gekommen. Eines Nachts, als ich gerade eingeschlafen war, wachte ich auf und fing an zu schreien, ein Mann stünde vor dem Fenster. Doch sie beruhigte mich und öffnete das Fenster und ließ ihn herein. Sofort sprang er ins Bett und auf sie herauf, während ich mich widerwillig auf den kalten Zementfußboden legte. Bald darauf brach aus dem Bett ein gewaltiges Grunzen und Stöhnen hervor, dessen Kraft wie Gottes Faust war, als sie Satan am Kragen packte und durchschüttelte. Die Geräuschlawine reichte sogar aus, um Peter aufzuwecken, der gewöhnlich wie eine Boa schlief, die einen Elefanten geschluckt hatte. Mit einem Blick hatte er die Situation erfaßt; als wären siebzehn wilde Affen hinter ihm her, stürzte er sich auf den Mann, der ihn jedoch – ohne beim Vögeln eine Pause einzulegen – mit dem Handrücken ohnmächtig schlug. Vater kam drei Tage später wieder zurück. Ich sagte nichts. Peter, verbissen, sagte auch nichts. Und Mutter sah aus, als ob sie sich an gar nichts erinnerte.

Die Erfahrungen, die ich auf der Straße sammelte, waren nicht weniger prekär. Das plötzliche Vorhandensein von Schamhaaren und unmännlichen Brüsten (man hatte sie auszuquetschen oder eine wütende Ameise aufzulesen, die in die Brustwarze hineinbeißen sollte) wurde meiner Gang sehr bildhaft von Peter vorgeführt. Er war der erste, der Schamhaare bekam, die vorzuzeigen lohnte. Er war der erste, der Nestar überredete, ihre Höschen herunterzuziehen und sich zu bücken. Und in einer dickluftigen Sommernacht kamen die Jungs des ganzen Viertels zusammen, um einer Schau zuzusehen, die Peter angekündigt hatte. Er wollte uns Knaben beweisen, daß er bereits fähig sei, Mädchen, alle Mädchen, zu schwängern. Es war ein feierliches Zeremoniell. Wir würden zum ersten Mal sehen können, was den Knaben vom Mann unterschied. Peter zog sich aus. Er hatte gebadet und sich von Kopf bis Fuß eingeölt. Er war stark und muskulös und schön. Die Größe seines Organs setzte uns in Erstaunen. Es war steif und riesig und die Kuppe prall. Leger wiegte er es in den Fingern der rechten Hand hin und her und begann zu masturbieren. Wir sahen ihm mit wachsender Neugier zu. Über uns blitzten und spritzten weiße Termiten um die nackte Birne der einsamen Straßenlaterne. Ich begann zu schwitzen. Er röhrte brünstig und bewegte sich. Er verlor die Kontrolle über sich. Wir konnten beobachten, wie ein großes Ereignis sich in seiner Seele ausbreitete. Es kam aus seinem Rückgrat, wölbte ihn nach hinten und hob ihn gleichzeitig langsam in die Höhe. Es war, als ob er zwischen zwei Magneten stünde und die Metallspäne seiner Nerven sich zu einem Muster zusammenquälten. Der straffe Vorhang seines Ichs, der die Spannung nicht aushielt – zerriß. Und, stöhnend, wie jemand aus einer anderen Welt, kam er und kam er wie neuer Wein, den es nicht länger im alten Schlauche hält. Die Gang rückte näher und näher und seufzte. Ich schluckte schwer, doch mein Mund war trocken. Und mein Mund, so scheint es, ist seitdem fast immer trocken geblieben.

Diese Entdeckungen ermutigten uns zu weiteren Taten. Im Viertel wohnte eine größere, ständig wechselnde Gruppe von Prostituierten. (Nestar sollte später so etwas wie eine Königin unter ihnen werden.) Die meisten von ihnen hatten kein verschwiegenes Plätzchen, wohin sie sich mit ihren vielen Kunden zurückziehen konnten. Statt dessen schlugen sie sich mit ihnen ins Gebüsch. Die Landschaft hatte mich bisher kühl und gleichgültig gelassen. Später schwang mich eine überstürzte Romanze mit Wordsworths *Prelude* ins andere Extrem. Jedenfalls nahmen ich und die Gang unseren ganzen Mut zusammen und folgten den Mädchen und ihren Kunden ins Herz des Gebüsches, wo sich, wie uns schien, das Herz aller Dinge tagtäglich der Welt offenbarte. Ich hatte schlanke Läuferbeine und konnte über oder durch Dornenhecken springen. Eines Tages folgten wir einer Frau auf ihrem Weg zurück ins Viertel. Eigentlich war an ihr nichts Besonderes. Wir machten uns nur einen Jux daraus, auf der Schotterstraße die Samenkleckse und -flekken zu verfolgen, die von ihr heruntertropften, während sie lief. Jahre später schrieb ich eine Geschichte, in der ich sie als ein Symbol für Rhodesien benutzte.

Auch die Mädchen machten ihre Erfahrungen. Jeden Monat wurde irgendein Mädchen von der Schule verwiesen, weil sie schwanger geworden war. Eines dieser Mädchen, Nestar, brachte mich beinahe zur Verzweiflung. Sie wurde schwanger, aus Schule, Elternhaus und Kirche hinausgeworfen und ist jetzt eine der berühmtesten Huren des ganzen Landes.

Die ältere Generation machte ebenfalls Erfahrungen. Immer noch hing sie dem Glauben an, daß ein Mann seine Frau schlagen müsse, um ihr seine Liebe zu beweisen. Diese Schlägereien (nicht völlig einseitig, denn als unser Nachbar das einmal ausprobierte, schmetterte ihn seine bisher eher treu ergebene Ehefrau ins Krankenhaus für Afrikaner) wurden jedesmal gepfeffert mit den maßlosen Anklagen der Teilnehmer bezüglich der sittlichen Grundsätze der jeweils anderen Seite. Das schwungvollste Ereignis dieser Art endete damit, daß der Ehemann seine Frau im aufgeregten Dickicht der Zuschauer durchfickte, sie vergewaltigte. Bei dieser Tätigkeit wünschte er sämtliche Frauen zum Teufel. Und es schien, als würde er überhaupt nicht wieder aufhören – er hackte weiter und weiter und weiter, bis sie wie der Tod selbst aussah. Als er schließlich – die Menge leckte sich die Lippen und schluckte – als er schließlich seinen Penis aus ihrem malträtierten Dingsbums rauszog und ihn wieder in seine Hose stopfte, glaubte ich wahrzunehmen, daß sie einen Finger bewegte, was uns in wahres Erstaunen versetzte, wie sie einen so schweren tätlichen Angriff überleben konnte.

Doch die besten Lektionen in Härte und Zähigkeit, die uns erteilt wurden, stammten nicht von männlichen Vorbildern. Es gab mehr männliche als weibliche Irre, mehr männliche als weibliche Bettler, mehr männliche als weibliche Alkoholiker... Und sie schienen zu wissen, daß die erhobene Faust schwarzer Macht eher die Irrenanstalten füllen würde, als die Anzahl der politischen Märtyrer zu vermehren. Und als die Pille wie Manna aus Gottes Schoß fiel –

Doch das Leben einer jungen Frau ist nicht einfach, das Leben einer schwarzen jungen Frau. Täglich wird sie mit einem Fernsehprogramm bombardiert, welches die Ansicht verbreitet, daß schwarze Frauen nicht nur häßlich, sondern weniger als nichts sind, wenn sie nicht schmutzige Wäsche entgegennehmen, Toiletten schrubben, Treppen bohnern und sich in Kindermädchenuniform im Haushalt abplagen. Täglich wird sie von Zeitschriften tätlich angegriffen, die sie dazu animieren, sich europäische Schönheit zu kaufen, deren Frau-Barbara-Spalten solche Bonbons bereithalten wie »Gegenseitiges Verständnis ist die schönste Sache von der Welt – versuch doch mal ein Lächeln zu tragen, wenn er in Gewitterstimmung nach Hause kommt«. Und nur dann findet der *Herald* sie einer Erwähnung wert, wenn sie – wie im Jahre 1896/97 – einen Aufruhr gegen den Staat angeführt hat und von den todsicheren Gewehrläufen eines Erschießungskommandos eine letzte Huldigung erfährt, oder wenn sie zum x-ten Male erwischt wird, wie sie sich auf der Sündenmeile feilbietet.

Als Nestar (was für ein Vater muß das gewesen sein, der sein Kind so nennen konnte?) überall hinausgeworfen wurde, wußte sie nicht, wie man auf der Straße überlebt. Der verheiratete Mann, der sie geschwängert hatte, schlug sie zusammen, als sie ihn um Hilfe bat. Sie war damals zwölf. Sie übernachtete in Wartesälen und Toiletten des Bus- und Hauptbahnhofes. Ich weiß nicht, was sie aß, um sich aufrecht zu halten. Als ich sie später fragte, ob sie jemals an Selbstmord gedacht hätte, riß sie mir beinahe den Kopf ab.

»Selbstmord!« höhnte sie. »Das ist was für gebildete Schwachköpfe wie du einer bist.«

Sie gebar ihren Sohn im Busch. Als ich sie später fragte, wo, antwortete sie vage:

»Dort, wo der Fluß eine Kurve macht. Überall war Blut, doch er sah aus wie ein neuer, blanker Stein, als ich ihn gewaschen hatte.«

Ich wollte nicht über ihn sprechen, angesichts dessen, was Philip und ich ihm antun würden.

Die Qual, das Blut und die Leere dieser Geburt brachten sie hier und jetzt zu dem Entschluß, sich »zum großen Geld hochzukämpfen«. Geld, sagte sie, sei Macht. Keine Macht lohnt sich, wenn sie sich nicht vergolden läßt, sagte sie.

Ich sah mich in ihrem Zimmer um; tatsächlich hatte sie den goldenen Topf gefunden und ihn der Regenbogenschlange gestohlen.

»Weißt du, weiße Männer haben so 'ne Schwäche für schwarze Frauen«, bekannte sie. »Es gibt nichts, was ich nicht getan hätte. Die meisten von denen wollten mich nicht mal anfassen. Sie ließen mich was vorführen und glotzten sich dabei ihre Augäpfel aus'm Kopf. Und wichsten wie wild. Einen gab's, der fuhr immer auf die gleiche Tour ab. Ich mußte seine Eier in den Mund nehmen, und dann spritzte er mir ins Haar. Pomade braucht ich da nicht mehr! Dann rieb er mir das Zeug ins Haar wie ein handauflegender Bischof, während ich ihm die letzten

Tröpfchen vom Stengel leckte. Dann wollte er, daß ich meinen Arsch in den Himmel seines Gesichts strecke und meinen Kopf zwischen die Beine nehme. Erst mal atmete er gierig alles ein, und dann war die Taufe an der Reihe, wenn er sich drehte und wand und jammerte, ich sollte nun in sein Gesicht hineinfurzen und -pissen. Wie Regen. Eine Art Gewitterszene. Und dann gab es noch Billy.«

Sie runzelte die Stirn im Bemühen, sich zu erinnern.

Mein Notizblock lag auf dem Teppichfell: Lange schon hatte ich aufgehört, mir Notizen zu machen.

Sie fuhr fort:

»Billy wußte alles über Orgasmen, alles, was man wissen konnte. Schon der bloße Anblick meines Körpers ließ ihn in einen langen und hysterischen Orgasmus explodieren. Und er konnte ihn nicht lange genug drinbehalten. Er fiel in sich zusammen wie ein Napfkuchen und heulte, weil er es nicht glauben konnte. Und immer sagte er Mutter zu mir. Er verkrampfte sich schlicht und einfach. Und brach so schnell zusammen wie der kleine, trockene Zweig von Gottes leiser Stimme. Und er hatte Spaß daran, wie ein Schuljunge zu schimpfen. Er fickte mich am liebsten beim Getöse von Schostakowitschs Leningrader Sinfonie.«

Sie legte eine Pause ein, um die kostbaren Ringe an ihren Fingern zu betrachten. Ich sah mich im Zimmer um. Ein schicker Fernseher kuschelte sich in einer Ecke, daneben stand eine Marmorstatuette der Venus. Eine Schale mit Äpfeln – wie ein diskretes Symbol – schmiegte sich an eine hübsche, pastellfarbene Tischdecke. Meine klobigen Schuhe ließen sich leicht in dem dicken Velourteppich verbergen. Und an der mir gegenüberliegenden Wand hing ein Bild, eine Handzeichnung in Kohle und Tusche. Sie bemerkte, wie ich es verdutzt anstarrte.

»Ein Bild von Bill«, sagte sie.

Mir verschlug es den Atem.

»Aber das ist doch ein echter Petyt. William Petyt!«

»Ganz recht, von Billy«, sagte sie mit einer gewissen Befriedigung.

Petyt war einer der wenigen Weißen gewesen, die hier im Lande die schwarze Bildhauerei »förderten«. Zum Glück ist er jetzt tot und in seinem geliebten Kanada begraben.

Sie stippte die Asche von ihrer Zigarette; ihre Fingernägel waren weder lang noch lackiert. Sie ist zu einem Menschen geworden, der keiner Krallen bedarf. Sie sagte:

»Sein Freund Mike war ein merkwürdiger Typ. Allerdings nicht so extrem. Er ließ mich nackt und mit gespreizten Beinen vor eine Zielscheibe klettern und bewarf mein Loch mit allen Arten von Geleeklumpen. Und während er zielte und all das, grölte er immer irgendwas über den Kongo, die Mau-Mau, Algerien und einen unserer Politiker, der namenlos bleiben soll.«

Ich war ganz Auge.

Sie schüttelte den Kopf und drückte ihre Zigarette aus. Sie gähnte.

»Willst du noch mehr hören?«

Ich nickte wie ein Hund.

»Dann frag mich ein andermal«, sagte sie, lehnte sich etwas zurück und schlug allzu lässig ein Bein übers andere. In diesem Augenblick sah sie wieder wie die alte Nestar aus, nach der ich in der Grundschule so geschmachtet hatte. Ich war so verrückt nach ihr, daß ich alle ihre Hausaufgaben machte, bis eines schmerzlichen Tages der Lehrer meine Handschrift mit der Handschrift in ihrem Heft verglich. Ich wäre sogar bereit gewesen, ihretwegen das ganze Universum dem Spülklosett zu überantworten.

Ich drehte mich rasch um.

Der Türknopf drehte sich langsam und lautlos. Die Tür öffnete sich. Ein großer Junge, der seinen Körper so trug wie ein Reisender einen schweren Koffer schleppt, trat ein. Er sah aus, als ob Nägel in seine Hände und Füße getrieben worden wären. Er pflanzte sich direkt vor mir auf.

»Was willst du von meiner Mutter, du Fink? Sie soll wohl mal hinhalten? Du dreckiger, stinkender Nigger . . .«

Ich ließ meine Hand in den Mantel gleiten und zog lokker ein gefährlich aussehendes Okapi heraus. Nestar fuhr erschrocken in die Höhe. Ich sah ihn nicht einmal an. Ich hatte einige Erfahrungen, was Messer betrifft.

»Was hast du da gesagt?«

Er schien seine Lippen zu lecken mit einem schluckenden Laut, ähnlich einem fliegenden Fisch, der unbeholfen wieder ins Meer klatscht. Ich spürte, wie er Maß nahm, sich seine Chancen ausrechnete. Ich beschloß, meinen Fisch aus dem Wasser zu ziehen. Ich hatte ihn gleich erkannt. Ich schaute ihn mir an.

Er drehte sich hilflos zu Nestar um.

»Ma . . .«

Sie zuckte die Achseln und machte eine bedauernde Handbewegung. Ich schwenkte die Spitze des Okapis in die Gegend seines Bauches. Ich muß gestehen, ich fühlte mich wie ein gereizter schwarzer Held.

»Sagt dir der Name Anne was?« fragte ich.

Er wurde starr.

Nestar beharkte ihn mit ihren gelangweilten, braunen Augen. Ich sagte:

»Sie ist die Schwester meines besten Freundes. Und sie liegt noch im Krankenhaus. Ich will gar nicht erst fragen, warum du das getan hast.«

Nestar fixierte eine Stelle, die sich irgendwo hinter meiner rechten Schulter befand.

»Was ist passiert?« fragte sie.

»Er schlug sie zusammen und bumste sie durch, während sie ohnmächtig war, oder so.«

Ich wußte, sie hatte sich sofort auf meine Seite geschlagen. Aber ganz offensichtlich machte ihr das keine Freude.

Ich ging rückwärts zum Telefon, wählte eine Nummer.

Mein Zeigefinger war noch fleckig von der Tinte des Füllers, mit dem ich Nestars Geschichte hingekritzelt hatte.

»Philip! Ich hab den Mistkerl gefunden. Komm her, und wir erledigen das mal schnell.«

Ich gab die Adresse durch. Ich sagte noch:

»Und wegen Julia sind wir jetzt quitt, oder?«

Seine Antwort war bestimmt-unbestimmt.

Zehn Minuten später galoppierte Philip ins Zimmer. Es gab kein Gramm Fett an seinem Körper. Er wirkte sehr athletisch. Als ob in ihm ein Funken glühte, der ihn ständig zu einer zögernden Tatenlosigkeit triezte.

»Der? Dieses Kind? Dieser Knabe? Diese halbe Portion? Dieser Rum- und Milchbubi?«

Ich nickte.

Philip marschierte stracks auf ihn zu und sagte:

»Das will ich noch mal von dir selber hören. Hast du's getan?«

Seine Augen rollten wie die von Gott, der, Fleisch geworden, sich nicht mehr in das Wort, das am Anfang war, zurückverwandeln konnte. Schließlich sagte der Junge:

»Ja. Aber ich war bekifft. Ich war ...«

Doch Philip hatte sich an Nestar gewandt:

»Und wer bist du?«

Nestar schüttelte locker eine Zigarette aus der goldenen Packung und lächelte:

»Seine Mutter.«

Und Philip beugte sich vor und zündete ihr die Zigarette an.

»Warum«, fragte er, »warum hast du deinen Sohn so schlecht erzogen?«

Ihr Lächeln breitete sich aus, bis es das Zimmer aufgesogen hatte.

»Das geht dich nichts an, oder?« sagte sie.

Er warf sich herum und nietete den Jungen in einem gelungenen Handstreich zu Boden.

Der Junge klappte zuammen, den Mund offen wie ein Fisch, die Hände über dem Schmerz gefaltet. Ein gezielter Schlag auf den Unterkiefer schleuderte den Jungen durchs ganze Zimmer, und er fiel krachend gegen die Venusstatuette, die in Stücke zerbrach.

Nestar sammelte ihre Beine aus den Scherben.

»Nicht hier, bitte, seid so gut. Der Keller ist der beste Ort dafür«, sagte sie.

Wir verließen sie, als sie die Überreste der Venus auflas.

Im Keller sagte Philip:

»Tu das Messer weg. Wir sind hier in keinem Krimi. Und das da...«

Der Schlag klatschte in den Jungen wie eine Hacke, die in eine Zuckergußtorte hineinknirscht.

Ich ließ mein Messer wieder in die Jackentasche gleiten und ging nach oben und überließ Philip die Aufgabe, den Jungen zu einem bloßen Flecken zu zerschmettern. Flecken! Liebe oder auch Haß oder das Verlangen nach Rache sind nichts als eine Anzahl Flecken auf dem gleichen Bettuch, auf einer Wand oder gar auf einem Blatt Papier. Diesem Blatt. Erwachsenwerden bringt so etwas mit sich. Und Philip knirschte das gerade in ihn hinein.

Nestar las noch immer die Fragmente ihrer Gottheit zusammen. Sie blickte auf.

»Ich könnte dich umbringen«, sagte sie lächelnd.

Sie reichte mir den Unterleib der Statuette.

»Das wolltest du doch schon immer von mir«, sagte sie. »Hier hast du's nun.«

Ich glotzte einen langen Augenblick drauf. War das denn wirklich alles?

Ihre lachende Stimme brachte mich ins Zimmer zurück.

»Ja, jetzt ist es an der Zeit, daß du das begreifst, nicht wahr?« sagte sie.

»Gott steh uns bei«, murmelte ich.

Philip kam herein. Seine Hände sahen wie die von Macbeth nach der Ermordung Duncans aus. Doch als er näher kam, sah ich, daß diese Hände in Wirklichkeit makellos rein waren. Er streckte Nestar seine Hand entgegen:

»Ich freu mich, Sie kennenzulernen...« begann Philip.

Eine stechende Ohrfeige unterbrach ihn und trieb ihm Tränen in die Augen. Sie rieb sich ihr gefährliches Handgelenk auf ihrem cremefarbenen Kleid, als hätte seine Backe es beschmutzt. Sie wandte sich zu mir, mit gespreizten Fingern, die nach Verabschiedung aussahen. Kaum hatte ich ihre Hand ergriffen, als ich schon einen Salto durch die Luft machte und hart vor ihren Füßen aufknallte. Mir fehlten die Worte.

»Heh!« rief Philip.

Ein Kinnhaken donnerte ihn brutal gegen die Wand. Dessen Wucht ließ den schwerberahmten Petyt auf seinen Kopf klatschen.

»Jetzt aber raus mit euch beiden«, sagte sie und half ihm auf die Beine.

»Raus!«

Wir konnten uns nicht schnell genug davonmachen. Ach Helden, diese schwarzen Helden!

Sonnenlicht prallte zurück von einer schmutzigen Telefonzelle und brach sich geräuschlos an der Fensterfront einer verschlafenen Kaffeestube. Ich klopfte, wie Harry es zu tun pflegt, mit einer Münze auf die Theke. Das Gesicht eines weißen Rentners drehte sich langsam in unser Blickfeld. Es starrte uns streng an, als seien wir so etwas Anrüchiges wie ausländische Münzen. Ein rosa Mund, eingebettet in schmale Furchen rosigen Fetts, zuckte, an dem Speichelfäden klebten wie Stalagmiten und Stalagtiten. Der Mund sagte:

»Kaffern durch den Hintereingang. Kaffern . . .«

Ein zähflüssiger Speicheltropfen rann langsam hinab bis auf die khakifarbene Safarijacke, teilte sich in viele kleine diamantene Rinnsale, die weiterglitten, um sich endlich auf dem fetten Hängebauch niederzulassen. Die roten Augen betrachteten uns ohne das geringste Interesse, mit lebloser Langeweile. Eine dicke, schwarze Fliege würgte über einem Cremetörtchen, wusch sich die Beinchen und segelte in träger Faulheit auf die schweißglänzende, rosige Stirn.

Philip lehnte sich über die Theke und spuckte in das ältliche rosa Gesicht. Aber die dicke schwarze Fliege ließ sich nicht stören und fuhr fort, in dem Salz des alten Schweißes ihr Geschäft zu verrichten. Und die müden rötlichen Augen verschwanden in den Augenhöhlen. Der Mund, eine einzige widerliche, zahnlose, klaffende Wunde, murmelte speichelsprühend:

»Kaffern ...«

Das ölige, weiße, heiße Sonnenlicht verströmte asphaltschmelzende Kraft und warf rasierklingenscharfe, grelle Strahlen in die Fenster. Eine dicke Bulldogge, die Zunge weit bis auf den schattigen Bürgersteig herausgestreckt, tastete uns ab mit einem trägen Knopfaugenblick. Ein fahler, weißer Ring schien intensiv um die Sonne zu strahlen. Er erinnerte mich an den weißen Flaum auf der Brust einer weißen Taube. Schwanenweiß. Und an Leda, als Zeus sie mitten in der Luft erstarren ließ. Ich dachte auch an Harrys Gummischlange. Die weiße Unterseite eines stinkenden Reptils. Dieser Gestank verlieh der Sonne einen ekelerregenden Farbton. Und alles wurde davon erfaßt. Er schob mich in den Raum, und meine Zähne schmerzten wie das ratternde Klappern einer Schreibmaschine. Die Handschellen waren zu eng.

»Noch einer von denen, Sergeant.«

»Kommunist.«

Etwas Blut tröpfelte von meinen Handgelenken.
»Wohl 'n Terrorist, was?«
»Er sagt, er ist 'n Student an der Universität.«
»Ach!«
Und dann die Korridore hinauf und hinunter, hinein und hinaus, und ich weiß nicht, ob tief unten oder hoch oben in einen kleinen Raum hinein. Hier gab es nur eine einzige Bank. Und mit all den Fragen und Fragen und den Schlägen begann die Bank mit meinem Leben und meinen Blutergüssen, meinem Atem und meinen Blutflecken größer und größer zu werden. Irgend etwas war von mir in die Bank übergegangen, die damit zu leben begann. Irgend jemand sagte: »Gib mir fünf Minuten mit diesem elenden Arschloch, und seine Worte werden wie aus dem Jenseits kommen.« Irgend etwas explodierte in meinem Kopf.

Als ich wieder zu mir kam, blickten sie auf mich herab. Ein schwarzer Polizeibeamter in Zivil sagte gerade etwas und zeigte mit seinem Finger auf mich herab. Sein Fingernagel hatte einen kleinen Riß.
». . . nur fünf Minuten«, sagte er.
Sie ließen mich mit ihm allein.
»Ich halte mich gar nicht erst mit Fragen auf«, sagte er, »du weißt, was wir wollen. Rück die Namen raus. Und zwar sofort.«
Ich spürte die Bank als dumpfen Schmerz im Hinterkopf.
Langsam zog er seine Jacke aus. Er knöpfte seine Hemdsärmel auf und krempelte sie bis zu den Oberarmen hoch. Als ich ihn auf mich zukommen sah, flammte in dem Augenblick, als seine Faust zuschlug, Julias Ge-

sicht, von den Stacheln eines blendenden weißen Lichts durchbohrt, in meinem Innern auf. Im Inneren der Bank. Im Inneren des Raumes. Es betäubte meine Seele. Eine Ewigkeit später, als es keine Stelle mehr auf meinem Körper gab, die er noch verletzen konnte, ich zwar noch bei Bewußtsein, aber taub gegen jeden weiteren Schlag war, den er sich ausdenken konnte, öffnete sich die Tür und die weißen Polizeibeamten kamen herein. Sie warfen einen Blick auf mich und zerrten ihn von mir weg. Und der Korridor kam auf mich zu; Steinstufen schnitten in mein Fleisch, zerschürften meine Fingerknöchel und Knie, und ein Fußtritt riß durch die verblichene Hülle meines übriggebliebenen Selbst. Jeder ergriff eine Hand, und sie schleiften die endlosen Steinstufen in die Blutflecken, die vorher mein zornbebendes Gehirn gewesen waren.

Das Sonnenlicht war unmerklich schwächer geworden – ein zarter Geruch von Frische hing in der Luft. Der Wärter begrüßte Philip. Im Aufzug studierte ich mein Gesicht, und mit einem stets gleichen Entsetzen starrte ich auf mein vorzeitig ergrautes Haar. Philips Büro war wie üblich brechend voll mit Zeitungen und Zeitschriften. Er warf sich in den Ledersessel hinter dem Schreibtisch. Ich lehnte mich in dem weichen Besuchersessel zurück. Er nahm den Telefonhörer ab und sagte seiner Sekretärin, daß er wieder zurück sei. Ich las die Titel der Bücher auf seinem Schreibtisch: Aimé Césaire, LeRoi Jones, James Baldwin, Senghor und ein zerlesenes Exemplar von Christopher Okigbos Gedichten. Er schob mir einen hellblauen Hefter zu. Ich begann ihn durchzublättern.

Es waren insgesamt fünfzehn Gedichte: seine eigenen. Sie sprachen von Unzufriedenheit, Ernüchterung und Empörung. Mir schien, daß Klarheit dem Ausdruck trübsinniger Stimmung geopfert worden war. Selbst die Lobgesänge auf das »Schwarz-sein« hatten einen bitteren Unterton. Man spürte, wie glühende Kohlen in einem Meer von Paranoia zischten. Düstere Nächte – zerstochen von den Nadeln des Existentialismus. Tiefe Verzweiflung – erhellt von selbstmörderischer Klarsicht. Das unechte Morgengrauen, kohlrabenschwarz, im Nachhall der Leidenschaft erzitternd. Und Lieder eines Goldenen Zeitalters schwarzer Helden: von Mythen, Legenden und Geistern. Und Ghulen. Das waren die entblößten Adern, die durch den Körper der Gedichte tropften. Eines handelte von Julia und mir; es hieß: »Etwas Verfaultes«. Es erinnerte mich an die Zeit, als ich einen Artikel über die Elendsviertel schrieb und beim Besichtigen der Latrinen in so ein verdrecktes Loch fiel. Ich habe mich immer noch nicht ganz von diesem Erlebnis erholt. Es war wohl eine notwendige Taufe.

»Ich habe ihnen den Titel ›Die Taufe‹ gegeben«, sagte Philip.

»Eine Art Übergangsriten von E. R. Brathwaite?«

»Ahem.«

Er sah mich an, als ob ich etwas Unanständiges gesagt hätte. Er sagte:

»Nichts gibt einem Anlaß, sich darüber zu freuen, gerade ein Mensch zu sein und nicht ein Pferd, oder ein Löwe, oder ein Schakal, oder wenn ich's mir so überlege – eine Schlange. Schlangen. Da gibt es nur Schmutz und Scheiße und Urin und Blut und zermalmtes Gehirn. Da gibt es Staub und Flöhe und dreckige Weiße und Kakerlaken und Hunde, darauf abgerichtet, Schwarze in den Arsch zu beißen. Da sind Geschlechtskrankheiten und Bier und Wahnsinn und gerechte Ziele. Da gibt es Technik, um dich zu entmachten, wo immer du auch pinkeln willst. Es steckt weiße Scheiße in unseren Führern und weiße Scheiße in unseren Träumen, weiße Scheiße in unserer Geschichte, weiße Scheiße an unseren Händen, in allem, was wir bauen oder was wir ersehnen. Selbst wenn das noch in Ordnung wäre, gibt es immer noch Verräter und Spitzel und eingebildete Studenten und Schweinehunde, die auf die Schnelle reich werden wollen, und die Lebe-jetzt-denke-später-Punks, die genauso schlimm sind, Mann. Genauso schlimm wie weiße Scheiße. Es gibt 'ne ganze Menge von diesen Arschlöchern, die in London herumhängen und nur darauf warten, bei ihrer Rückkehr einen Kabinettsposten zu ergattern. Der einzige Posten, auf dem sie einmal landen werden, wird für sie unter der Erde liegen. Versteh mich nicht falsch. Ich bin ein Pessimist, aber ich kann immer noch zwei und zwei zusammenzählen und komme lächelnd doch auf sieben. Du findest Freunde, und es gibt Dinge, die ihnen zustoßen, und der Gewittersturm in ihrem Kopf starrt ungläubig aus ihren Augen. Du kümmerst dich um deine eigenen Sachen, und die Sachen springen dir ins Gesicht und hauen dich schier um. Du schlägst deinen Kopf gegen die Wand, und du wachst auf, als wäre die ganze Welt ein Riesenschmerz in deinem Kopf. Du ziehst den Schwanz ein, und irgendein unternehmungslustiger Vandale steckt dein Fell in Brand, während du durch das dürre Gras deiner Ängste streifst. Und wenn du vor jener

Wand anhältst, um das nächste Gedicht zu verstehen, schüttet dir irgendein Typ einen ganzen Nachttopf voller Sprüche über den Kopf. Da ist all diese Wut, aber die bringt dich nicht weiter. Da ist ein Haufen Rücksicht von anderen, die dich auch nicht weiterbringt. Das sind Fahrkarten ins Blaue, das alles. Und dann die hohen Tiere. Es wird immer hohe Tiere geben, die dir Latrinen hinpflanzen, damit du und deine Kinder hineinfallen können. Ich rühre keinen Finger für irgendein System von Blutsaugern. Ich wichs mir nur einen ab, an einem ruhigen, grünen Plätzchen, und werfe mir meine Eier über die Schultern für die weite Reise jenseits des Grabes. Dort draußen gibt es hungrige Menschen. Dort draußen gibt es heimatlose Menschen. Es gibt viele, die in den Lumpen ihres Adamskostüms herumrennen. Sie sind alle verrückt. Sie alle sinnen auf Böses. Du tust es, und ich tue es auch. Aber wir alle schmieden unsere finsteren Pläne in einem Meer von Scheiße. Da gibt es ganze Wolken von Fliegen, wohin du auch gehst, Fliegen, die unsere Toten fressen. Da gibt es ganze Armeen von Würmern, die in unserer Geschichte herumkriechen. Und es gibt Geschwader von Moskitos, die sich auf die Wiege unserer Zukunft herabstürzen. Und was tun wir? Wir halten uns in den Klauen und ertränken uns gegenseitig, und das tun wir immer wieder; und wenn wir uns selbst nicht sauber genug erledigen können, gibt es dafür ganze Horden von Missionaren und Seelenmasseuren, und sie haben Bullen, Soldaten, Australien, Neuseeland, Großbritannien und China und die USA und Frankreich und die dreckigen Deutschen auf ihrer Seite. Die Armen sind nicht die einzigen, die was im Schilde führen.«

Er holte tief Luft. Und während er sich in seinen Sessel zurücksinken ließ, schlug er die Beine locker übereinander und zündete sich eine billige Zigarre an. Ich hätte ihn beinahe gefragt, wo die selbstgedrehte Zigarette denn geblieben sei. Ich konnte nicht einmal lachen, mich fröstelte.

»Nichts dauert lange genug, um irgendeinen Sinn zu ergeben«, sagte ich.

Ich sagte es ohne Überzeugung. Ich fuhr fort:

»Es gibt Fragmente und Bruchstücke von Fragmenten. Die flüchtig gezupften Saiten einer Gitarre. Die Dinge, so wie sie sind – aber eigentlich nicht in der Art von Wallace Stevens. So wie es immer gewesen ist. Ein Zeitungsfetzen, dessen Worte weder Anfang noch Ende haben, sondern nur die Worte drauf. Bruchstücke einer Melodie, die das Ohr mit sprödem Klang durchdringt. Nichts dauert lange genug, um gewesen zu sein. Diese Fragmente aller Dinge brechen wahllos über uns herein. Nur selten sehen wir die Einheit des Ganzen unmittelbar vor uns. Und das ist der Beginn von Kunst an sich.«

Er hatte die ganze Zeit den Atem angehalten; nun atmete er wieder aus und schien in dem Leder seines Sessels zu versinken. Er schaute mich mit dem Auge einer Fliege an, die, in einem Teller Suppe schwimmend, dem Tafelnden geradewegs in die Seele blickt. Schließlich warf er mir eine Zeitung in den Schoß. Er hatte mit roter Tinte einen Artikel umrandet, der von einem Gefecht zwischen Smiths Sicherheitskräften und den Guerillas handelte. Zwei Abbildungen gehörten dazu. Die Fotos zeigten zweiundzwanzig zur Schau gestellte tote Guerillakämpfer, und in ihrer Mitte stand der »Gefangene«, ein totenbleicher Jugendlicher, der trübsinnig in die Kamera starrte. Er sei, so hieß es, während des grimmigen Gefechts eingefangen worden. Er hatte etwas an sich, von dem ich glaubte, ich müßte –

»Erinnerst du dich an ihn?« fragte Philip mit ruhiger Stimme.

Ich war wie vom Donner gerührt. Ich erinnerte mich an das brutal zernarbte Gesicht. Der gefangene Guerilla war Edmund. Während unserer Schulzeit war er klein, unterernährt und bettelarm. Alle, ich eingeschlossen, waren stets gemein zu ihm, weil er sich weigerte, irgend etwas mit unserer studentischen Salonpolitik zu tun zu haben. Er ist zutiefst einsam gewesen, jeder von uns war einfach widerlich zu ihm. Doch er schloß sich immer im Abstellraum ein und paukte jede Woche die ganze Nacht hindurch. Während der Schulstunden saß er hinten in der Ecke und machte sich umfangreiche Notizen, die in Wirklichkeit nur bloße Abschriften aus fast jedem Buch der Bibliothek waren. Aber in jedem Semester gehörte er zu denen, die am schlechtesten abschnitten. Er beteiligte sich nicht an den Spielen. Sein Vater, ein Grundschullehrer, war – nach einer phantastischen nächtlichen Vergnügungstour zusammen mit meinem Vater – an Alkoholvergiftung gestorben. Seine Mutter, eine Krankenschwester, war der Lage nicht gewachsen und flüchtete sich plötzlich ins Krankenbett und wehrte sich mit Händen und Füßen gegen alle Versuche, sie daraus hervorzulocken. Aber bittere Not klopfte an ihre Tür und ängstigte sie so sehr, daß sie eines Morgens ihr Sonntagskleid anlegte, ihr Haar zurechtmachte, ihr Gesicht anmalte und den kürzesten Weg zur Bierhalle nahm, wo ihr Äußeres einige Aufmerksamkeit erregte. Sie war es auch, die Nestar Nachhilfeunterricht erteilt hatte.

Ich starrte lange auf die Fotos; die Leichen sahen aus, als seien sie schon eine ganze Weile tot. Eines der Gesichter schien nur noch ein Schwarm von Fliegen zu sein. Und Edmund stand deprimiert, aber aufrecht in ihrer Mitte. Der einzige Überlebende. In der Schule stand er in derselben Weise zwischen uns und lebte, wie es schien, unverdrossen seine gequälten Träume angesichts dauernder Demütigungen. Ich weiß nicht, warum er mich mochte – aber es war so. Er konnte nicht genug von Gogol in die Hände bekommen; er versuchte sogar, sich Russisch beizubringen, um ihn im Original lesen zu können. Er war der einzige in der Klasse, der von der Existenz Jewtuschenkos wußte. Dostojewski, Tschechow, Turgenjew, Puschkin, Gorki – er hatte sie alle gelesen. Doch hielt er Gogol für den größten. Und als er den *Revisor* las, ließ er sämtliche winzigen Knallfrösche seines Lachens explodieren. Er hielt Schostakowitsch für den besten aller Komponisten, und Mussorgski bewertete er mit »gut«. Unter Malern hatte Edmund schon längst Hieronymus Bosch zu seinem Meister auserkoren. Als ich ihn fragte, was er nach der Schule und Universität machen wollte, erklärte er, daß er gerne Schriftsteller werden würde. Tatsächlich hatte er schon unzählige Romane (alle unvollendet) wie auch Kurzgeschichten (ebenfalls unvollendet) geschrieben, die entweder von der gewissenhaften Erforschung des Einflusses von Not und Armut auf die »Psyche« oder von den bedeutenderen Leitthemen der großen Dramen und heroischen

Epen handelten. Hiermit strebte er etwas Ähnliches an, wie es Gogol über den russischen Nationalcharakter zu tun versucht hatte. In unserem ersten Jahr stand im Schlafsaal Vier sein Bett neben meinem. Sein Spind war verschwenderisch mit Reproduktionen von Porträts des Teufels dekoriert, und von vergrößerten Auszügen der Ansprachen des Satans, die er aus Miltons *Das verlorene Paradies* entnommen hatte.

In der ersten Nacht im Schlafsaal unterhielt uns Edmund mit einer Sorte von Furzen, die es um Mitternacht notwendig machten, trotz der außerordentlich kalten Nacht sämtliche Fenster zu öffnen. Der dadurch verursachte Lärm störte Strahl, den Hausmeister, der, wie wir wußten, die Frau des Kochs in der Wohnung neben unserem Schlafsaal unterhielt.

Strahl stolzierte in unseren Schlafsaal, als unser Präfekt Edmund gerade über Gebrauch und Mißbrauch innerer Winde belehrte. Das Licht seiner Taschenlampe blendete meine kurzsichtigen Augen und schwenkte dann hinüber zu Edmunds Gesicht.

»Du schon wieder!« sagte Strahl vorwurfsvoll.

Er hatte Edmund bereits am Nachmittag beim Herumspucken im Eßsaal ertappt.

»Wo kommst du eigentlich her?«

Strahl bediente sich jetzt eines besonderen Tonfalls, den er speziell für den Umgang mit Schwachköpfen kultiviert hatte.

Edmund sagte es ihm.

»Hat man dich dort gelehrt, Leute so zu vergasen?«

»Nein.«

»Was ist dein Totem?«

»Nguruwe.«*

»Sehr passend«, sagte Strahl sarkastisch.

Strahl war ein gutgebauter, pechschwarzer Kerl von durchschnittlicher Größe, dessen Lieblingsbeschäftigung es war, möglichst auffällig mit den Fingern zu knacken, vor allem dann, wenn sich Schulmädchen auch nur entfernt, und sei es auch in einem Umkreis von zwanzig Meilen, blicken ließen. Er trug ausnahmslos blumenbedruckte Hemden mit einem fein säuberlich gebundenen Halstuch, das ihn fast erwürgte, dazu purpurfarbene Hosen. Purpur war allein seine Farbe, dies erfuhren alle Neuankömmlinge sehr bald und nahmen wohl oder übel Abschied von ihren purpurfarbenen Sachen, besonders ihrer Unterwäsche.

Nun tänzelte er von einem Fuß auf den anderen und knackte geistesabwesend mit den Fingern.

»Ganz und gar zutreffend«, wiederholte er.

Später wurde er gefeuert, weil er mit einer der afrikanischen Nonnen von der Mission Beziehungen unterhalten hatte.

»Du meldest dich morgen früh um neun Uhr bei mir«, sagte er. Er zerschnippelte die Worte wie ein Gärtner, der letzte Hand an die Hecke des Lebens legt.

Endlich griff der Präfekt ein: »Der Junge verdient, daß man ihm noch eine Chance gibt, Sir. Immerhin ist der erste Tag immer ziemlich . . .«

Er kam nie dazu, seinen Satz zu Ende zu bringen, da sich in diesem Moment Edmund, der sich nicht länger zurückhalten konnte, auf die Seite drehte und mitten in mein Gesicht hinein einen qualvoll vernichtenden

* Schona: Wildschwein

Furz losließ. Ich habe mich inzwischen völlig davon erholt.

»Wer hätte das von Edmund gedacht?« Philip hustete und schluckte Schleim hinunter.

»Ich schon. Erinnerst du dich nicht an seinen Kampf mit Stephen?«

Philip nickte zweideutig.

Das Telefon schrillte. Während er in das längliche schwarze Etwas sprach, ließ ich meine Augen im Büro umherschweifen. So etwas hatte sich meine Mutter immer für mich erträumt. Meine Augen fielen auf *To the Point*, eine alberne Buren-Zeitschrift über das afrikanische Zeitgeschehen.

Der Kampf zwischen Edmund und Stephen war das meistdiskutierte Ereignis in jenem Jahr. Er stellte sogar Smiths UDI* in den Schatten. Es geschah folgendermaßen: Stephen war älter, größer und kräftiger als alle anderen in der untersten Klasse. Stephen war gemein und niederträchtig, ein Schlägertyp, ein typischer afrikanischer Schlägertyp in einer normalen afrikanischen Schule. Er hatte für seine Zwecke so herausragende Gestalten wie Nkrumah, Kaunda, Che, Castro, Stalin, Mao, Kennedy und Nyerere mit Beschlag belegt und alle anderen, die man für eine spätnächtliche Auseinandersetzung im Schlafsaal gebrauchen konnte. Stephen verabscheute Edmund zutiefst: sie waren wie eine Ratte und eine Katze, oder ein Hund und eine Katze, oder ein Hund und ein Krokodil, oder ein Krokodil und Tarzan, den wir zweimal pro Semester in der Aula sahen. Stephen haßte

* Unilateral Declaration of Independence – einseitige Unabhängigkeitserklärung der Regierung Smith (1965)

»klassische« Musik. Und aus irgendeinem Grund glaubte Stephen, daß Gogol der Hauptfeind Afrikas sei, den man um jeden Preis ausrotten müsse. Stephen war ein eifriger Leser der »African Writers Series« des Heinemann Verlages. Er war fest davon überzeugt, daß in allen von Afrikanern geschriebenen Büchern etwas spezifisch Afrikanisches läge, und vertrat die Ansicht, daß man aus diesem Grunde die Kriterien europäischer Kritik bei der Analyse afrikanischer Literatur nicht anwenden könne. Er hatte sich auch einiges aus E. Mphahleles *The African Image* angelesen. Er hatte die dazu passende Lebenseinstellung. Er wurde beinahe von der Schule verwiesen, weil er sich weigerte, zur Messe zu gehen und an den Gebeten teilzunehmen – er sagte: »Christentum ist nichts als Lüge, suchet euch das politische Königreich und alles andere ergibt sich daraus.« Er stellte den Erdkundelehrer wegen seiner ironischen Bemerkungen über den primitiven Zustand der afrikanischen Straßen zur Rede, er verlangte immer, daß afrikanische Geschichte gelehrt würde – wir wurden nur in englischer und europäischer Geschichte unterrichtet, mit den Vereinigten Staaten als Nachtisch hinterdrein. Er nahm Hasch: Er glaubte, daß es einen Teil im Menschen gäbe, der ständig bekifft sei, und daß darin das Schöne läge. Er sagte, daß es einen Teil im Menschen gäbe, der niemals altere, und daß sich dieser Teil des menschlichen Wesens nicht zusammen mit den Dingen bewege, sondern diese selbst bewege, sie durchdringe und sich am reinsten offenbare, wenn das, was sich bewegt, am Rande des Stillstands sei. Stephen hatte auch Alpträume, ganze Serien, und er schämte sich dieser seiner einzigen »Schwäche«. Fast jede Nacht konnte man seine Angstschreie hören, und er versuchte, sich wachzuhalten, indem er endlose Diskussionen über Gott und die Welt provozierte. Eines Tages verkündete er, daß Edmunds Mutter eine »besoffene gewöhnliche Hure« sei und daß er, Stephen, sie dumm und dämlich gebumst hätte und daß sie bestimmt mit einem Teil des Geldes Edmunds Schulgebühren bezahlt hätte. Ich wußte, daß etwas Wahres an Stephens unerwarteter Bekanntmachung war. Der ganze Schlafsaal war wie gelähmt, nicht so sehr durch die Neuigkeit an sich, sondern durch das Ausmaß an Feindseligkeit, das dahinterstand. Selbst Stephen schien sich bewußt zu sein, daß er unwiderruflich etwas zerstört hatte, was man niemals zerstören sollte, es sei denn zu einem hohen Preis.

Mit überraschend ruhiger Stimme brach Edmund das Schweigen.

Er forderte Stephen zum Kampf heraus.

Der Schlafsaal lachte. Auch ich lachte.

Stephen lachte.

Ich zupfte Edmund warnend am Pyjama-Ärmel. Er schob mich beiseite und sagte laut:

»Dann mußt du alles zurücknehmen, was du gesagt hast, und dich vor dem ganzen Schlafsaal bei mir entschuldigen.«

Im Schlafsaal vernahm man unterdrücktes, unbehagliches Kichern.

Stephen, dem nun klar war, daß sein sorgsam geschmiedeter Plan kurz vor der Erfüllung stand, sagte:

»Ihr habt alle gehört, was dieses Schwein gesagt hat. Er furzt uns schon wieder ins Gesicht. Ich habe mich noch nie vor einer Herausforderung gedrückt, Afrika ist jeder neuen Herausforderung gewachsen, wie Nkrumah sagte. Selbst der Herausforderung der Unmoral und weinerlicher Tsotsis* wie dieser Samentropfen eines Bastards!«

Er ging gelassen auf Edmund zu und schlug ihm voller Verachtung mit dem Handrücken ins Gesicht. Edmunds Kopf fiel nach hinten und knallte gegen den Spind.

Ich packte Edmund am Arm.

»Um Gottes willen! Das ist doch keine deiner Geschichten aus Petersburg. Er meint es ernst. Dieses Vieh schlägt dich doch kurz und klein!«

Aber Edmund hatte sein Gesicht gen Jerusalem gerichtet, seine Augen waren rot und brannten von Stephens wuchtigem Schlag. Ein seltsamer Fatalismus schien ihn plötzlich älter gemacht zu haben.

»Was bleibt mir denn übrig?« fragte er mich leise.

Selbst der Präfekt versuchte einzuschreiten – ich glaube, er mochte Edmund, so wie eine Dorfgemeinschaft um den örtlichen Sonderling besorgt ist. Aber Edmund sagte nur:

»Was bleibt mir übrig?«

Der Kampf fand am nächsten Tag, einem Samstag, auf einem Feld statt, das den Pfadfindern gehörte.

Ich ging nicht zum Kampf.

Es schien Stunden zu dauern, bis sie alle wieder zurückkamen. Das heißt: alle, bis auf Edmund. Ihr Schweigen beunruhigte mich. Ein kleiner Junge mit einem Wuschelkopf, den ich später als Philip kennenlernte, stürzte auf mich zu und sagte heiser:

»Er läßt sich von niemandem helfen, aber ich weiß, auf dich wird er hören. Ihr seid doch Freunde, oder nicht? Er

* Bezeichnung für Halbstarke, die Gangs bilden und in den Afrikanervierteln der Städte im südlichen Afrika die Bevölkerung terrorisieren.

liegt einfach da in seinem Blut. Was noch von ihm übrig ist. Er ist total verrückt. Nein, nicht tobsüchtig. Er wälzt sich nur in seinem eigenen Blut . . .«

Stephen kam aus dem Badezimmer, wischte sich die Hände ab und schaute bedauernd auf seine verletzte Hand. Auf seinem Hemd war Blut, ein ziemlich großer Fleck, dessen Umrisse an eine Landkarte von Rhodesien erinnerten. Wo war Edmund? Philip sah ihn auch und verstummte. Ich rannte blindlings zu dem Feld, wo sie ihn liegen gelassen hatten.

Er stützte sich auf Hände und Knie in einer Lache von Blut. Sein Gesicht war bis zur Unkenntlichkeit entstellt. Und er wimmerte vor sich hin, er brabbelte verwirrt wie ein Tier. Ich weinte fast, als ich endlich verstand, was er sagte. Er wiederholte ständig aufs neue: »Ich bin ein Affe, ich bin ein Pavian, ich bin ein Affe, ich bin ein Pavian.« Die meisten seiner Vorderzähne fehlten, und sein Kiefer schien nur noch an einem seidenen Faden zu hängen. Geronnenes Blut bedeckte Augen, Nase, Mund und Backen. Ich hob ihn hoch in meine Arme und trug ihn direkt zur Klinik. Er war leicht zu tragen. Und seine dünne, gebrochene Stimme sagte unaufhörlich: »Ich bin ein Affe, ich bin ein Pavian. Ich bin ein Pavian.« Auch das war leicht zu ertragen. Ich konnte es nur zu gut verstehen. Schwester Catherine warf einen Blick auf ihn und sagte:

»Er muß ins Krankenhaus.« Und sie hob den Hörer ab, um den Internatsdirektor anzurufen.

Als der Lkw der Schule abfuhr, der Edmund ins Krankenhaus nach Umtali brachte, fragte mich der Direktor, wer es gewesen sei. Ich schüttelte den Kopf.

»Er wird es Ihnen selbst erzählen, wenn er wieder gesund ist«, sagte ich. »Wenn er will«, fügte ich hinzu.

Ich war müde. Mein Kopf war wie betäubt. Ich fing an, auf meinen Lippen herumzukauen.

Sie flickten seinen Kiefer mit Draht zusammen. Sie mußten viel nähen, um noch etwas von diesem zerschmetterten Gesicht zu retten. Meterlange Nähte. Das Semester war fast zu Ende, als er zur Schule zurückkam. Er sagte nichts. Kein Wort über Stephen. Sein vernarbtes Gesicht unterstrich noch sein trauriges Aussehen; ein fatalistischer Ekel vor sich selbst schien die Gesichtszüge zusammenzuhalten. Smith verkündete seine einseitige Unabhängigkeit. Ich schrieb eine Kurzgeschichte, die auf diesem Kampf basierte, aber sobald ich sie beendet hatte, zerriß ich sie angeekelt, als ich Edmunds zusammengeflicktes Warzenschweingesicht sah. Dort auf der Fotografie.

Ich gab Philip die Zeitung zurück.

Er zündete sich eine Zigarette an.

»Du kannst das Bild ausschneiden, wenn du willst«, sagte er.

Warum eigentlich nicht? überlegte ich.

Ich nahm die winzige Schere in die Hand.

Doug und Citre kamen herein. Verblichene Jeans. Grobe Baumwollhemden. Citre hatte in Durban englische Literatur studiert und fürchtete nun, zur Armee eingezogen zu werden. Doug hatte, nach dem Kunststudium in London, versucht, Filme zu machen und landete schließlich bei der Werbemafia. Doug war ein Kleiderschrank, ein ernster Mensch mit einem langen, eckigen Gesicht und niedrigen, aber breiten Schultern, umgeben von der ungewaschenen Eleganz kompromißunwilliger Jugend. Citre, größer, hagerer, war unbeholfen wie eine schlaksige Giraffe, die laufen lernt, nur Beine und Hals, ernstlich zweifelnd, formulierte er seine Argumente nur schüchtern – alles in allem ein sympathischer Tolpatsch.

Doug fuhr uns alle zu Citres Haus. Während wir auf die anderen Besucher warteten, ließen wir Haschpfeifen herumgehen und probierten Dougs Marihuanaplätzchen. Citre stotterte, wie gewöhnlich, etwas über Politik aus sich heraus, um Philip und mich etwas zu entkrampfen.

»Politik ist Scheiße«, sagte Doug nachdenklich.

Ich stimmte zu.

»Weiße sind Scheiße«, fügte Doug mit geschlossenen Augen hinzu.

Ich stimmte zu.

»Und Schwarze sind Scheiße.« Doug blies Aschenkrümel von seinem Hemd.

Bevor ich wieder zustimmen konnte, warf Philip ein:

»Jeder Mensch scheißt, das ist das Elend.«

Ich nickte und spürte, wie meine Sinne köstlich explodierten.

Es gab einen Spiegel dort, und ich sah, wie mein Kopf in Zeitlupe nickte. Es schien, als würde ich immer und ewig nicken und zustimmen. Es war so geil, daß ich es kaum ertragen konnte.

»Fährst du auch auf Musik ab?« fragte Citre.

Ich mußte mich verdammt anstrengen, durch die klaren Kristalle seiner Worte hindurchzublicken.

»Was für eine Musik denn?« fragte ich.

Ich war ein großer Vogel hoch oben in Gottes endlosem

Raum, wo Sphärenmusik so sanft erklingt, daß die seichte Freude der Menschen sich darüber in Nichts auflöst. Ich war ein einsamer Adler, schwebte und kreiste bewegungslos auf der goldenen Achse eines berauschenden Sonnenuntergangs. In einer von Solomons Fotografien. O mein Gott!

»Du nickst doch mit ihr im Takt«, sagte Citre und drehte die Lautstärke etwas höher.

Ich sagte: »Oh!«

Dann schaltete Doug das Licht aus und richtete einen Filmprojektor auf eine weiße Leinwand, die von der hinteren Wand herunterhing. Der erste Film zeigte einen schwarzen, alten Mann in Lumpen, wie er gerade in die Stadt radelt. Dünne, sehnige Hände umkrallten die eiskalte Lenkstange. Nackte Füße strampelten rhythmisch voran und voran. Und müde Eulenaugen starrten direkt in die spionierende Linse. Der zweite Film war eine erbarmungslose Nahaufnahme – fünf Minuten lang – von einer schwarzen Frau, die ein weißes Kleinkind in den Schlaf wiegte und sang. Das rosafarbene, übersättigte Mondgesicht des Kindes blies sich rhythmisch immer wieder auf, und seine kleinen, blauen Augen fixierten schläfrig ein einzelnes langes Haar auf dem Kinn der schwarzen Frau. Der dritte Film zeigte fünf Leute, drei Männer und zwei Frauen, in einem Fahrstuhl, der endlos nach oben fuhr – oder hatte er längst angehalten, oder fuhr er abwärts? Sie alle starrten selbstvergessen auf die Zahlen, die wahllos aufflackerten und erloschen. Der vierte Film bestand aus Zeitungsausschnitten. Er begann damit, daß die Kameralinse zehn Minuten lang eine Liste der Heiraten und Geburten abtastete und dann abrupt zu

Schwarzweißbildern hinüberwechselte. Viele der Bilder zeigten Verkehrsstauungen und entsetzliche Verkehrsunfälle (eines der Opfer war der radfahrende Alte aus dem ersten Film). Nahaufnahmen aus brutalen Rugbyspielen. Ein Erschießungskommando zielt auf die Anführerin der Revolte von 1896/97 – sie sah aus wie die Frau im zweiten Film. Szenen von Betriebsunfällen, und dann ein fünfzehnminütiger Teil mit endlosen Todesanzeigen. Doug hatte darin Szenen eingestreut, in welchen Personen des öffentlichen Lebens private Ansprachen hielten. Schließlich ein Kind, das mit seinen Bauklötzen bedächtig das Wort ENDE zusammensetzt. Der fünfte Film war der, auf den ich schon gewartet hatte. Doug hatte Patricia und mich im Strudel eines beinahe gewalttätigen Geschlechtsverkehrs aufgenommen. Ich hatte den Film wegen einer kleinen Auseinandersetzung mit der Polizei noch nicht sehen können. Der sechste zeigte, wie Julia von Citre durchgefickt wurde. Ich hatte ihn schon mal gesehen, ohne freilich seine Qualitäten richtig würdigen zu können. Doug hatte in ihn die Szene hineingeschnitten, in der Ian Smith seine einseitige Unabhängigkeitserklärung abgab. Und der letzte Film zeigte, wie eine Kugelschreiberspitze eine Anzahl von Fragezeichen zu Papier brachte.

»Und das, meine Herren, war mein Roman«, lachte Doug und knipste das Licht an. Ich sah mich nach den anderen um, die während des Films gekommen waren. Sie hatten sich bequem im Zimmer verteilt, in einer Landschaft blutroter Puffs und Kissen. In der hinteren Ecke hielt sich Patricia kurzsichtig die Hülle von Vivaldis *Vier Jahreszeiten* vors Gesicht. John, ein Mathematiker, der mir am Tage zuvor seine alte, verwitterte Schreibmaschine geliehen hatte, hielt ein wenig überzeugendes Plädoyer für eine Regierung aus Intellektuellen. Seine Zuhörerschaft bestand aus einem pickligen Jugendlichen, der als Schlagzeuger einer örtlichen Jazzband agierte. Und auf dem weinroten Bett rekelten sich träge drei Mädchen, Drillinge, zum Verwechseln ähnlich, die an einem Bristol Cream nippten. Sie studierten alle drei Sozialanthropologie, schienen aber an Malinowski, Radcliffe-Brown und Evans-Pritchard keine rechte Freude gehabt zu haben. Ihre kleinen, rosa Mündchen schienen sich ständig vor innerer Lust zusammenzuziehen.

Und in der Mitte des Zimmers thronte buddhaartig Richter, ein Student irgendeiner mystischen und obskuren Wissenschaft, dessen Wortkollagen damals gerade in Mode gekommen waren. Ich war schon einmal zufällig auf ihn gestoßen. Er war, wie ich, ein einsamer Trinker. In der Mensa saß er stets allein im hintersten Winkel der Veranda und trank starke und seltsame Mixturen aus purem Alkohol. Dann bekam ihn das Militär zu fassen, und als er die volle Zeit herumgebracht hatte, blieb fast nichts zurück von ihm außer heuschreckenartigen Hobelspänen von Flügeln in seinem Gehirn. Er wurde einer von jenen Leuten, welchen Schweigen weit eher als Intellektualität ihre eigenartige transzendentale Würde verleiht. Zuweilen jedoch sezierte er diese Stille für uns auf minuziöse Art, indem er sie bis hin zu den Eingeweiden mit einem Skalpell öffnete und mit einer sterilen Nadel auf die für uns interessanten Organe deutete. Das waren dann stets haarsträubende Berichte über Greueltaten, bei denen er entweder Zeuge oder Beteiligter gewesen war – im Kampfgebiet.

Richter starb kürzlich. Er wurde von einem Zug zu einem bloßen Flecken zermalmt, als er in den frühen Morgenstunden bekifft und besoffen durch die Stadt streunte. Aber jetzt war er hier, kalt, weiß, als sei er bereits tot, eingewickelt in eine Hülle des Schweigens, und rührte sich nicht vom Fleck, als studiere er den Abgrund, in den er unweigerlich fallen würde.

Richter wäre nicht Richter, hätte er nicht diese Narben seiner Taufe mißachtet, dachte ich, als ich ihn beobachtete.

In diesem Augenblick spazierte Athene lässig ins Zimmer, im Gewande von Ada, Nestars Tochter. Wie Nestar besaß sie die Resolutheit und schneidende Schärfe eines Diamanten. Sie zog grundsätzlich nichts als helle Braun- und Schokoladentöne an. Eine lange Halskette quoll über ihre hochgeschnürten Brüste. Sie sank neben Philip in ein Sitzkissen.

Ihr Lächeln war ganz und gar entwaffnend.

»Wie ich höre, gab's da was zwischen dir und meinem Bruder«, sagte sie, indem sie einen Goldzahn entblößte.

Philip blickte betroffen und gequält.

»Wie geht es ihm?« fragte er.

Sie aber lächelte das Zimmer in ihren Kopf hinein.

»Wie geht es deiner Schwester?« fragte sie.

»Es renkt sich alles wieder ein.«

»Bei ihm auch«, sagte sie und fror ein.

Das Blitzen ihrer großen, versilberten Ohrringe pulsierte wie ein ferner Stern, der seine Signale zum letzten Erdenbewohner aussendet. Wir waren durch so viele

Lichtjahre voneinander getrennt, daß ich ein wenig Angst bekam. Doch schon allein die Tatsache des Kontaktes bot Anlaß zur Hoffnung, wenn nicht gar eine offene Tür. Es würde solche Zusammenkünfte immer geben, mit Erinnerungen und mit Toten, die noch lebendig sind. Und jenen, die noch kommen werden und doch schon immer hier gewesen waren. Das ist so, als ob es Gottes Wunde wäre und wir die Maden, die darin herumkrabbeln. Und gesättigt von der großartigen Sinnlosigkeit des Ganzen, rülpsten wir zärtlich Nervengas in die nächste Generation. Ada war eine von denen, die auf dem Seil entlangbalancieren und dabei mit vernichtender Verachtung den blinden Verkehrungen des Zufalls entgegenlächeln, weder nach oben noch nach unten schauen und gelassen in den geöffneten Rachen des Krokodils marschieren. Richter reichte ihr die Friedenspfeife. Die dümmlichen Drillinge hörten uninteressiert Roberts bruchstückhaftem Bericht über die Reise seiner Band nach Südafrika zu. Patricia befingerte eine silberne Flöte und blies auf ihr einen Ton von unbestimmbarem Wohllaut, und dann, irritiert, schielte sie ins Mundstück, und nachdem sie es ausgeschüttelt hatte, spielte sie sich etwas vor. Ich setzte mich auf einen Hocker und sah ihr zu.

Sie hatte ihr Studium abgebrochen und war wortlos verschwunden. Das hatte sie getan, nachdem wir beide von einigen rechtsradikalen Demonstranten zusammengeschlagen worden waren. Ihre Eltern engagierten einen Privatdetektiv, der nach ihr suchen sollte. Er fand sie sechs Monate später in einem Slum bei Kapstadt. Sie stellte ihre Malereien und Batiken aus und bekam gute

Kritiken. Doch gleich nach der Ausstellung verschwand sie wieder. Man fand sie in einer Art Opiumhöhle im chinesischen Viertel. Sie machte eine wüste Szene, und die Sache ließ sich nicht mehr aus der Presse heraushalten. Doch das Wetter klärte sich wieder auf, und sie kam wieder auf die Beine. Sie malte wie besessen. Als sie die nächste Ausstellung arrangierte, konfiszierte die Polizei ein paar ihrer Zeichnungen und Malereien, und man sprach von einer Anklage wegen Zersetzung der Moral. Das hielt sie nicht mehr aus: sie riß den Rest der Bilder von den Wänden, zerfetzte sie und tanzte auf ihnen herum wie jemand, der auf dem Grab einer geliebten Person tanzt. Es war schwierig geworden, im südlichen Afrika noch irgendwohin zu verschwinden. Vielleicht nach Malawi. Ada gab ihr die Adresse eines Griechen, der nach der Zahlung eines ungenannten Betrages schnell handelte. Sie verschwand zum dritten Mal. Diejenigen, die Bescheid wußten, sagten, sie würde mit nichts als einer Kamera und Stiften und Zeichenblöcken Afrika durchstreifen. Ich machte mir Sorgen, und Harry spitzte seine zynische Zunge auf meine Kosten.

Sie kam zurück, halb erblindet und mit tonloser Stimme. Sie war wochenlang im Krankenhaus, und ich durfte sie nicht besuchen, weil es ein Krankenhaus »nur für Weiße« war. Man konnte ihr Augenlicht retten. Aber sie würde nie wieder sprechen können.

Sie reichte mir die Friedenspfeife und begann in ihrer Stofftasche herumzufummeln. Sie nahm ein Buch heraus und reichte es mir. In ihren Augen war ein winziges Brennen, eine glühende Zärtlichkeit, die ich niemals zuvor gesehen hatte. Doch, das hatte ich – bei Immaculate. Ich blätterte im Buch herum.

Langsam wurde ich von ihm gelähmt.

Ich umarmte sie linkisch wie ein Pessimist, der weder seinen Sinnen noch seinem Verstand vertraut: Man hatte ihre Tagebücher an diesem Tag veröffentlicht! Sie ergriff meinen Kopf und küßte mich, bis ich außer Atem und voller Vertrauen war.

Patricia ist einssechzig groß. Grüne Augen. Helles, sandfarbenes Haar, locker bis auf die Hüfte herabgeschichtet. Sie war nichts Besonderes, hatte Harry gesagt, um mich zu kränken, und dann, wenn sie sich lustlos fühlt, ist sie tatsächlich etwas schlampig, aber dennoch gehört Patricia zu jenen erschreckend gedankenscharfen, erwachsenen Jugendlichen, die von unserem Staat entweder gebrochen oder in Gefängnisse oder Irrenanstalten gesperrt werden. Wir sahen uns die rechtsradikale Demonstration an (auf der die Rassentrennung in den Studentenwohnheimen gefordert wurde), als sie sagte:

»Ich muß hier weg.«

Ich lag flach auf dem Bauch und beäugte die provokativen Plakate (Schwarze raus! Weiße rein! Segregation ist wahre Integration!!!), und während sie da kniete, schienen ihre Lippen sich zu einem Entschluß zu zwingen. Sie drückte meine Hand:

»Wir müssen beide hier weg.«

Doch ich – der Schafskopf – schüttelte traurig den Kopf und rasselte wie ein Papagei alle möglichen Begründungen herunter, warum ich nicht weg wollte. Sie aber blieb stur:

»Es ist ganz einfach«, sagte sie. »Wir machen uns aus dem Campus davon und kommen nicht mehr wieder und versuchen, aus diesem verdammten Land abzuhauen. Wir fliehen nach Botswana. Und von Gaborone fliegen wir nach London. Ich male und du schreibst. Wir werden . . .«

Einer der Demonstranten ging genau auf uns zu und durchbohrte sie mit einem giftigen Blick. Er begann zu fluchen:

»Du alte Nutte. Kaffernliebchen. Kaffirboetie. Dreckvotze. Du . . .«

Ich stand langsam auf. Er holte aus.

»Und du . . .!«

Ich duckte mich vor dem wütenden Hieb, griff von hinten nach seinem Kopf, richtete mich geschwind auf und gab ihm mit meinem Kopf einen Stoß, daß die Kiefern krachten. Hinter ihm drängten sich die anderen Demonstranten und blickten ergrimmt. Ich wirbelte sie auf die Füße:

»Weg!«

Schmiß einen zweiten zu Boden und lief hinter ihr her.

Blitzschnell hatten sie uns eingeholt. Die Situation war hoffnungslos, für sie wie für mich, niemand würde zu unserer Hilfe eingreifen, weil sie und ich es gewagt hatten, mit unseren Hörnern und Hufen vor unseren jeweiligen Rassengruppen zu prahlen. Sie konnte nicht gut rennen, wegen ihres Klumpfußes. Ich hörte, wie sie vor Schmerz stöhnte. Der Himmel wirbelte verrückt um ihren Kopf.

Aus meinen Augenwinkeln sah ich rennende Schatten, die sich wie wild auf uns zubewegten. Ich stolperte fast über ihren Körper, als sie hinfiel. Um uns herum nur weiße Gesichter. Blutrünstig. Das rosafarbene Fleisch spannte sich von den Zähnen nach oben. Diese Klauen! In diesem Augenblick – eine halbe Sekunde, bevor die Hiebe prasselten – studierte ich minuziös jedes einzelne Gesicht: Hier sah ich einen Pickel, dort eine Hasenscharte, glänzende Augen, haarige Nasenlöcher, schwarze Ringe um blaue Augen, ein bärtiges Gesicht, ein Schweinchengesicht, ein Skelettgesicht –

Die Wucht meiner Faust auf der Hasenscharte schoß mir durch meine Knöchel in den Bauch. Patricia versuchte aufzustehen, kratzte dabei in einem Gesicht, donnerte mit ihren kleinen Fäusten auf jenen Pickel. Der Mensch mit dem Skelettgesicht warf sein Bein nach vorn, um sie in den Bauch zu kicken, als ich mich umdrehte und in sein fliegendes Bein mit meinem eigenen hineinpeitschte. Während er durch die Luft wirbelte, sprang ich ihm nach und erhob mich. Er krachte in fünf seiner Freunde hinein. Ein gewaltiger Fels einer Faust – es war die traurige Figur mit dem Schweinsgesicht – zermalmte eine Hälfte meines Gesichtes, und ich begann zu bluten. Wurde zum Flecken. Flecken! Ich boxte und trat ihn zugleich hart gegen das Schienbein, und als er nach vorne schwabbelte, schleuderte ich seinen Kopf mit meiner Linken zurück. Patricia war wieder eine Masse kickender Beine ausgesetzt.

Verrückt vor Verzweiflung fing ich an, wie ein Besessener um sie zu kämpfen. Ich boxte, stieß, verteilte Haken, packte die elenden Philister. Ich schmetterte, donnerte und keilte mich in sie hinein. Sie schrie entsetzlich, als auf ihr herumgetrampelt wurde. Ich bewarf die Kerle mit den Hagelbrocken meiner Verzweiflung. Ich steinigte sie mit den Klumpen meiner Angst. Ich stürmte in sie hinein. Sie wollten mich mürbe machen. Ich krallte, riß, biß und drosch in die Menge der weißen Gesichter. Doch sie hämmerten auf mir herum, bis ich so viel Blut verloren hatte, daß ich mich echt wunderte, noch am Leben zu sein. Sie rammten sich in mich hinein, knallten drauf, wo es weh tat, und prügelten von allen Seiten auf mich ein. Ich konnte – durfte – nicht umfallen und mein Gesicht mit den Händen zudecken, sie wären wie ein Pflug in mich hineingefahren. Ich klatschte sie zurück, schubste sie nieder, trommelte sie nach hinten, schmetterte sie zu Boden, während sie mich knufften und gerbten und beutelten. Ich kickte, trat, stieß und hieb in sie rein, während sie sich in mich hineinbaggerten und mich zu einem Schmerzhaufen auftürmten. Ich knüppelte, bimste, wichste, peitschte, patschte und walkte sie, während sie wie mit einem Schmiedehammer auf mir herumschlugen. Sie lag da unten, bewegte sich nicht, ihre Bluse, zerfetzt, enthüllte einen schmutzigen BH. Ich verteilte einen letzten Kinnhaken und sah dann noch ein kaltes, weißes Gesicht, das von einem gewaltigen Blutstrom gelähmt war. Und dann krachte ich über ihrem Körper zusammen...

Diese Fäden. Diese Fäden, jeder zwickte genau nach dem Einstich der Nadel, jeder war mit einem bißchen Blut befleckt, und sie bissen mich alle irrsinnig.

Das erste in meinem Leben, an das ich mich erinnern konnte, war ein schwingender Himmel, als ich aus einem Apfelbaum fiel. Ich erlitt nur leichte Prellungen an Händen und Knien. Meine Mutter wusch sie mit heißem

Salzwasser ab, und ich erinnere mich an ihr verschmitztes Gesicht, als es besorgt in mein Gitterbett hineinblickte, wo ich über mein erstes Abenteuer mit der großen Welt meditierte. Und dann hatte ich Kummer mit meinen Augen, schmerzhaft brannten sie durch blendende Kügelchen kreisenden Sonnenlichts hindurch. Und mein erstes Fieber, das sich weder durch Aspirin noch durch Cafenol lindern ließ – hierbei lernte ich, meiner eigenen Phantasie und meinen Vorstellungen etwas zu mißtrauen. Ich weiß bis heute noch nicht, ob die Fluten angestiegen waren oder ob es mein Körper war, der nach und nach in die große Angst vorm Wasser hineinsackte. Später mußte die Tür wegen meiner Schlafwandeleien fest und sicher verschlossen und verriegelt werden. Der Medizinmann wurde gerufen. Er machte zentimeterlange Einschnitte überall auf meinem Körper und rieb ein schwarzes Pulver in die winzigen Wunden. Ein Topf mit etwas Ähnlichem wie Haferbrei wurde aufs Feuer gesetzt, und als er wie wild kochte, mußte ich mich darüberbeugen und die Dämpfe einatmen, mit einer Decke über dem Kopf.

Das nächste, an das ich mich aus früher Kindheit genau erinnern kann, ist ein riesiger Hund, der mich aus dem gerahmten Rücksitz eines Autos anstarrte. Meine Eltern hatten mich mitgenommen, als sie jemanden im Krankenhaus für Afrikaner besuchten, wobei ich irgendwie auf den Parkplatz geriet und dort umherwanderte. Ich blieb vor einem Auto stehen und glotzte auf das Zotteltier. Seine Augen waren schwarz und klar. Es war eine Klarheit ohne jede Tiefe, und gerade deswegen vertraute ich ihr auf den ersten Blick. Seine Schnauze war weich und schwarz, seine Ohren hingen angenehm wattiert herab, um den mächtigen Kiefer zu bedecken. Ich spürte, wie das Tier mich durchdrang. Und als es sich gegen das Fenster stemmte und seine großen Augen in mich hineinsenkte, konnte ich nicht widerstehen, meine Hand auszustrecken und die Tür zu seiner Befreiung zu öffnen. Im Augenblick, als die Tür geräuschlos aufklinkte, warf sich das knurrende Tier mit seinem ganzen Gewicht gegen die Tür und stürzte sich mit seinen entblößten Fängen auf mich.

Fliegen haften zerquetscht an der Erinnerung. Ansammlungen von Menschen, die Gebete wie Spinnweben aus sich herausspeien, um die winzigen Goldklümpchen der Erleuchtung einzufangen. Tintenflecken, Wasserfarben, Kreide, Pastellzeichnungen, Tränenspuren, Blutflecken, Zeittafeln, Schautafeln mit dem Lebenszyklus des Flohs und nochmals Tintenflecken . . . Schmutzige Finger, die in obskuren Öffnungen herumkratzen – verschwommene Bilder schleichen sich tiefer in die Flohritzen des Geistes hinein. Und das, was einst unsere Eltern gewesen waren, faulte und stank jetzt unter dem Schwefel des zwanzigsten Jahrhunderts. Ein eisernes Netz war, lautlos, über den Himmel geworfen worden. Nun, da es sich zusammenzog, biß es scharf in das empfindliche Fleisch unserer Gehirne. Die harten Schläge, die es unseren Köpfen versetzte, entfremdeten uns von allem, auch von uns selbst. Und unter ihm moderten alle unsere Hirne, verderbt. Verdorben. Die Unterwäsche unserer Seelen war voller Löcher, und das Dreieck, das sie verbarg, war mit Filzläusen verseucht. Wir waren Stricher, bis ins Mark zerfressen von der Syphilis der

Ankunft der Weißen. Masturbierten über einem »Häschen des Monats«, schrieen unsere Verachtung einem einsamen, hartnäckigen Rassisten ins Gesicht, entblößten unseren Arsch über einem gähnenden Plumpsklo, schrieben zornige »schwarze« Lyrik, bumsten Mösen, als müßten wir beweisen, daß der Weiße in Wahrheit gar nicht existierte – das alles gehörte zu unserem Umweg um die Darmfäule.

Diese Fäden zogen sich wie ein Netz, das dem Himmel entgegengeworfen wurde, über unserem Verstand zusammen, und wie mit einer Nadel stachen sie spitz in die empfindlichen Bereiche des Gehirns.

Ich brachte Philip heil nach Hause. Ihn hatte es schlimmer erwischt als mich. Wir hatten uns von Doug und Citre und Richter und Patricia und Ada und dem schnatternden Chor der Drillinge verabschiedet. Ich torkelte heimwärts.

Zwei Schatten lösten sich aus dem Dunkel. Ich kannte sie nicht. Sie verstellten mir den Weg.

»Genau dich haben wir gesucht«, sagte der kleinere.

Sie waren näher gekommen.

»Du hast unsern Kumpel vertrimmt, Mann. Leslie hast du vertrimmt, Mann. Niemand vertrimmt den, ist das klar?« sagte er.

Leslie war Nestars Sohn.

Ich trat einen Schritt zurück. Ich bekam schweißige Hände. Der größere spuckte:

»Drecksau!« und traf mich kräftig auf den Unterkiefer. Ich hörte, wie von der Wucht des Aufpralls mein Gebiß zerkrachte. Ich wollte davonrennen, doch der kleinere stellte mir ein Bein, und ich fiel schwer auf den gepflasterten Weg. Sie kickten gegen meinen Kopf. Ich versuchte, meine Zahnkrümel auszuspucken. Ich merkte, daß ich um Hilfe schrie. Ich stürmte davon. Und dachte dabei: Auch noch den Schuh verloren! Es war nur der größere, der mir weit ausholend zwischen die Beine kickte. Er war zu dicht hinter mir, als daß ich in eine der Haustüren, die vorbeifegten, hätte fliehen können, um jemanden wachzuschreien. Ich fiel etwas zu rasch für ihn, und er stolperte auf mich drauf. Ich war sofort wieder auf den Beinen und in einem Eingang verschwunden, meine Hände waren bereits dabei, an die Tür zu donnern, als er mich packte und hart gegen die niedrige Backsteinmauer des Vorgartens warf und dann begann, meinen Kopf dagegenzuschlagen. Ich schrie noch lauter, in der Hoffnung, daß mich jemand im Hause hören würde. Mit Mühe befreite ich mich, kickte mit dem schuhlosen Fuß in die Luft und sprang verzweifelt zum Fenster und brüllte. Ich drosch meine Faust durch die Scheibe, verletzte mein Handgelenk fürchterlich und heulte durch das große Loch um Hilfe. Seine Hand klatschte über meinen Mund, und er zerrte mich vom Fenster wieder weg auf das Pflaster des Weges, wo er mich derartig durchwalkte, daß ich das Bewußtsein verlor und sprachlos wurde.

Langsam kam ich wieder zu mir. Ich war ganz allein auf der Straße. Und ehrlich überrascht, noch am Leben zu sein. Ich hatte gar nicht gewußt, daß der Mensch so viel aushalten kann. Mühsam zog ich mich hoch, humpelte durch das Tor und begann erneut, an die Tür zu klopfen. Kein Laut war zu hören, kein Licht zu sehen, nicht das geringste Anzeichen deutete darauf hin, daß irgendeine Menschenseele hier wohnte.

Ich drehte den Türknopf. Die Tür ging sofort auf. Ich trat hinein. An den Fenstern waren keine Vorhänge, und der Wind und das Licht, die durch das zerbrochene Fenster eindrangen, machten mir klar, daß ich mich in einem großen, schwarzen, leeren Zimmer befand. Es enthielt nichts: keine Möbel, nichts, gar nichts. Meine Sinne fühlten nichts. Mein Gesicht, das war gewiß, fühlte sich eingedrückt. Eine Türöffnung gähnte leer in mich hinein. Sie führte in ein kleineres Zimmer, taub, dunkel und ebenfalls völlig leer. Ich konnte mich nicht dazu überreden, die Wände zu berühren, um mir zu beweisen, daß sie tatsächlich vorhanden waren. Nur das Fenster war unzweifelbar an seinem Ort, und es war mit ziemlicher Gewißheit eingeschlagen worden. Aus irgendeinem Grunde fragte ich mich, ob *ich* mich wirklich hier aufhielt: vielleicht war ich eine bloße Ausgeburt dieser Zimmer. Eine zweite Türöffnung gähnte mir leer entgegen. Sie führte auf eine kleine Veranda, die auf die überwucherte Wildnis eines Gartens herabsah und in die sternige, dunkelblaue Unendlichkeit der Nacht. Gab es also auch hier nichts? Hatte ich für nichts und wieder nichts in die Nacht hineingerufen? Ich tat einen Schritt von der Veranda herunter, und sogleich kroch etwas Großes und Unheimliches durch die Wildnis aus Unkraut und Maisstengeln und verschwand in einem Loch der hinteren Gartenmauer. Meine Hand fuhr unwillkürlich an meinen Kopf. Der plötzliche Schmerz zuckte, als ob man eine Faser der grauen Masse meines Gehirns fein säuberlich mit einer Pinzette ausgezupft hätte.

Ich floh das Haus wie ein Besessener, der die Innenseite seiner eigenen Wahnvorstellungen erblickt hatte. Irgendwie erreichte ich eine Telefonzelle und überraschte einen Krankenwagen, der eben aufgetaucht war und mich zum Krankenhaus für Afrikaner fuhr. Der Doktor nähte mein Handgelenk zusammen und machte Röntgenbilder von meinem Kopf. Und gab mir eine Tetanusinjektion. Doch ließ er mich schließlich die Aufnahmen auf einem erleuchteten Bildschirm sehen. Der Anblick meiner Knochen ließ mich erschaudern. Ich lachte verlegen. Von meinem Verstand, meinem Kopf, war nur der Schädel übriggeblieben, in dem einige grinsende Zähne fehlten. Dieses zerbrochene Grinsen: Ich konnte es nie mehr aus meinem Verstand tilgen. Und das Abbild meines Schädels hat sich seitdem mit der Erinnerung an dieses leere, doch auf seltsame Weise furchterregende Haus vermengt, das – als ich es anrief – nur eine unbestimmte Stille bewahrte.

Es war das Haus des Hungers gewesen, das meine Unzufriedenheit entstehen ließ. Ich kannte meinen Vater nur als eine Figur, die ab und zu meine Mutter durchbumste und die die Miete bezahlte, mich verhaute, und dem von anderen heimlich Hörner aufgesetzt wurden. Er fuhr große Lastwagen, die Erdnußöl nach Sambia und Zaïre und Malawi transportierten. Ich wußte, daß man ihn wegen meiner Mutter verachtete, und deshalb, weil er immer khakifarbene Latzhosen trug, selbst an Sonntagen, und weil er eigentlich sehr großzügig mit seinem Geld umging und es gleichermaßen an Freunde wie an Feinde verteilte. Der Punkt war eigentlich nur, daß er Alkoholiker war.

Einmal machte er Peter und mich so betrunken, daß meine Mutter uns alle drei verprügelte und ihn für eine Nacht aus dem Hause jagte. Das einzige Mal, an dem er meine Mutter beinahe geschlagen hätte, war, als sie in seiner Reisetasche eine sorgfältig zusammengestellte Sammlung von Mitteln gegen Geschlechtskrankheiten entdeckte: Spritzen, Pillen, Penizillin, die sie komplett in den Mülleimer warf. Eines Abends hielt ein Krankenwagen vor der Tür, in dem er auf der Bahre lag, und man verlangte, daß jemand mitfuhr. »Was ist denn los mit ihm?« fragte sie. »Er hat Stichwunden.« Und sie stieg ein, der Wagen fuhr los, und Peter und ich waren uns selbst überlassen. Später erfuhr ich, daß er von dem bisher harmlosen Vorstadtidioten angegriffen worden war. Vater war danach nie wieder er selbst: Er hielt sich jetzt an reinen Spiritus. Und an manchen Abenden bekam er zittrige Anfälle, während denen er nicht wußte, was er tat und was er sagte und wobei seine Hände unkontrollierbar zuckten und vibrierten. Er wußte nicht mehr, wo er war, noch wer er war, noch wer wir waren, und erst recht nicht, wo die Toilette war. Und er redete immerfort von »Fliegen«. Offenbar wurde er in seinem Zustand von Furien gepeinigt, die ihn in Gestalt einer schwarzen Wolke von Stubenfliegen heimsuchten, die alle Händels Halleluja-Chor summten und sangen.

Doch Mutter wurde mehr gefürchtet als respektiert. Sie strampelte sich ab beim Bumsen, bei der Führung ihres Haushalts und beim Halten der scheinbar straffen Zügel, an denen sie ihren Mann festhielt. Sie leistete Hervorragendes bei Handgreiflichkeiten und bei verbalen Gefechten, wobei sie nie ihr Gesicht verlor, und, was ich als wichtiger empfand, sie hatte nichts Besseres zu tun, als ihre Kinder in die Löwengrube der weißen Welt zu werfen. Peter war ganz von ihrer Art, während ich mehr meinem Vater glich. So kam es, daß Vater kaum Einfluß auf Peter hatte, der hörte nur meine Mutter, und deshalb behandelte mich Vater um so härter.

Natürlich machte sich Peter sehr bald alle Väter und Mütter, die Töchter hatten, zu seinen Feinden. Er und Mutter brachten über das Haus des Hungers einen Skandalgeruch, der kräftig genug war, von der ganzen Umgebung wahrgenommen zu werden. Als Peter einundzwanzig wurde, bekam er von Vater als Geschenk einen nagelneuen Kasten mit Mittelchen gegen Geschlechtskrankheiten. Mutter sagte bloß, es wäre besser, wenn er es nicht gerade mit verheirateten Frauen triebe. Und ich, verdammt widerwillig, weil ziemlich neidisch, gab ihm halbherzig meinen Segen.

Bis zu jener Zeit hatte ich mehr Erfahrungen mit Büchern und Masturbieren gesammelt als mit Mädchen, Straßenkämpfen und Glücksspielen. Immer, wenn meine Mutter meine Bettücher wechselte, um sie zu waschen, mußte ich ihr eine Erklärung für jeden einzelnen Fleck abgeben. Da sie ständig voller Wichsflecken waren, hielt sie mir jedesmal mit Verachtung eine lange Predigt, wie »einfach« es mit den Mädchen sei, und »warum versuchst du's nicht mal mit einer oder zweien?« Oder dreien. Oder vier. Oder fünf. »Es ist weiter nichts dabei«, sagte sie. »Du steckst ihn in die Öffnung zwischen dem Wasser und der Erde, so einfach ist das. Sie spreizt ihre Beine, und du preßt dein Becken zwischen ihre Schenkel und – hinein! Genau zwischen Wasser und

Erde. Du stößt immer wilder, und sie wird dich und deine Eier ganz aufsaugen. Gell? Bis zum Hals. Wenn du kommst, wirst du sehen, wie ihre Augen trübe werden. Aber hör nicht auf, bohr weiter. Bohr! Und sie wird dich bis zum letzten Kopfhaar in sich hineinsaugen. Verstehst du, was ich meine? Warum treibst du's nicht mal mit einer und hörst endlich auf, meine Laken zu versauen? Du gingst mir zu spät von der Brust, du hörtest zu spät mit Bettnässen auf, und jetzt willst du wieder später als andere in eine Möse hineinballern. Das geht zu weit, verstehst du mich? Immer diese Mätzchen, bis zum heutigen Tag. Das muß von den dämlichen Schwarten kommen, die du liest. Warum liest du eigentlich immer noch, jetzt, wo du mit der Uni Schluß gemacht hast? Mich macht das noch krank.«

Doch der Alte war mein Freund. Eines Tages schlenderte er einfach ins Haus hinein, aus dem Regen heraus, wobei er sich an einem knotigen Spazierstock vorwärts zog. Und er blieb. Sein Gesicht ähnelte einem Gitter aus Kupferdraht; seine Handgelenke, Saiten aus Muskeln; und sein verbrauchter Körper sah so brüchig und unscheinbar aus, daß ein Windstoß oder eine Beschimpfung ihn höchstwahrscheinlich wieder hinaus in den Regen katapultiert hätten. Seine verrotteten Zähne, rauchfleckig, waren die eines uralten Pferdes, das selbst ein Leimkocher zurückgewiesen hätte. Doch seine tief in den Höhlen sitzenden Augen von der Farbe eines Feuers, das sich im Wasser spiegelt, quollen über von Geschichten wie sein sprudelnder Mund. Er sonnte sich in der fröhlichen Gemeinschaft des allgegenwärtigen Fliegenchors und wäre fast an einem heimlichen Kichern erstickt.

Häufig zog er seinen Tabaksbeutel heraus und drehte sich gemächlich eine Zigarette, wofür er Papierstreifchen aus dem *Herald* verwendete. Am meisten freute er sich, wenn ich ihm aufmerksam zuhörte, während er seine Geschichten erzählte, die schräg, versponnen und fragmentarisch waren. Sein durchsichtiger, fuchsschlauer Blick, sein freudiges Kichern, sein asthmatischer Husten und etwas Erdiges, Kiesartiges in seiner Stimme, dies alles gab den Fragmenten der Dinge, die er mit Gelassenheit in meine Richtung schmiß, ihre eigentümliche Farbe. Er begann immer sehr unvermittelt:

»Ein Schürzenjäger. Etwas in einem selbst nachzujagen ist Quatsch. Deshalb. Er schrie im Schlaf vom Feuer der Jagd. Als er endlich aufwachte, war er weit oben im Auge des Himmels. Und brannte lichterloh. Die Sonne.

... vertrieben aus Dorf, Stadt und Land. Vertrieben aus Bauch, Haus und Familie. Eine wahre Wüste. Mit allen Körnern der Verzweiflung. Er nährte sich von seinem Unmut, doch das füllte nicht seinen Magen. Er nährte sich von seinem Haß auf alle Dinge, doch das löschte seinen Durst nicht. Und dann nährte er sich von Träumen, Träumen aller Art, der Vergeltung, der Verzeihung, der Selbstquälerei, von der Liebe, die in allen Dingen ist. Aber auch dies löschte seinen Durst nicht, noch stillte es seinen Hunger. Denn es war ein merkwürdiger Durst. Ein unbekannter Hunger. Der ihn von sich selbst, von seinen Freunden, von seiner Familie und von den Dingen seiner alten Welt fortgetrieben hatte. Er wanderte allein und barhäuptig in der prallen Sonne. Er nährte sich von der völligen Erschöpfung des Geistes und des Körpers, doch das Gehirn stirbt nur auf eigenen Befehl, und der Körper ist ein kostbares Ding, das sich auflöst und in sich selbst verknotet und dabei ein neues Wesen erschafft, das um den alten Körper schimmert und nicht eher stirbt, als bis der große Stern herabgefallen ist. Und deshalb löschte seine Erschöpfung nicht seinen Durst und nahm nicht die Müdigkeit von ihm, deshalb endete das Nagen des Hungers nicht in seinem Magen. Er kam vor eine große Stadt, doch als er versuchte, sie zu betreten, lachten die Wachen am Tor ein lautes Lachen, und das ganze Ding zerfiel in nichts als ein paar Sanddünen. So als ob es niemals dagewesen wäre. In seiner Vision kamen prächtige, große Vögel vor, doch als er sie anrief, verwandelten sie sich in Geier und krächzten schwerfällig aus seinem Blickfeld. Es war wie eine plötzliche Irritation. In Wahrheit kratzte er sich zart zwischen seinen Schenkeln. Dabei sagte er: ›Im Herzen des Sandkorns will ich leben.‹ Und er fügte hinzu: ›Ich will ein Streichholz anzünden. Wenn es aufflammt, will ich genau ins dunkle Herz seines Flammensamens hineinspringen.‹ Und während er sich noch selbst zuhörte, seinen Hunger und seinen Durst wahrnahm, hörte er sich plötzlich in goldenen Worten sagen: ›Ich will an der Quelle des Flusses leben, an der alle Fragen der Menschen beginnen.‹«

Der alte Mann zog seinen Tabaksbeutel hervor und drehte sich wortlos eine Zigarette. Sein Gesicht – dieses engmaschige Gitter aus Kupferdraht – spannte sich etwas, lächelte in jeder Falte. Er sagte:

»Es gab in Afrika eine Menschenart, deren Frauen Glasflaschen waren. Und in jeder Glasflasche war ein Schiff. Die Männer liebten die Schiffe sehr, aber hielten nicht viel von den Frauen selbst. Und ich frage dich, was nützt ein Schiff in einer Flasche? Die Flaschen waren unzerbrechlich. Und die Männer konnten ihre Frauen nicht aufbrechen, um zu den Schiffen zu gelangen.«

Der alte Mann zündete seine Zigarette mit einem Holzscheit an. Ich drehte den röstenden Mais um: Er verwandelte sich gerade in ein köstliches Gelb, wie das Herz eines überströmenden Sonnenuntergangs. Er sagte:

»Ein Mann erwacht in einer langen Nacht und steht auf, um Wasser zu lassen, und ward nie wieder gesehen.«

Er hüstelte und erstickte beinahe an seiner Zigarette. Zwischen schweren Atemzügen erzählte er mir folgendes:

»Ein Mann fand ein winziges Ei in einem kleinen Loch, neben dem ein mächtiger Baum stand, der vom Blitz zerschlagen worden war. Als er wieder nach Hause kam, gab er das Ei der Frau, die er vor kurzem geheiratet hatte und die Eier genauso schätzte wie die Pflanzen das Wasser. Sie kochte und aß es. In jener Nacht gab es ein Gewitter. Doch das traute Paar ging früh zu Bett und widmete sich dem eigenen Liebesgewitter. Danach schlief jeder in den Armen des anderen ein. Das Gewitter spuckte und durchstach die schwarze Nacht, und als seine große Donnertrommel über dem Hause rumorte, fiel der Ehemann krachend aus dem Bett. Auch die Frau wachte auf. ›Warum schubst du mich denn raus‹, sagte er verärgert und versuchte, wieder ins Bett zu steigen. ›Mach ein bißchen Platz‹, sagte er etwas freundlicher. ›Aber ich bin ja schon ganz am äußersten Rand‹, antwortete sie wahrheitsgemäß. Er versuchte es noch einmal.

Doch dort war etwas, und er konnte nicht hinein. Er wurde sehr zornig, denn es war ziemlich kalt. ›Das werden wir gleich haben‹, sagte er und zündete eine Kerze an. Und schob die Decken zurück. Er sah ein riesiges, blutiges Ei, die Schale noch weich, als wäre es frisch gelegt. Die Frau, erstaunt, schob das übrige Bettzeug beiseite und betrachtete ihren Körper: Er war schlaff und blutfleckig wie nach einer Geburt. Der Mann starrte sie an wie jemand, der den Flügelschlag eines vorbeifliegenden Fluches hört. Und während sie das alles betrachteten, spürten sie, daß das Gewitter leise herabgestiegen und auf Zehenspitzen in das Zimmer gekommen war, um sie zu belauschen.«

Der Alte unterbrach seine Rede. Er zog an seiner langaschigen Zigarette. Ich zog den gerösteten Mais aus dem Feuer, blies die Asche herunter und legte ihn auf einen Teller, um ihn abkühlen zu lassen.

»Ein Schriftsteller zeichnete einen Kreis in den Sand, stieg hinein und sagte: ›Das ist mein Roman‹, doch der Kreis schnellte empor und trennte ihn genau in zwei Hälften«, sagte er.

Und er nahm seinen Mais und begann zu essen. Rasch folgte ich seinem Beispiel, denn ich mag gerösteten Mais sehr. Der Alte kaute langsam und genoß jedes Tröpfchen seines Aromas. Er schluckte bedauernd und sagte:

»Ein zorniger junger Mann suchte sich ein Plätzchen auf diesem kleinen Erdball. Und er blieb lange Zeit auf jenem Platz. Er wartete, glaube ich, aber es wurde ihm nicht bewußt, daß er wartete. Er glaubte nicht, daß er lange genug an einer Stelle bleiben konnte, um aus seinem erhitzten Gemüt Wurzeln schlagen und aus seinem zornigen Verstand Blätter sprießen zu lassen. Nein. Nein, er blieb einfach auf jenem Platz. Bis seine Sehkraft wie ein Ästchen knackte und sein Leben, sichtlich schrumpfend, um seine Überreste zu glimmen begann. Jahre vergingen. Die vier Winde heulten um seinen Platz herum. Blitze stachen durch die Luft. Und darunter bewegte sich die Erde, wie sie das schon immer getan hatte.«

Er warf mir einen raschen, aber wissenden Blick zu.

»Nimm diese Sachen nicht zu ernst. Es ist das Geschwätz eines Landstreichers. Nur Körnchen und Krümel, die ich auflas und in die Tasche steckte.«

Er fuhr fort:

»Ein Mann, der alles schon erlebt hatte, was einem unter der Sonne zustoßen kann, ging nach Hause, als ihm ein grüner Zwerg begegnete, der ihn bösartig und arrogant anblickte.

›Warum gehst du denn mit einer Krücke?‹ giftete der Zwerg. Der Mann streckte die Arme aus, stampfte seine Beine in die Schotterstraße und sagte:

›Bist du blind? Ich habe keine Krücke. Ich brauche sie nicht.‹

Doch der Zwerg spuckte auf ein daherkommendes Chamäleon und sagte zu dem Mann:

›Du hast die größte Krücke, die ich je bei einem Krüppel gesehen habe.‹

Der Mann, erstaunt und vielleicht ein wenig wütend, fragte: ›Welche Krücke?‹

Und der Zwerg sagte, indem er noch einmal auf das davonschleichende Chamäleon spuckte:

›Na, dein Gehirn.‹

Und damit gingen sie ihrer Wege. Nun liegt diese Straße zwischen Wasser und Erde, und viele sind alt geworden und gestorben, während sie darüber hinweggingen. Und weil alle Menschen dort entlanggehen, findet man dort auch häufig alte Bettler wie mich. Eines Tages suchte ich mir mein Plätzchen und wartete auf Passanten. Es war ein Sonntag, und früh am Morgen. Schon bald schlenderte ein junger Mann in einem karmesinroten Jackett vorbei und fragte, ob ich wüßte, wo man weiße Hühnchen kaufen könne. Weißt du, wo ich ihn hinschickte? In den Puff der weißen Soldaten. Sie machten Mus aus ihm. Oder Brei, wie du willst. Sonst kam niemand, ich langweilte mich und begann, mich zu kratzen und mich umzusehen. Und dann fand ich dieses kleine Päckchen. Der Typ mit dem roten Jackett muß es verloren haben. Es sind Fotos von dir und deinen Freunden darin, und Notizen über das, was du tust. Nimm das . . . Ich glaube, das Unheil klopft schon ungeduldig an unsere Tür.«

Harrys Wandlung

Endlich legte Harry den Hörer auf und trat aus der Telefonzelle. Er lächelte.

»Sie kommt«, sagte er. »Jetzt zieh ich sie mir an Land.«

Er sprach von Ada, Nestars Tochter. O ja, schon monatelang hatte er von nichts anderem gesprochen als von den Notwendigkeiten des Lebens, wie er es nannte. Es ging Harry nicht darum, es nun auf Biegen oder Brechen mit Ada zu treiben – es hätte auch jedes andere Mädchen sein können –, vielmehr wollte er zur Hauptsache vordringen und diese Notwendigkeiten bei der Wurzel pakken. Er brauchte diese organische Verwandlung. Zugleich würde ein Mädchen wie Ada, die alle Arten von weißen Fickbolzen ausprobiert hatte, ihm das Auffangschüsselchen liefern, in das er genießerisch sein Taufwasser hineinlaufen lassen konnte. Und damit wäre die Wandlung vollzogen.

Er kickte vor Freude gegen die Telefonzelle.

»Saugeil, Mann. Echt stark.«

Natürlich hatten Gut und Böse nichts damit zu tun. Für Harry war alles gut, was zum Erfolg führte. Folglich war das Gute der Erfolg. Und zum Kern dieser göttlichen Aura vorzustoßen, war das Bestreben all jener, die gute Menschen sein wollten.

Harry kannte das Böse. Das Böse war der Mißerfolg. Wo Harry herkam, gab es eine Menge Mißerfolge. Scheißer ohne jegliche Bildung, die ihre Pfennige zählten und Miete bezahlten und ihre Frauen zum x-ten Male schwängerten und auf Tabak und Bier verzichteten, um für eine Nähmaschine zu sparen. Schwielige Hände. Dreckige Leiber. Latzhosen. Das war böse, mißlich. Sich abplagen in Fabriken und Minen und auf Straßen und Brücken und in Feldern und Wäldern – wozu? Mißlich.

Harry hielt auch nicht besonders viel von Frauen. Selbst von Ada nicht. Er verachtete Menschen, für die Leiden ein untrennbarer Bestandteil des Lebens war. Und er liebte vögeln genauso wie betrügen.

Als Harry auf sein Zimmer zuging, stürzte sich eine stechende Fliegenwolke plötzlich auf seinen Kopf, und er rannte wie eine Katze, deren Fell in Flammen steht. Er warf die Tür hinter sich zu und lehnte sich dagegen, um Luft zu schnappen. Und dann schloß er sie ab. Er ließ die Rolläden herunter und bückte sich, um seine metallene Truhe zu öffnen. Sie war halbvoll mit *Playboy*-Magazinen. Er nahm das heraus, das er gesucht hatte. Sie war ein afroamerikanisches Modell – versponnenes Sehnen, Erwartung. Erfolg. Harry lächelte zärtlich auf sie herab und öffnete seine Hose.

Er fühlte sich für Ada bereit. Nichts könnte mehr schiefgehen. Die Motte würde der Flamme entschwirren, verwandelt in eine engelgleichere Art. Und hinterher würde es nur ein bloßer Traum gewesen sein, und die Erinnerung daran würde angenehm-irritierend sein. Harry schaute auf seine Uhr.

Später, als er abwesend sein Abendessen zerkaute und mit einem halben Auge und einem halben Ohr auf seine Umgebung blickte und lauschte, durchblitzte Harry eine

Vorahnung seines Erfolges. Es war ein winziges Zukken, das ihn köstlich blendete, als hätte der Himmel sein ausgesucht bestes Wasser destilliert und eine feine, weiße Feder in seine Essenz getaucht und dann damit zart die Christuswunde in seinem Schließmuskel berührt.

Harry mochte Menschen nicht, die »zuviel denken«. Sie stinken nach Mißerfolg, hatte ihm sein Vater gesagt. Folglich hatte Harry, nach dem Telefongespräch und nach diesem besinnlichen Abendessen, sich mit einem schwarzen Zivilbeamten in einer überfüllten Pinte getroffen, mit dem er wie beiläufig weiße Briefumschläge austauschte. Er ging dann wieder herüber zur Uni-Cafeteria, und über einem Shandy* wartete er auf Adas Erscheinen. Irgendwann nahm er leger und völlig in Gedanken den Umschlag heraus und ließ seine Augen verliebt darüber hinwegschweifen. Er lächelte. Er war zum letzten Ritus bereit, dessen Aufführung, obwohl nur noch eine reine Formalität, seine Wandlung für immer besiegeln würde.

Doch plötzlich kniff ihn eine Hand spielerisch in die Backe.

»Hallo, Arschgesicht«, begrüßte ihn Philip, und zugleich gab er jemandem im Schatten ein Zeichen.

Ada kam und setzte sich.

Philip rupfte nochmals – diesmal sadistisch – an Harrys Backe.

»Ist er das, Ada?«

»Ja.«

»Nun sag es uns mal selbst, Spitzelscheißerchen«, sagte Philip.

* Bier mit Limonade

Als Harry schwieg, langte Philip hinüber und packte Harry am Hemdkragen.

Und Harry leckte seine Lippen ab. Philip schüttelte ihn durch. Und dabei fiel ein Briefumschlag auf den Boden. Harry winselte:

»Ich hab was verloren.« Seine Stimme war heiser. Er schluckte.

Ada starrte auf den Umschlag.

Philip ließ ihn los und drehte sich um.

»Möchtest du was zu trinken, Ada?«

Harry schoß in die Höhe. Doch Philip, der damit gerechnet hatte, stellte ihm ein Bein, und Harry klatschte auf den Boden. Philip hob den Umschlag auf und ging zur Bar.

Ich fand es besser für alle Beteiligten, wenn ich jetzt zu ihrem Tisch herüberginge. Ich sah Harry nicht an.

»Alles klar, Ada?« fragte ich.

»So ziemlich.«

»Harry, warum gehst du nicht einfach?«

Ada lächelte großzügig, als sie sagte:

»Er hat es versucht.«

Philip kam mit zwei Glas Gin zurück. Als er mich sah, blinzelte er mich allzu auffällig an:

»Ich dachte, du würdest irgendwo mit deinem Notizbuch rumhängen«, sagte er.

»Tat ich auch.«

Es war schön, mal wieder mit Philip zusammenzusein. Harry leckte seine wunden Lippen.

»Würdest du mir bitte meinen Briefumschlag zurückgeben?«

Doch Philips Hand verschwand in seiner Jacke und

brachte zwei völlig gleiche Briefumschläge zum Vorschein. Er hielt sie Harry vor die Nase.

»Such dir deinen aus«, sagte Philip.

Harry starrte ungläubig und nahm einen langen, kräftigen Schluck von seinem Shandy. Harry konnte sich nicht überwinden, eine Wahl zu treffen. Etwas zu riskieren. Harry, der überall Mißerfolge erblickte, bettelte um eine Schnaufpause.

»Geh und hol dir noch was zu trinken, wenn du willst«, blinzelte Philip großzügig mit einem Auge.

Harry eilte zur Bar.

Philip wandte sich zu mir.

»Ich sehe, du mißbrauchst noch immer deine Freunde, um die unwahrscheinlichsten Geschichten zu erfinden«, gähnte er.

Und saß plötzlich aufrecht. Er sah auf die Briefe, und dann leuchteten seine Augen auf meine leeren Hände.

»Das isses«, schnippste er mit den Fingern. »Ich wußte ja, daß etwas faul war.«

Amüsiert fragte ich: »Was denn?«

Philip stand auf. Er sagte:

»Du hast nichts mehr zu trinken. Ich hol dir was.«

Er legte die Briefe nebeneinander auf den Tisch und ging zur Bar. Ich fing an, mich zu fragen, was zum Teufel ihn denn kratzte.

Harry kam zurück. Und konnte seine Augen von den beiden Briefen nicht mehr wegkriegen.

Ada, nicht lächelnd, sagte:

»Harry, was du jetzt durchmachst, ist genau das, worunter ich deinetwegen monatelang gelitten habe.«

Schweiß war auf seine Stirn getreten. Doch unerklärlicherweise lächelte Harry:

»Ja, ich hatte recht. Ich wußte es. Ich hatte recht.«

Und er fügte hinzu: »Du bist eine ziemlich tolle Frau.«

»Und was bist du Tolles?« fragte ich.

»Ich weiß es noch nicht«, sagte Harry.

Er schien langsam aus seiner Schale herauszukommen. Sich zu enthülsen. Wie ein Samen aus seiner Nußschale bricht.

»Ich sagte, such dir deinen aus«, stieß ihn Philip in die Seite und schob in meine Richtung den größten Whisky-Soda, den ich je gesehen hatte. Er wußte, wie ich Whisky haßte, verabscheute.

Ich trank.

Ada zuckte mit den Achseln und leerte ihren Gin. Sie und Philip hatten ein gewisses Verhältnis miteinander. Doch Philip wollte eigentlich eine konventionellere Verbindung. Und Ada wollte nicht von dem abweichen, was sie als ihre Bestimmung ansah. Und sie hatte laufend Krach mit ihrer Mutter, die die berühmteste Hure der Stadt war. Sie hätte gern gewußt, ob die ganze Scheiße in ihrer Familie vorherbestimmt war. Und deshalb war sie in letzter Zeit sehr reizbar. Und obendrein war Philip noch von Tag zu Tag ekelhafter geworden, wegen ihrer ungeklärten Beziehung – er wollte sie heiraten. Und sie hatte Harrys Spiel vom ersten Anruf an durchschaut. Und sie hatte sich gefragt: Warum hat er ausgerechnet mich für diesen Scheißdreck rausgepickt? Als Philip ihr das Zeichen gab, zu ihm zu kommen, hatte sie Harry dringend fragen wollen: »Bin ich denn so ein Dreckstück?« Doch als sie ihn sah, verstand sie blitzschnell, und das, was sie über ihn wußte, machte sie wütend auf sich selbst. Und was konnte sie in der Sache mit Philip tun? Nichts, weil es nichts von dem wirklich gab, was über ihn in ihrer Vorstellungswelt existierte. Das machte sie ungeduldig, diese Blindheit ihres Verstandes.

Philip hatte jetzt eine Flasche Gordon's Gin bestellt und füllte die Gläser auf. Ich hatte noch immer den Whisky vor mir stehen. Ich konnte mir keinen Neger vorstellen, der *Southern Comfort* trinken würde, außer vor gezogener Pistole.

Und da saßen wir alle, in einem unsicheren Land, selbst verunsichert. Einem Land mit verschlagenen Herzen, und jeder bereit, selbst betrogen zu werden. In einer moralisch korrosiven Atmosphäre – und wir selbst der metallene Stoff, der auf die Säuren des Alters wartet.

Und auf dem Tisch – festgenagelt von Harrys herausquellenden Augen – die zwei Briefumschläge.

Ich konnte in Harrys stechendem Blick eine Monomanie erkennen, die nur zu einem einzigen Ende führen konnte. Ich blickte hastig auf und, wie Sancho Panza, kippte ich den ganzen Whisky in einem Zug herunter.

Philip schob mir den Gin hin.

Dankbar griff ich zu und tankte wieder und wieder. Wo war Hoffnung – wo die Vision?

Etwas Grelles bohrte sich in mein Trommelfell.

Völlig perplex schaute ich auf. Philip und Ada starrten auch überrascht.

Die geisttötenden, schrillen Nadeln kamen von Harry.

Aber er machte nicht das leiseste Geräusch.

Brennend im Regen

Der Spiegel, glaube ich, war der Kern der Sache. Er war lebensgroß. Oft stand er nackt davor und betrachtete sich verstohlen. Der menschliche Körper hatte etwas Lächerliches, was er für sich allerdings nicht gelten lassen wollte. Er liebte es, sich über sein Spiegelbild heimlich lustig zu machen, wie ein Kind, das elterliche Strafe fürchtet.

Und dann grub sich der Spiegel tief in seine Seele ein, und die Welt wurde ziemlich seltsam.

Der Affe im Spiegel gewann die Oberhand über ihn. Doch er wehrte sich, indem er sich von Kopf bis Fuß mit Kleidern bedeckte. Aber die Augen und ein Teil des Gesichts... Diese haarigen Hände und die Handrücken voller Narben... ein Monster!

Er rannte hinaus in den Regen auf eine Weise, in der manche Menschen Zuflucht in Tränen des Selbstmitleids finden. Die weißgetünchten, barackenähnlichen Gebäude kauerten trübsinnig an beiden Seiten der Schotterstraße. Die Seele des Himmels über ihm war voller schwarzer und zorniger Gedanken, um dann unvermittelt mit der Klarheit kindlicher Einsicht aufzublitzen.

Er gelangte zu Nummer 191.

Frank machte die Tür auf.

Franks kleines, scharfkantiges Gesicht deutete auf die Existenz von etwas Angenehm-Frivolem. Der Junge hielt ihn für irgendein Arschloch – und brüllte daraufhin:

»Margaret. Für dich.«

Margaret erschien.

Sie war groß und zart und roch nach den angenehmen Dingen des Regens – kleine Fäuste sprießender Blätter und der berauschende Duft einer alten, goldenen Zeit. Doch sie war empfindsam, wie ein Tabu, das man nur ungern ausspricht. Und sie war unglücklich. Sein Spiegel bereitete ihr Sorgen. Und sie hätte ihn am liebsten zerschlagen, indem sie ihn vor seinen Augen beim Namen nannte und dann zusah, wie die Glassplitter wegspritzten und sein Gesicht sich wieder zurückverwandelte in jene weichen Linien, die ihr aus früherer Zeit vertraut waren.

Er konnte das Heulen eines Babys hören, als er sie küßte. Wieder einmal wunderte er sich, wie und durch welche Alchemie ein solches Elend imstande war, so etwas wie sie hervorzubringen.

»Margaret! Führe den Gast herein!« schrie ihre Großmutter.

»Wir müssen los. Es wird gleich anfangen, und wir werden zu spät kommen . . .« brüllte sie zurück, wurde jedoch höhnisch unterbrochen:

»Hure!«

Sie flohen hinaus in den Regen, wichen dem kahlen Apfelbaum aus, der symbolträchtig im Vorgarten stand, und gingen langsam die Schotterstraße hinunter. Der Regen fiel in kleinen, flüssigen Steinchen herab. Sie zerschlugen mit einer allzu geschwinden Sanftheit auf ihren Köpfen, die man nur noch als überwältigend bezeichnen konnte. Sie lachte, und ihr Lachen besaß kleine, scharfe Zähne. Es war die beißende Vertrautheit mit dem Regen, die sie erwärmte. Tropfen von Gottes Wasser, daraus bestand der Regen. Aus seinem Geheimnis sprossen die Blätter eines Lebens, das lebenswert war. Auch die prächtigen Bilder des Spiegels brachen aus ihm hervor, jenes Spiegels, der sich nicht zerschlagen ließ.

In diesem Sommer waren sie zum Baden an den Fluß gegangen. Die Flußgötter waren großzügig gewesen, und sie hatte gespürt, wie deren Güte auf ihrer Haut zitterte, als sie wieder an die Wasseroberfläche kam und das kristallklare Wasser aus ihren leuchtenden Augen herausschüttelte. Auch er war mit einem gewaltigen, atemberaubenden Sprung in die Fluten hinuntergetaucht, an jene tiefe Stelle, an der der Menschenfisch sich aufhielt. Dann hatte er – endlich – die Oberfläche durchstoßen und kam wieder herauf, mit großen Armen voll Atemluft – lachend und mit silbrig schimmernden Gittern um sich herum kämpfend. Dort, wo der Fluß breiter wurde, hatten sie sich mit großer Heftigkeit zu einer Einheit verschmolzen, und dort unter Petunienduft von unerträglicher Süße hielten sie inne und begannen der starren, reglosen Kraft, die den Fluß zum Fließen bringt, zu lauschen. Seine rauschenden Stromschnellen krachten dem Indischen Ozean entgegen. Wenn nur das Leben immer so wäre und, ja, die Spiegelbilder der eigenen Gedanken unsichtbar blieben. Wenn man ein Felsblock wäre. Dessen großer Sprühnebel, der sich in Regenbogenfunken zerstäubt. Doch der Frost des Spiegels ließ alles zum Eis einer vorwurfsvollen Stille erstarren. Es brachte sie dazu, sich in ihm zu erkennen und zu begreifen, daß sich auf der Gegenseite nichts befand. Nur eine große, geisttötende Leere auf der anderen Seite. Der grausamste aller

Tode. Und dann Arbeit und wieder Arbeit. Sie arbeitete als Kindermädchen bei einer gewissen Frau Hendriks, die einen dicken Körper und eine sanfte Stimme hatte und sie zahlreicher, aber unbestimmter Sünden verdächtigte. Sünde. Ihre erste Sünde war er gewesen, er hinter einem Busch. Sie hatte über seine Schulter himmelwärts gestarrt und die große Mondsichel beobachtet, groß und rund und weißlich schimmernd. Sie hatte sich nicht gefragt, was dahinterlag. Auf jener anderen Seite. Sein Gesicht, dem ihren so nahe, wirkte äußerst befremdlich. Unvorstellbar. Und sie fragte sich, was es eigentlich in ihm war, das ihre Lippen berührte. Und die Tränen stachen kalt aus ihren Augen. Brennend. Er leckte sie von ihren Wangen, und die Qual, die ihm das bereitete, ätzte in seinen Augen wie bei einem Kind, das sich wegen eigenem Mißgeschick selbst bestraft. War sie die Strafe für den Affen im Spiegel?

Es war naß und warm, dieses Gefühl des Regens.

Der Zug tuckerte wild in die Nacht und blitzte mit seinem großen Lichtstrahl. Sie hatten ihre Sachen eiligst zusammengepackt und im Taxi die brennenden Straßenlaternen beobachtet, die so hell leuchteten wie die Wächter einer plagenden Leere. Es war im Zug überfüllt und heiß und einschläfernd gewesen, und sie hatten endlos über die Seele des Landes gesprochen, wie qualvoll und schön und langweilig das alles war, während sie weiterrasten in Gottes großen Schatten hinein.

Die Illusion, irgendwohin zu gelangen.

Das war seine Kindheit, jene Illusion. Doch die Zeit hatte ihm Pfeffer in die Augen gestreut, und ihr Stechen hatte sie ihm ausgebrannt. Der Spiegel sagte alles, und in ihm erkannte er seinen Verwandten, den Affen, wie er linkisch in sein Privatestes kraxelte. Er hatte hinter die Dinge geschaut und deren gähnende Leere erblickt. Doch die Tiefe sah im Spiegel noch echter aus. Substantieller als das Unbehagen, das um seinen Kopf herum schimmerte und summte. Obwohl ihn der Gedanke an das erschaudern ließ, was jetzt in uralten Leichentüchern lag, stachelte ihn doch das wenige, was er ausdrückte, zu Aktivitäten an. Er war glücklich gewesen als Kind, unerträglich glücklich. Doch an der Schwelle zur Männlichkeit hatte er unsicher gezögert. Es widerstrebte ihm, diesen unwiderruflichen Schritt zu tun. Der Affe im Spiegel hatte sarkastisch gelacht und getanzt und getrampelt, und was dabei herauskam, war bestenfalls zweifelhaft. Doch er hatte standgehalten und sein winziges Diamantenlächeln gelächelt. War das alles gewesen? Dieses ewige Nagen im Bauch. Sich immer das Gehirn an der Türschwelle zu verrenken. Sich deutlich an Gesichter zu erinnern, aber nicht in der Lage zu sein, ihnen Namen anzuheften. Und wenn doch ein Name haftenblieb, vergaß er stets das zugehörige Gesicht. Was ihn am meisten ängstigte, war, daß er nie sein eigenes Gesicht wiedererkennen konnte, vor allem nicht nach einer Begegnung mit dem Affen im Spiegel. Und der Affe, sich seiner Macht über ihn bewußt, ließ nach und nach diese Begegnungen unheimlicher, unerträglicher werden. Sie hinterließen in ihm das Gefühl, ein Stoffetzen zu sein, der in kaltes Wasser getaucht und ausgewrungen worden ist, um auf der Wäscheleine einer zerbrechlichen Geistesklarheit zu trocknen. Dies geschah oft, bis zu dem Zeitpunkt, an dem er Dinge zu vergessen begann.

Zunächst passierte es ihm, daß ihm ein paar Stunden abhanden kamen. Doch bald schon vermißte er ganze Tage. Und als er aus diesen leeren Seiten wieder herausguckte, hatte er nicht mehr die leiseste Erinnerung daran, wo er gewesen war und was er getan hatte, ja, er wußte nicht einmal, daß er das Opfer eines Gedächtnisschwunds geworden war. Als er aus tiefem Schlaf erwachte und bemerkte, daß er noch völlig angezogen und über und über mit Ruß bedeckt war, Ruß von Kopf bis Fuß, dämmerte ihm zum ersten Mal, daß irgend etwas nicht stimmte. Und seine Knie und Knöchel waren angeschlagen, seine rechte Backe mit Blut verschmiert. Und mitten im Zimmer stand ein roter Sack, aus dem obszöne Weihnachtskarten herausquollen. Zunächst konnte er sich überhaupt keinen Vers darauf machen.

Beim zweiten Mal war es weniger schmerzhaft, aber genauso erschreckend. Er wachte auf und mußte feststellen, daß er sich mit weißer Wandfarbe bemalt hatte und eine europäische Perücke trug. Es kostete ihn Stunden, die Farbe zu entfernen, und noch Tage später roch er nach nichts anderem. Das macht ihn mehr als unsicher: Irgend etwas glitt ihm endgültig aus der Hand. Der Affe im Spiegel schien höchst aufgeregt, erregbar, er schien einen riesigen, geheimnisvollen Witz zu hüten, der auf seine Kosten ging. Seine Traurigkeit wurde größer. Er machte sich jetzt wirklich Sorgen, weil augenscheinlich etwas schief war, er es aber nicht wahrnehmen wollte. Er war nicht krank, er hatte nie Alpträume gehabt, nie einen Nervenzusammenbruch. Tatsächlich fühlte er sich wie neu, wie neuer Wein, gesund und in jeder Hinsicht fit.

Und dann wachte er auf, um sein Zimmer in schrecklicher Unordnung vorzufinden, als hätte ein Teufel darin gewütet. Das einzige, was unangetastet geblieben war, war der Spiegel. Alles andere war zerfetzt, zerschlagen, zerrissen und umhergeschmissen. Das Zimmer stank nach menschlichem Kot, überall waren große Klumpen davon verschmiert worden, selbst an der Wand.

Er stöhnte. Er brauchte sechs Tage, um die Sauerei zu beseitigen. Und am siebenten Tage ruhte er. Er saß in seinem Plüschsessel, als an der Tür geklopft wurde. Margaret trat ein. Sofort rümpfte sie, wegen des Geruchs im Zimmer, ihre Nase. Er war unverkennbar – verderbt, aber süß. Ein verunreinigter Honiggeruch. Und darin ein Hauch von nassen Petunien. Sie fragte ihn, was es sei, und zum ersten Mal belog er sie. Lügen. Sie schien sie aus ihm herauszuzaubern. Sie wußte, es war der Spiegel, der zu ihr sprach. Und sie hielt das nicht aus. Locker nahm sie eine leere Flasche von einem kleinen Tisch und warf. Sie zersplitterte in tausend winzige Spiegel – aber ging nicht entzwei. Sie zerbarst schlicht in tausend winzige Linsen, die in ihr Dasein blinzelten. Und er, dort in seinem Plüschsessel, hatte sich gleichfalls verwandelt. Er lachte bitter. Es gab Krach, ihr erster wirklicher Streit. Und zum ersten Mal machten sie sich gegenseitig an.

»Du dreckige Nutte.«

»Scheiße!«

»Leck mich doch am Arsch!«

»Scheißdreck.«

Und sie brach in Tränen aus. Es war alles so plötzlich gekommen.

Jetzt schlugen die kleinen Steinchen des Regens heftiger auf sie herab, und sie glichen einem Kind, das Aufmerksamkeit erregen will. Die weißgetünchten Häuser auf beiden Seiten der Straßen schienen sich auch verwandelt zu haben – in etwas Bedrohliches, leicht Bösartiges. Und das Geplätscher des Regens klang wie der winzig kleine Aufruhr von sechs Millionen winzig kleinen Menschen, die vor einer nationalen Katastrophe fliehen.

Davor erschauernd, schlossen sie ihre Arme umeinander.

Schwarze Haut, welche Maske

Meine Haut springt hier jedem kilometerweit ins Auge. Immer wenn ich auf die Straße gehe, spüre ich, wie sie sich anspannt, verhärtet, leidet. Sie entspannt sich nur, wenn ich im Schatten bin, wenn ich allein bin, wenn ich frühmorgens aufwache, wenn ich mechanisch eine Arbeit tue und, seltsamerweise, wenn ich wütend bin. Doch sie ist schüchtern und nervös, wenn ich meinen Stuhl nach vorn rücke und zu schreiben beginne.

Sie ist wie ein stiller Gefährte: launisch, resolut, dominant, abgebrüht – manchmal.

Früher hatte ich einen solchen Gefährten. Am Ende schnitt er sich die Pulsadern auf. Er sitzt jetzt in einer Irrenanstalt. Ich habe mich seitdem oft gefragt, warum er das tun mußte, aber noch immer weiß ich keine befriedigende Antwort.

Ständig wusch er sich – mindestens drei Bäder am Tag. Und er hatte viele Sorten von Hautpflegelotionen und Deodorants, um den Geist zu besänftigen, der sich seiner bemächtigt hatte. Eigentlich wusch er sich nicht, er schrubbte sich, bis aufs Blut.

Er versuchte selbst, seine Sprache zu reinigen, indem er sein Englisch aufpolierte und sich eine völlig akzentfreie Aussprache angewöhnte.

Und sein Haar unterwarf er Torturen, die der liebe Gott seinen Kindern nun wirklich nicht zugedacht hatte.

Er kaufte sich eine Unmenge von Kleidern, ganze Läden räumte er aus. Wenn Kleider Leute machen, dann war er wirklich ein gemachter Mann. Und seine Schuhe waren von einem Kaliber, die sogar einen Elefanten leichtfüßig und elegant gemacht hätten. Das Viehzeug, das man zu ihrer Herstellung umbringen mußte, wird sich im Grabe umgedreht und »Mensch, toll!« gerufen haben.

Doch noch immer war er unzufrieden. Er wollte, daß jeder Afrikaner im Umkreis von zehn Meilen seinem Beispiel folgte. Wenn schließlich ein Schimpanse nicht nur Tee trinken lernt, sondern diesen Tee sogar noch im Fernsehen anpreist, was hat man davon, wenn alle anderen gottgeschaffenen Schimpansen weiterhin nach Flöhen kratzen und sich mit ihren Schwänzen von Baum zu Baum schwingen und von Rhodes und Bananen schnattern?

Nun denn, er war so nett, mir dies eines schönen Tages etwas indirekter zu sagen. Wir waren auf dem Wege zum Silvesterball in Oxfords Stadthalle.

»Hast du deine Jeans schon mal gewechselt?« fragte er.

»Es sind meine einzigen«, sagte ich.

»Was tust du mit deinem ganzen Geld, Mann, versaufen?«

»Ja«, sagte ich und kramte in meinen Taschen. »Wodka und Papier und Tinte. Meine Arbeitsgeräte.«

»Du solltest etwas mehr auf dein Aussehen achten, meinst du nicht? Wir sind keine Affen.«

»Ich fühle mich wohl in meiner Kluft.«

Ich räusperte mich, und weil er wußte, was das Räuspern bedeutete, verkrampfte er sich, als ob er einen Schlag empfangen hätte.

»Wenn du so viel Geld hast«, sagte ich mit fester Stimme, »dann leih mir doch einen Fünfer.«

An diesem Tage blieb er ebenfalls fest:

»Kein Borger sei und auch Verleiher nicht«, zitierte er.

Und als Ergänzung fügte er hinzu:

»Wir haben dieselbe Größe. Zieh diesen Anzug hier an. Du kannst ihn behalten, wenn du willst. Und die fünf Pfund auch.«

Genauso drückte er sich aus. Und genauso war er, bis er sich die Pulsadern aufschnitt.

Doch es gibt noch mehr zu berichten.

Die äußere Erscheinung allein – wie teuer sie auch sei – ist wie ein Paar zweifelhafter Bergstiefel, wenn man sich auf die glitschigen Abhänge der besseren Kreise hinaufwagt. Jedesmal, wenn er den Mund öffnete, machte er sich lächerlich. Logik – das war sein Schlüsselwort, aber leider Gottes langweilte diese Tour selbst den dickfelligsten Ethnologen auf der Suche nach afrikanischen Denkweisen. Ich war primär an der Sauferei interessiert, erst dann an seiner Gesellschaft. Doch er – hilf Himmel – griff auf die Politik zurück, wenn er sich an die Leute heranmachte. Doch welcher normal denkende Mensch in dieser Gesellschaft schert sich schon um Rhodesien? Das konnte er nie begreifen.

Und, meine Fresse, als die Tanzerei losging, machte er sich wirklich zum Affen. Er dachte immer, daß dann, wenn ein Mädchen seine Aufforderung zum Tanz annahm, sie gleichzeitig eingewilligt hätte, von ihm betatscht, gedrückt, geknutscht und schließlich von der Tanzfläche runtergebumst zu werden. Und die Mädchen hatten kein Erbarmen mit ihm. Die Einladungen hörten auf, und alles verwandelte sich in eine peinliche Stille.

Ich machte mir nichts aus jenem Mädchentyp, der ihn zu interessieren schien. Er mochte sie korrekt, schick und spröde und mit der immer gleichen, gezwungenen Konversation:

»In was für'm College wohnst du?«

»– – Und du?«

»– –«

Pause.

»Und was ist dein Fach?«

»– –. Und deins?«

»– –«

Pause. Hüsteln.

»Ich komme aus Zimbabwe.«

»Was ist denn das?«

»Rhodesien.«

»Ach so. Ich bin aus London. He (mit ganz entschiedener Interesselosigkeit), Smith ist doch 'n Arschloch, was?«

Und er, redegeil:

»Um ehrlich zu sein, ich habe gerade bei der Afrika-Gesellschaft einen Vortrag gehalten mit der These, daß Ian Smith blah blah blah blah blah blah blah ...«

(Gähnen.) »Interessant. Wirklich interessant.«

»Smith blah blah blah blah blah blah ...« (Unvermittelt:) »Möchtest du tanzen?«

Überrascht:

»Nun, ich ... ja, warum nicht.«

Und so lief das ab. Ja, so lief das ab, bis er sich die Pulsadern aufschlitzte.

Doch es gibt noch mehr zu berichten.

Ein schwarzer Penner belästigte ihn eines Nachts, als wir auf dem Wege zu einem Fest des literarischen Colloquiums der Universität waren. Er führte sich auf, als hätte ein Leprakranker ihn berührt. Er grimassierte sich, im wörtlichen Sinne, von diesem Mann hinweg, der mich, nebenbei gesagt, schon von einem früheren Zusammentreffen kannte, als wir den Heiligen Abend zusammen auf einer Parkbank in Carfax damit verbracht hatten, eine Flasche Whisky zu leeren. Er war ganz besessen vom Ekel, und auf dem Fest sprach er von nichts anderem:

»Wie kann ein Schwarzer in England sich so gehenlassen, daß er zum Penner wird? Es gibt so viel zu tun. Besonders im südlichen Afrika. Ich würde gerne mal sehen blah blah blah ...«

»Trink doch mal was«, schlug ich vor.

Er nahm es hin, in der Weise, wie Gott sich Satans Bosheiten gefallen läßt.

»Du trinkst zuviel, mein Lieber«, seufzte er.

»Und du, mein Lieber, trinkst zuwenig. Das bekommt dir nicht«, sagte ich.

Der Vorfall mit dem Penner muß mehr an ihm genagt haben, als ich geglaubt hatte, denn als wir wieder im College waren, konnte er nicht schlafen und kam mit einer Flasche Bordeaux in mein Zimmer, die ich sehr gern mit ihm austrank, bis zum Frühstück, als er endlich aufhörte, über diese unmöglichen schwarzen Flaschen zu reden. Er hörte auf zu reden, weil er in seinem Stuhl eingeschlafen war.

Und so lief das ab, bis er sich die Pulsadern aufschnitt.

Doch gab es noch andere Aspekte bei dieser Geschichte.

Zum Beispiel: Er war davon überzeugt, daß einer der Tutoren ihn nicht »leiden« konnte.

»Niemand kann ihn dazu zwingen«, erklärte ich ihm, »und dich auch nicht.«

Doch er hörte nicht zu. Er knackte mit den Fingern und sagte:

»Ich werde ihm eine Weihnachts- und eine Neujahrskarte schicken, die schönsten und teuersten, die es gibt.«

»Kauf dir doch 'ne Flasche Blue Nun für das Geld«, schlug ich vor.

Sein Blick sagte mir, daß ich dabei war, einen Freund zu verlieren.

Zum Beispiel: Er bat mich eines Tages, nein zu sagen, wenn der Rektor mich fragen würde, ob ich sein Freund sei.

»Warum?« wollte ich wissen.

»Du trinkst zuviel, weißt du«, sagte er mit ernstem Gesicht, »und, es tut mir leid, manchmal benimmst du dich einfach zu schlecht, weißt du. Zum Beispiel denke ich da an den Vorfall im Bierkeller und einen anderen im Speisesaal und wieder einen in Cornmarket, wo die Polizei geholt werden mußte, und noch einen in deinem Treppenhaus ...«

Ich lächelte.

»Ich werde dir deinen Anzug gereinigt auf dein Zimmer schicken«, sagte ich entschlossen, »und die fünf Pfund habe ich dir ja bereits zurückgegeben. Damit ist alles geklärt. Ißt du heute abend im College? Wenn ja, werde ich mich fernhalten, denn das ginge ja zu weit. Stell dir vor.

Wir sind die einzigen beiden Afrikaner in diesem Laden. Wie können wir uns ständig aus dem Weg gehen, oder präziser ausgedrückt ...«

Er zog die Augenbrauen zusammen. Hatte er Schmerzen? In letzter Zeit hatte er angefangen, über Schlaflosigkeit und Kopfschmerzen zu klagen, und die Linsen seiner Brille schienen nichts gegen seine Kurzsichtigkeit ausrichten zu können. Sicher stach und brannte ihm etwas in den Augen.

»Schau, ich meine, ach was, vergiß, was ich gesagt habe. Mir ist's egal, was sie denken. Es ist meine Angelegenheit, oder etwa nicht, mit welchen Freunden ich mich umgebe?«

Ich blickte ihm scharf in die Augen:

»Laß dir keinen Scheißdreck einreden. Oder kotz es aus, ihnen direkt in die Fresse. Aber häng mir bloß nicht *ihre* Darmfäule an.«

»Gehn wir doch mal Tennis spielen«, sagte er einen Augenblick später.

»Ich kann nicht. Ich muß Stoff abholen von einem Typen, der jotwedeh wohnt«, sagte ich.

»Hasch? So was rauchst – du?«

»Ja. Roter Libanese ist für mich das beste Beruhigungsmittel.«

Er war richtig entnervt.

Er wandte sich ab, ohne noch ein Wort zu sagen. Ich glotzte ihm nach und hoffte, er würde sich nicht dazu versteigen, es seinem moralischen Tutor zu berichten – ausgerechnet demjenigen, der ihn nicht leiden konnte. Und so lief das ab. So lief das ab, bis er sich die Pulsadern aufschnitt.

Doch die Sache hatte noch einen anderen Aspekt: Sex. Die schwarzen Mädchen in Oxford – gleichgültig ob Afrikanerinnen, Westinderinnen oder Amerikanerinnen – verachteten uns alle, die wir aus Rhodesien kamen. Schließlich hatten wir noch nicht die Unabhängigkeit erlangt. Schließlich stand in der Presse, daß wir untereinander zerstritten waren. Und eine Menge weiterer Gründe, die schwarze Mädchen nur zu gern glauben. Alles wenig schmeichelhaft. Wir sind zu den Juden Afrikas geworden, wir sind sie, und keiner will uns. Es ist schon schlimm genug, wenn die weißen Scheißer uns verabscheuen, doch es ist zum Verrücktwerden, wenn ein Kätzchen vor dem anderen die Nase hochhebt . . . Und dies mußte er erst mal begreifen.

Mir war das eigentlich ziemlich schnuppe. Schnaps war besser als Mädchen, selbst wenn es schwarze Mädchen waren. Und Marihuana war das Himmelreich. Doch er hatte Angst. Und ein Techtelmechtel mit einem westindischen Mädchen, das in der Küche arbeitete. Da ich ihn gut kannte, erschien mir solch ein »Abstieg« zumindest sehr verwunderlich.

»Aber wir sind doch alle schwarz«, beharrte er.

Das war die Gelegenheit für die nächste Flasche Bordeaux bis zum Frühstück.

»Ebensogut könntest du zu einem Rowdy von der ›Nationalen Front‹ sagen, wir sind alle Menschen«, sagte ich.

»Vielleicht sind schwarze Männer nicht gut genug für sie«, protestierte er. »Vielleicht tun sie nichts anderes, als den ganzen Tag davon zu träumen, wie weiße Kerle ihnen den Verstand aus dem Kopf ficken. Vielleicht . . .«

»Man sagt, daß du dich jeden Tag in der Küche herumtreibst.«

Er richtete sich auf.

Jetzt verlor ich *wirklich* einen Freund.

Doch entschloß er sich, tragisch zu seufzen, und zum ersten Mal – ich hatte schon darauf gewartet – platzte ein plötzlicher Hagel erdiger Schimpfwörter aus ihm heraus.

»Von nun an entweder weiße Mädchen oder gar nichts.«

»Das hast du doch schon versucht«, erinnerte ich ihn.

Er ergriff die Armlehnen seines Sessels und ließ langsam die Luft aus seinen Lungen ab.

»Warum versuchst du's nicht mal mit Männern?« fragte ich, als ich mir erneut das Glas füllte.

Er starrte mich an.

Und spuckte aus:

»Dir glotzt die Scheiße zum Hemdkragen raus, weißt du das?«

»Das hab ich schon immer vermutet«, sagte ich und verlor das Interesse.

Doch vorher warf ich meine letzte Münze ins Gefecht.

»Onaniere doch einfach. Wir tun's doch alle.«

Wutschnaubend füllte er – sein Glas auf.

Schweigend tranken wir, eine endlose, nachdenkliche Stunde lang.

»Sie wollen mich aus dem College rausschmeißen«, sagte ich.

»Was?«

Freundlich wie er war, tat er überrascht.

»Wenn ich mich weigere, freiwillig als Patient nach Warneford zu gehen«, fügte ich hinzu.

»Was ist Warneford?«

»Eine psychiatrische Klinik«, sagte ich. »Bis zum Mittagessen habe ich Zeit, mich zu entscheiden. Zwischen freiwilliger Inhaftierung oder Rausschmiß.«

Ich warf ihm den Brief des Direktors zu. Er öffnete ihn.

Er pfiff.

Dieser Pfeifton brachte mich fast dazu, ihm alles zu vergeben, sogar ihn selbst. Schließlich fragte er: »Wozu hast du dich entschlossen?«

»Rausgeschmissen zu werden.«

»Doch ...«

Ich unterbrach:

»Es ist der einzige Entschluß in meinem Leben, den ich nie bereuen werde.«

»Willst du in England bleiben?«

»Ja.«

»Warum gehst du nicht nach Afrika und hilfst unseren Guerillakämpfern? Du warst doch immer um einiges radikaler als ich, und dies wird deine Chance sein blah blah blah blah blah.«

Ich gähnte.

»Dein Glas ist leer«, sagte ich. »Schau mich mal ganz genau an, ganz genau, und denke an alles, was du über mich weißt, und dann sag mir, ob ein waschechter Guerillakämpfer vor dir steht.«

Er schaute.

Ich füllte sein Glas und öffnete eine weitere Flasche, während er mich musterte.

Seine Augen blitzten fast satanisch.

»Du bist und bleibst ein vergammeltes Subjekt«, sagte

er überzeugt. »Du bist genau wie dieser gammlige Nigger, der mich neulich belästigt hat, als wir ...«

»Ich weiß«, sagte ich rülpsend.

Er glotzte.

»Was willst du machen?«

»Schreiben.«

»Und wovon willst du leben?«

»Gibt Gott Häschen, gibt er Gräschen. Hoff ich jedenfalls«, sagte ich.

Und das war das letzte Mal, daß wir miteinander Sprüche klopften, über Flaschen roten Bordeauxweins, während der frühen Morgenstunden, bis das Licht des hellen Tages grell durch die hohen, offenen Fenster splitterte und ich ihn friedlich schlummernd in seinem Sessel zurückließ und zu meinem letzten Frühstück im College eilte.

Das Mark eines Schriftstellers

1

Nein, den spendiere ich. Dann mal Prost. Schließlich hab ich mich noch immer nicht umgebracht. Sie verstehen. Schließlich hat einiges stattgefunden. Und ich hab meinen Teil dazu beigetragen. Doch in jener Nacht saß ich an meinem Schreibtisch, und von dem Buch, das ich wahllos aus dem Regal gezogen hatte, nahm ich nichts mehr wahr. Ich zeichnete mechanisch Kringel und Quadrate auf mein Löschpapier – diese Landkarte hätten Sie sehen sollen! Kleine Kreise fraßen die großen Kreise und alles, was es sonst noch gab. Das ging so weit, daß ich mich immer noch echt frage, wie zum Teufel ich den Ausgang aus diesem Labyrinth gefunden habe. Schwarze Flecken tänzelten vor meinen Augen. Schwarze Flecken tänzelten konfus an einem Punkt, der genau zwischen meinen Augen lag. Und meine Hände vibrierten. Zitterten. Als ich sie mir anguckte, waren sie mit runden, weißen Schwären bedeckt, aus denen Eiter herauswollte. Und meine rechte Hand zeichnete mechanisch weiter. Zeichnete. Haben Sie jemals ein Gesicht gesehen, das auf nichts anderem als auf Luft gedruckt war? Diese schwarzen Punkte vermehrten sich zu Schwärmen, flatterten mir ins Gesicht und schossen wieder davon mit meiner ganzen Gehirnmasse. Und als der Schmerz dieser Flatterei sich wieder aufklarte, sah ich, wie mich mein eigenes Gesicht eiskalt anstarrte. Ich erschrak unwillkürlich. Es war verrückt, aber ich riß mich zusammen und streckte meine Hand aus, um es zu berühren. Und zog sie mit Grauen zurück! Welch grausige Entdeckung! Etwas hatte die Haut meines Gesichts abgepellt, ganz und gar, bis zu den Wurzeln. Es hatte mir mein eigentliches Ich entblößt. Und ehe ich mich versah, hatte ich den Tisch zur Seite gekippt, alle meine Bücher aus den Regalen gezerrt und auf den Boden geschmissen und fing an, mit meinen Fäusten gegen die Wände zu donnern. Ich hörte mich schreien, und all diese Venen pulsierten heiß durch meine Stimme. Mir war kalt. Ein Ring aus Eis hatte sich um meine Hüften geschlungen, um meine Brust, um meinen Hals. Erwürgtwerden. Oder ertrinken. Beides auf einmal, glaubte ich, doch wäre das unendlich viel schöner gewesen als dieser unsichtbare Eisring. Alles andere noch einmal, nur das nicht. Und während der ganzen Zeit beobachtete mich kühl diese Person, ich meine mein Gesicht, als wäre ich irgendwo weit weg, ein wenig interessantes Experiment. Und auf dem Boden spielte sich etwas Merkwürdiges ab, dort, wo das Löschpapier hingefallen war. Sehen Sie, als es herunterfiel, schien es – sie – lebendig zu werden. Wie die schwarzen Flecken. Die Kringel und Quadrate schossen aufwärts wie eine winzige Explosion und donnerten gegen die Decke, wo sie rußige Abdrücke hinterließen und dann langsam wieder auf den Boden fielen wie feiner, schwarzer Staub. Und das waren auch meine Gedanken gewesen, dieser feine, körnige Staub. Er war mein Leben. Ich breitete mein großes Taschentuch auf dem Boden aus und versuchte, etwas davon einzufangen. Und schaffte das auch. Hier, in mein Taschentuch hinein. Wo, zum Henker, ist es geblieben? Aha, hier. Hm. Da, sehen Sie das? Schön, es hat eine gewisse Ähnlichkeit mit gemahlener Kohle, das gebe ich zu, aber das ist er, ich kann es Ihnen versichern. Ich nahm ihn zu einem Freund mit ins Labor, und als er versuchte, ihn unter dem Mikroskop zu analysieren, und danach mit einem elektronischen Fotodingsbums und einer Reihe von Ausscheidungstests, nun – das alles war – negativ. Zuerst glaubte er, ich wollte ihn zum Narren halten, doch dann sah er, daß ich nicht zu dieser Sorte von Menschen gehörte – ganz im Gegenteil. Ich sah wie ein Wrack aus. Negativ. Alles war negativ. Ich fragte ihn, was er damit meinte, und er sagte »Schau dir's doch selbst mal an«, und ich blickte und blinzelte durchs Mikroskop. Es war nichts zu sehen. Nichts! Aber das Präparat war vorhanden, auf dem kleinen Plättchen aus transparentem Glas. Als ich noch mal durch das Mikroskop blickte, war wieder nichts zu sehen. Das gleiche geschah bei den elektronischen Aufnahmen. Nichts schlug an. Absolut nichts. Dasselbe negative Ergebnis zeigte sich in einer ganzen Reihe von Ausscheidungstests. Zu diesem Zeitpunkt war ich nicht mehr sicher, ob ich mich selbst noch im Labor befand oder nicht. Ich meine, ich fühlte mich, als ob jemand dicht neben mir geniest, mich in kleine, schwarze Flecken zerpustet und schließlich ins Jenseits gewirbelt hätte. Ich hatte mich noch nie so elend gefühlt. Und es war – erniedrigend. Das ist das richtige Wort – erniedrigend. Ich wußte nicht, wo ich hingucken sollte. Ich meine, ich fühlte mich wie ein Betrüger. Der Staub war vorhanden und doch nicht vorhanden. War es ein Akt verzweifelten Glaubens? Mein Freund warf mir schräge Blicke zu, als wollte er jeden Moment eine

Zwangsjacke über meinen Kopf stülpen. Schließlich sagte er: »Laß mir den Staub mal hier«, doch ich konnte wohl schlecht meine Seele im Labor lassen, oder? Ich verweigerte ihm selbst die kleinste Probe. Aber weil er mein Freund war und ich ihn gut kannte, ging ich zur Toilette und ließ auf einem der dortigen Tische mein Taschentuch zurück, und ich bin mir ganz sicher – denn ich kenne ihn gut –, daß er sich ein paar von diesen Körnchen meines Lebens beiseiteschaffte. Soll er sie haben. Als ich die Tür leise hinter mir schloß und die Treppe zur Baker Street hinunterging, wartete er – ich meine mein Gesicht, der andere, der in der vergangenen Nacht aufgetaucht war –, er wartete auf mich am Fuß der Treppe. Das Blut schoß mir in den Kopf, und ich stand da, wie angewurzelt auf den Betonstufen, und guckte dumm auf ihn hinunter. In diesem Augenblick traf mich ein Tennisball, und ich fing fast an zu schreien, als dessen Besitzer, ein rüder, pickliger Knabe, mir plötzlich auf die Zehen trampelte, quetsch! – und noch mal quetsch! – und mir dabei absichtlich scharf in die Augen blickte. Ich weiß nicht, was aus der Welt noch werden soll, wenn Kinder sich so verhalten. Wilde, die man ausrotten sollte! Immer Haben und Haben und Haben, und dabei wissen sie nicht einmal, was sie eigentlich wollen. Jedenfalls weckte mich das aus meiner, äh, Trance, und ich floh zurück ins Labor, wo ich meinen Freund wie einen Wasserfall vollquatschte. Zum Glück hatte er an diesem Tag nicht viel zu tun, und so liefen wir bald darauf gemeinsam die Treppe herunter. Sie können sich vorstellen, wie erleichtert ich war, als ich sah, daß mein Fleisch gewordener Zwilling verschwunden war. Er war nirgendwo zu sehen. Meine Stimmung wandelte sich sofort – ich wurde richtig fröhlich, und wie es der Zufall wollte, gab mein Freund an diesem Tag eine Fete aus Anlaß von – ich weiß den Grund nicht mehr – müssen Feten unbedingt einen Grund haben? –, und er hatte vorher überhaupt nicht gewußt, daß ich in der Stadt war und lud mich jetzt ein. Sehen Sie, ich war so etwas wie ein Einsiedler geworden, könnte man sagen, der nur mit seiner Schriftstellerei beschäftigt war. Natürlich hatte es Schwierigkeiten gegeben. Keine unüberwindlichen. Halt Probleme. Meine Frau hatte sich mit einem Studenten davongemacht, für den ich viel getan hatte. Einem Studenten mit dem merkwürdigen Namen Marechera. Der hinter meinem Rücken eine Liebelei mit meiner Frau anfing. Und dann steckte ich mitten in einem nervenaufreibenden Zivilprozeß. Ich wurde wegen Verleumdung verklagt. Es ging um eines meiner Bücher. Ich konnte nichts anderes tun, als die Brust nach vorn zu werfen und eine eher geschmacklose Gewissenserforschung zu betreiben. Und Clara, mein einziges Kind, hatte auch ihr Päckchen zu tragen, wegen ihres Freundes, den sie verließ und zu mir zurückkam. Und dann verlangte sie Hilfe von mir. Sie war schwanger. Ihr Freund hatte das Kind gewollt. Doch sie wollte es nicht. Ich kannte jemanden – einen Typen, mit dem ich früher studiert hatte –, und der machte es weg. Sie kam gut drüber hinweg, hoffe ich wenigstens. Es war das erste Mal, daß ich etwas Positives getan hatte. Aber war es etwas Positives, frage ich mich? Der Prozeß schien sich gegen mich zu wenden. Und die Nachbarn undsoweiter fingen an, sich über den Studenten und die Abenteuer meiner Frau die Mäuler zu zerreißen. Sehen

Sie, sie hatte, wie schon einmal, das ganze Geld mitgenommen. Ja, es war schon einmal passiert, mit einem anderen Studenten. Auf genau die gleiche Art und Weise. Mit einem, der Interesse an meinem Kursus für kreatives Schreiben bekundete und dann hinter meinem Rücken seine Kreativität an meiner Frau austobte. Aber noch konnte ich schreiben. Ich weiß nicht, wieso, aber nur der Tod könnte mich je daran hindern. Ich glaube, das bedeutet, daß mit mir etwas nicht in Ordnung ist. Wie ich schon sagte, war ich so etwas wie ein Einsiedler geworden. Unzugänglich. Tatsächlich kam auch niemand zu mir, keiner. Außer meinem Anwalt. Und der brachte nichts Gutes ins Haus. Der Fall stand schlecht. Nur ein Wunder würde mich retten können. Und Wunder geschehen für gewöhnlich nur in phantasieloser Umgebung. Die meine war viel zu bunt, selbst für meinen Geschmack. Mein Haus – Sie müssen es gesehen haben, um es zu glauben, und selbst dann werden Sie einen konkreten Beweis verlangen. Eigentlich gehört es meiner Frau. Vor Jahren hat sie es mir einmal als Weihnachtsgeschenk übereignet, aber sie vergaß, auf die Dokumente meinen Namen setzen zu lassen, so daß es eigentlich noch ihr gehört. Clara, ja, Clara. Sie gleicht aufs Haar ihrer Mutter. Manchmal, wenn ich zerstreut bin, bemerke ich, daß ich auf eine Weise mit ihr spreche, wie sonst nur mit ihrer Mutter. Das macht die Sache noch komplizierter. Doch sie versteht es. Gott sei Dank – sie versteht. Ach, Jugend, Jugend! Sie versteht nur zu gut. Sie ließ ihr Kunststudium sausen und gammelte eine Weile in der Welt herum, mit nichts in der Tasche als ihrem Freund und ihrem Zeichenblock und einigen Stiften. Ich wünschte, ich hätte selber Zeit für so etwas. Ich habe sie nicht, dank meines stets auf der Lauer liegenden Teufelchens. Es spielt mir so viele Streiche, daß ich die Hälfte meiner Zeit verplempere, weil ich nicht weiß, was er von mir verlangt. Lachen Sie nicht. Das ist ernst gemeint. Ich meine nicht wirklich den Teufel, sondern etwas Handfesteres in uns, das uns nervös und ängstlich werden läßt und – ich will nicht nur Negatives sagen, verstehen Sie bitte. Die Sache, die uns im Augenblick unseres Triumphes ausquetscht – alles sehr vage. Trinken Sie noch einen? Gut, was war's nochmal? Ah ja. Auf Ihr Wohl, mein Herr. Meine Dame. Je nachdem. Sie verstehen, nicht wahr? Man weiß heutzutage nicht mehr so recht, wer ist was. Das liegt an diesen neuen Modetrends. Und so. Alles sehr kompliziert. Und was noch schlimmer ist, alles ist sehr negativ. Um Gottes willen, ich benutze ja ständig dieses Wort. Und das bringt mich zurück zu meinem Freund aus dem Labor. Der Raum schien plötzlich zu klein für mich, zu eng, als ich bemerkte, daß er mit nichts anderem als meinen alten Collegefreunden angefüllt war. Es gab kein Entkommen. Ich hatte die Sache also durchzustehen. Es gab viel Wein, meist südafrikanischen. Ziemlich schlechten. Aber es hieß: alles oder nichts. Und natürlich schob sich mein phantomartiger Doppelgänger ständig zwischen meine Gedanken und machte alles so unangenehm, daß es schien, als sei ich's selbst. Ich trank. Und unterhielt mich ziemlich angeregt mit den anderen Gästen. Alle waren sie neugierig, etwas über den Prozeß zu erfahren und über meine Frau, und tatsächlich war auch derjenige darunter, der die Abtreibung an meiner Tochter Clara vorgenommen hatte. Ich war in diesem

Kreis nicht besonders gern gesehen. Ganz im Gegenteil. Im College hatten sie mir alle das Leben zur Hölle gemacht, aber irgendwie hatte ich stets meinen Kopf über Wasser gehalten, und erst als ich berühmt wurde, gingen sie gelegentlich ein Glas Traubengift mit mir trinken. Gifte sind eine faszinierende Sache, finden Sie nicht? Gifte. Schon der Name allein klingt todbringend. Gift. Sind menschliche Ausscheidungen für andere Erscheinungsformen des Lebens Gift, frage ich mich? Ist unser Körpergeruch für einige Insektenarten tödlich? Ich würde so gern daran glauben, daß dann, wenn die Eiterbeulen menschlicher Schuld aufbrechen, Berge sich spalten werden, Täler sich erheben und Flüsse bergan fließen. Traubengift in unseren Adern offenbart, was sonst geheim bleibt. Ich weiß nicht. Unsere bisher leicht giftigen Beziehungen erreichten ihren Siedepunkt, nachdem die ersten Flaschen ausgetrunken waren. Und dann zog jemand Stoff aus der Tasche, und ich paffte etwas freudiger als die anderen. Der Wein war mir zu Kopf gestiegen. Die Droge stieß nun bis zu den Wurzeln vor und ließ alles wieder aufbrechen. Ich hatte mich schon lange nicht mehr mit einem friedfertigen Menschen unterhalten. Ach Clara ... jemand hatte Musik eingeschaltet, Panflöte und Orgel. Die Flöte stach mich diesmal, wo es weh tat. Ich kann es nicht erklären. Sie zupfte meine letzten Härchen samt Wurzeln aus mir heraus. Sie pickte auf meinen Lippen. Sie bohnerte mir die Ohren, bis ich zu zweifeln begann, daß sie sich außerhalb befand. Sie füllte meine Nasenlöcher mit den schweren Düften von etwas Bitterem, etwas Grausamem, etwas Kommendem. Ich schloß die Augen, und plötzlich offenbarte sie sich mir.

Er war in ihr. Ich fühlte sein Kommen. Ich konnte förmlich riechen, wie er mich kühl beobachtete. Ich konnte sehen, daß mein Leben in seinem Atem aufgesogen und vor meinen Augen weggeschwemmt wurde. Ich konnte nicht einmal protestieren. Aber warum sollte ich auch? Protestiert eine Leiche gegen die fetten, schwarzen Fliegen, wenn sie ihre ekelhaften Eier in deren Augen ablegen? Fliegen faszinieren mich. Ihre sechs Beinchen. Die silbernen Scheren ihrer Flügel. Ihre gewaltigen Glupschaugen. Spucken in unser Essen. Und putzen sich gelassen ihre Vorderbeine. Wie sie in die Suppe fallen und dich schweigend mit ihrem Aufwärtsblick durchbohren, während du dich fragst, was zu tun sei. Sie stemmen sich zwischen die unbewachten Bruchstellen unserer Seele. Und sie versuchen noch nicht einmal, ihre Schadenfreude über mein Mißgeschick zu verbergen. Ganz im Gegenteil. Und boshafterweise hatte ihnen jemand erzählt, daß ich am Ausrasten sei. Am Anfang half noch Marihuana oder Hasch. Und dann fing es an, weh zu tun, spaltete mir systematisch den Kopf auf wie eine Hausfrau, die gelassen eine Gurke aufschneidet. Ich konnte ganz klar die verschiedenen Segmente meines Kopfes, meines Lebens, erkennen, auf einen Teller geschnipst, um verschlungen zu werden, wahrscheinlich von den Hunden. Und ich beobachtete, wie sich all das in der Musik abspielte. Wie es die Treppe heraufkroch, um schamlos am Schlüsselloch zu lauschen. Jemand sprach angeregt über Defoes *Moll Flanders.* Äußerste Armut. Die bittere Notwendigkeit äußerster Armut. Ich konnte nur lachen. Irgend etwas in meinem Lachen erschreckte sie, und sie glotzten mich an, als sei ich eine Stubenfliege, die sprechen und lachen gelernt hatte. Sie stemmten einen unbewachten Riß auf und begannen, mit ihrem gemeinsamen Rüssel das Mark meiner Existenz auszusaugen. Tranken. Zogen tief in ihre Lungen die giftigen Ausdünstungen meiner Zersetzung ein. All das war schon einmal passiert. Ich hätte es wissen müssen. Und das Zimmer fing an, sich zu bewegen, zu kreisen, anfangs nur langsam. Und dann schneller und schneller, bis der Wein mir zurück in die Kehle schoß und ich nahe daran war, mich zu erbrechen, und ich zur Tür stürzte, die sich aber plötzlich öffnete, und der Schock der Begegnung mit demjenigen, der davorstand, lähmte mich völlig. Ich konnte nur glotzen. Er war's. Er. Und das wirkte wie eine Sprungfeder in meinem Inneren: Ich hätte es nicht zurückhalten können, selbst wenn ich gewollt hätte. Meine Eingeweide hievten sich nach oben und schossen ihm ins Gesicht. Ich zwängte mich an ihm vorbei und floh auf die Toilette. Doch bevor ich die Tür verschließen konnte, hatte er sich hineingezwängt und ließ geräuschlos Wasser über sein ganzes Gesicht und seinen Kopf plätschern. Ich hatte mich über die Toilettenschüssel gebeugt. Und kotzte meine kaputte Seele aus. Das ging volle zehn Minuten lang, bevor ich wagte, mich aufzurichten und umzudrehen, um ihm ins Gesicht zu schauen. Er hatte seine Reinigungszeremonie beendet und hatte das sehr gründlich getan. Ich spülte meinen Mund aus und wandte mich zum Gehen. Doch er packte mich bei den Schultern und zupfte mich absichtlich brutal an der rechten Backe. Bevor ich reagieren konnte, sagte er – seine Stimme war hoch und klang wie etwas, was aus einem Radio kommt, dessen Batterien fast leer sind –, er sagte: »Mich gibt's wirklich.« Ich konnte ihn nur anglotzen. Diese Gewalttätigkeit . . . Er zupfte mich noch einmal an der anderen Backe, doch diesmal eher spielerisch, und sagte wieder: »Mich gibt's wirklich.« Ich ging hinaus. Er folgte mir auf den Fersen. Das Zimmer kam mir noch kleiner und enger vor. Ein Laut des Erstaunens und des Unverständnisses begleitete uns. Ich sagte nichts. Er sagte nichts. Und tatsächlich sah er aus, als hätte er nichts Besonderes zu sagen. Er nahm lediglich meinen Stuhl und mein Glas und meinen noch immer brennenden Joint-Stummel und machte genau dort weiter, wo ich aufgehört hatte. Ich andererseits stand dort neben dem kleinen Glasregal, öffnete und schloß abwechselnd meine Fäuste und fühlte mich elend. Ja, das ist das richtige Wort – elend. Er schnipste Zigarettenasche in meine Richtung und stellte mich als seinen Zwillingsbruder vor. Und dann sagte er: »Er ist etwas komisch, nicht ganz richtig im Kopf.« Ich nahm dankend ein Glas Südafrikaner entgegen und setzte mich so weit wie möglich von ihm entfernt. Ich trank ein Glas nach dem anderen. Ich hatte noch nicht einmal die Kraft, mich selbst zu bedauern. Es war alles so schnell gegangen und hatte mich total überrumpelt. Ich brauchte Zeit, um wieder zu mir selbst zu finden. Schließlich hatte ich noch immer jene feinen, schwarzen Krümelchen in meiner Tasche und dachte, solange ich sie hätte, würde ich wenigstens ein bißchen Macht über ihn haben. Aber wie – das wußte ich nicht genau. Diese Körnchen, waren sie vielleicht so etwas wie Gift? Oder ein Gegengift? Oder waren sie, diese Körnchen, überhaupt nicht existent, ganz und gar nutzlos? Aber sie waren etwas, an das ich mich klammern konnte. Etwas Handfestes. Der einzige geheime Teil meines Ich, der etwas bedeutete. Ich weiß es nicht. Wenn er meinte, das Ganze wäre nur ein Spiel, dann würde ich es jedenfalls bis zum Ende durchhalten. Irgendwie war es, glaube ich, ein teuflisches Experiment. Mit Prismen, Linsen. Und irgendwie war die Brechung und die Projektion des Abbildes mir ins Gesicht geschossen, und ich war nicht auf einen so linken Anschlag vorbereitet gewesen. Aber war es ein Anschlag? Ich habe es nie herausbekommen können. Ich ahne, daß es möglich gewesen wäre, eine plausible Erklärung dafür zu finden, ich meine, daß es etwas ist, das man verstehen kann, wenn man es hartnäckig versucht. Ich konnte meine Augen nicht von seinem Gesicht losreißen. Wie mir seine Gesichtszüge doch ähnelten! War er vielleicht ein früh verlorengegangener Zwillingsbruder, dessen Existenz mir meine Eltern aus irgendeinem Grunde verschwiegen hatten? Oder war er ein völlig Fremder, der seine Ähnlichkeit mit mir schamlos ausnutzte und meine Bekannten und mich genau unter die Lupe nahm und dann versuchte, wenn möglich an meine Stelle zu treten? Wie groß sind die Variationsmöglichkeiten bei den höheren Primaten? Und warum, um Gottes willen, mußte es mich erwischen? Warum nicht? Von all den Millionen Menschen da draußen, warum mußte es mich treffen? Und nicht Herrn Soundso? Doch dies waren fruchtlose Gedankenspielereien. Der schamlose Bursche sagte gerade etwas über meine Frau. »Wir haben heute alles durchgekaut, und ich erwarte sie jeden Moment wieder zurück«, sagte er. »Die Ehe ist auch nicht mehr das, was sie mal war, weißt du, mit solchen Sachen muß man rechnen, und schließlich ist sie eine tolle Frau, die ihren eigenen Kopf hat. Ich erklärte ihr alles, und sie verstand.« Ich konnte kein Wort herausbringen. Er fuhr fort: »Ich mag eigenwillige Frauen, solche, mit denen man sich ständig in die Wolle kriegt. Während sie sich mit meinem Studenten rumtrieb, war ich natürlich auch nicht untätig. Und ich suchte mir die Frau, genau die Frau aus, die sie in Rage versetzen und zu stürmischer Rückkehr bewegen würde. Eine Schauspielerin mit dem molluskenartigen Namen Melinda. Frauen mit Charakter, genau wie Männer mit Charakter, können sich oft nicht ausstehen. Sie und Melinda werden wohl ziemlich bald übereinander herfallen. Und ich werde mich zurücklehnen und ihre Überreste einsammeln. Eigentlich ist es mir völlig gleichgültig, wie und was geschieht. Jede Frau ist nur ein Fleck auf einem Laken. Es gibt keinen Unterschied. Es ist genauso wie bei den Männern – erst Erektion, dann, hoffentlich, Ejakulation. Jede Haarspalterei über diese Tatsache ist eine Kunst, die allerhöchstens einen Studenten fasziniert.« Ich füllte mein Glas dreimal in der gleichen Anzahl von Minuten wieder auf. Ich konnte immer noch nichts sagen. Mein Hals schien wie mit Zement zugekleistert, und er schob ständig welchen nach. Und dann lachte ich, lang und laut wie eine Langspielplatte, die in einer Rille hängengeblieben ist. Ich lachte, bis Tränen der Qual meine Backen herunterliefen. Und meine Zahnprothese klapperte und machte einen komischen Lärm. Meine dritten Zähne lachten minutenlang weiter, nachdem ich selbst aufgehört hatte, und jeder starrte mitleidig auf meinen »Zwillingsbruder«. Ich schloß fest meinen Mund, doch meine Zahnprothese giggelte um so lauter. Ich dachte, sie würde einfach, mit der Hilflosigkeit eines Komödianten, meinen Hals heruntergleiten. Ich ertränkte sie hastig mit Wein, doch das ließ mich nur würgen und gurgeln, und die Prothese giggelte nur noch lauter, so lange, bis meine Gaumen wahnsinnig weh taten. »Hör auf!« schrie er. Sofort klappte sie zu wie eine Mausefalle, die sich in meine Zunge hineinbeißt. Mit dem Ergebnis, daß alle in haltloses Gelächter ausbrachen, sich auf Schultern und Schenkel klatschten und belustigt auf meinen Mund zeigten. Ich starrte in mein Glas und versuchte, meine Zähne zusammenzupressen, doch sie weigerten sich, irgendeine Bewegung zu machen, und man lachte um so lauter darüber. Plötzlich leuchtete eine kleine Flamme in mir auf. Ihre brennende Lippe schoß mein Rückgrat herauf und räumte meinen Rachen auf und ließ meine Nasenflügel wie die eines Esels beben. Ich weiß nicht mehr genau, wie mir geschah, doch ich – öh, ich trötete wie ein Esel, nur etwas besser. Das Zimmer verlor sich in einem gewaltigen Ausbruch von Fröhlichkeit. Ich konnte mich nicht beherrschen. Ich trötete und trötete und trötete, bis die Tränen die Backen herunterrannen und ich auf allen vieren weitertrötete und dumm aus der Wäsche guckte wie ein Packesel, der sich in einer Wüste verirrt hat. Immer noch trötend, lief ich ihm auf allen vieren entgegen, er kletterte auf meinen Rücken, und wir drehten im Zimmer eine Runde, einmal, zweimal. Bei der dritten Runde, als er selbstsicher geworden war und mich an den Ohren zupfte und mir seine Hacken zwischen die Rippen drückte, stand ich plötzlich auf. Er krachte in den Glasschrank und hatte Glück, daß er sich nicht noch schlimmere Verletzungen zuzog. Er schleuderte einen grimmigen Fluch gegen die Zimmerdecke und hätte mich gerne auf der Stelle umgebracht, wenn mir nicht die anderen zu Hilfe gekommen wären. Schließlich sind zwei Brüder auf immer und ewig zwei Brüder, und jeder Streich des anderen muß mit einer Prise brüderlichen Verständnisses hingenommen werden. Ich bezahlte natürlich sofort den Schaden und wünschte allen eine gute Nacht und floh die wacklige Treppe hinunter. Die Straße war menschenleer. Es war kalt, und ein heftiger, bitterer Wind blies mir voll ins Gesicht, als wolle er mir das Genick brechen. Ich wußte, wo meine Frau und der Student sich aufhielten und wollte so schnell wie möglich dorthin. Um was zu tun? Ich weiß nicht. Sie zu warnen. Aber würde sie verstehen? Sie nur besuchen. Doch würde sie mich nicht rausschmeißen? Warum erniedrigte ich mich so? Alles seine Schuld. Alles ihre Schuld. Und dieser jämmerliche Student! Ich rannte blind umher, mein Kopf stach von tausend Gedankenskorpionen. Ich stieß gegen etwas Hartes und fiel auf die Knie. Es war ein Polizist. Er packte mich am Hemdkragen und hob mich gut zwanzig Zentimeter in die Luft und stierte mich wütend an. Seine Augen glichen denen einer Eule – nur daß die Weisheit fehlte, natürlich. Ich zählte bis fünfzehn, bevor er mich mit einem Knall auf den Boden setzte, der mir sämtliche Knochen durchrüttelte. Doch ich dachte nur an sie und an ihn und den Studenten, nicht aber an Begegnungen mit Polizisten auf der Straße. Ich rannte, so schnell mich meine Beine vorwärts trugen. Doch als ich eine dunkle Seitenstraße durchquerte, riß mich eine Gewalt zu Boden, und bevor ich meine entschwindenden Sinne wieder einsammeln konnte, merkte ich, daß es sich wohl um einen Überfall handeln mußte. Ich gab alles, was ich bei mir trug, und versprach ihnen noch mehr, wenn sie mich ungeschoren enteilen ließen. Doch schien mein Vorschlag den Dicken nur wütend zu machen, und ehe ich mich versah, hatte etwas Hartes mich k.o. geschlagen. Als ich wieder zu mir kam, merkte ich, daß ich zu mir selbst sprach. Ein Köter leckte in meinem Gesicht herum und beschnupperte mich mit seiner feuchten, schwarzen Schnauze. Seine Augen waren groß und klar und schwarz und unsicher wie die eines Kindes, das begriffen hat, wie sehr die Welt einen verletzen kann. Bis zu diesem Moment in meinem Leben hatte ich Hunde immer gehaßt. Und eigentlich alle Tiere. Hassen ist nicht ganz das richtige Wort – es würde ja einen Grund voraussetzen –, vielmehr hatte ich einfach Angst vor ihnen. In jedem Tier gibt es etwas, das auch in uns steckt, und ich spürte, daß jede Annäherung nur eine unheilvolle, morbide Faszination hervorkitzeln würde, die nur der Teufel genauer beschreiben könnte. Wie kann ich mich Ihnen verständlich machen? Als ich meine ersten Horrorfilme sah, verfolgte mich jahrelang heimlich der Gedanke, daß ich mich eines Tages in einen Werwolf oder in einen Vampir verwandeln würde, der sich in die Kehle meiner Mutter hineinbohrt. In die Kehle meiner Schwester. In meine eigene. Es schien, als ob die morbiden Möglichkeiten einer solchen Situation unendlich wären. Deshalb war ich jedesmal, wenn ich irgendwelchen Tieren begegnete, sehr erstaunt, daß sie mich richtig mochten – für Vampire etwas Unübliches –, und ich unterstellte ihnen alle möglichen Motive. Eines Tages ging ich spät und besoffen in mein Zimmer hinauf. Auf meinem Bett befand sich eine seltsame Katze. Sie hatte ihre Augen auf meine gerichtet. Sie war noch nicht ganz ausgewachsen, mit weißem Fell, das hier und da vergoldet war, und langen weißen Barthaaren. Ihre Augen waren grün, und das durchsichtige Grün war brillant durchschossen von einer furchtbaren Vorahnung ihrer Lage. Ich schloß die Tür hinter mir. Es war kein sehr großes Zimmer, und für die Katze gab es kein Versteck. Ich hätte leicht das Bett hochklappen können. Der einzige Stuhl bot ihr auch keinen Schutz. Und meine vielen Bücher würden ihr gleichfalls nichts nützen. Eher hätte ich sie als Wurfgeschosse benützen können. Was hatte die Katze nur in mein Zimmer gebracht? Und warum ausgerechnet in mein Zimmer, wo es doch so viele andere gibt? Warum also meins? Blitzschnell hatte ich mein Bett hochgehoben und zur Seite gefegt, die Katze sprang gerade noch rechtzeitig weg. Es war eigentlich nur ein kleines Kätzchen, es heulte – und fauchte überhaupt nicht –, es heulte, und das – es war so merkwürdig menschlich – zwang mich dazu, brutal nach ihrem Kopf zu kicken. Ich verfehlte mein Ziel und traf statt dessen die Wand. Ich schrie vor Schmerz und Wut. Ich hob einen Stapel schwerer, gebundener Bücher auf – einen kompletten Shakespeare, einen kompletten Oscar Wilde, die Variorum-Ausgabe der Theaterstücke von Yeats, ein *Concise Oxford Dictionary* und Thomas Hardys *Gesammelte Gedichte* – und stellte mich in die Mitte des Zimmers, meine Augen auf die Katze gerichtet. Elendes Katzenpack, allesamt geprägt von rassistischen weißen Dreckvotzen! Shakespeare betäubte sie. Wilde war ein Blindgänger, Yeats niederschmetternd. Hardy ließ sie stöhnen wie eine Unschuldige, die gefoltert wird. Und das *Concise Oxford* narkotisierte sie so, daß ich mein Bein heben und einmal, zweimal, dreimal drauftrampeln konnte. Aber noch lebte sie. Blut spritzte aus ihrem Mund, und das Mistvieh hatte einen Schuß von Blut und Eingeweiden ausgeschissen. Ich konnte mich nicht entschließen, welchem Autor oder Dichter ich die Ehre geben sollte, dem Scheißding den Rest zu geben. Doch während ich sie der Reihe nach innerlich abhakte, schaffte es dieses blutbefleckte Monsterchen, sich zur Tür zu schleppen. Diese katzenartigen Mistviecher sind so daran gewöhnt, besser als wir Schwarzen behandelt zu werden, daß sie vielleicht dachte ... Ach, was geht's mich an, was sie dachte ... Ich nahm einen Band der *Encyclopaedia Britannica* und hämmerte das Vieh zu Tode und warf es dann aus dem Fenster, warf es auf die andere Straßenseite. Tiere. Tiere waren ein Steak auf dem Teller, eine Lammkeule, ein Rauchschinken, ein Brathühnchen ... Und man hatte sie korrekt zu verzehren, mit Messer und Gabel, nach den Regeln des Anstandes und mit gepflegter Konversation. Rinder, Schafe, Schweine, Hühner ... Und die einzigen, die sich das leisten konnten, waren die dreckigen Weißen. Und das verdammte Viehzeug glotzte und grunzte und benahm sich, als würde es am liebsten nur von Weißen verzehrt. Nicht für Nigger, blökten die Schafe. Nicht für Nigger. Und meine Frau drückte sich selbstverständlich anders aus, als würde ich mich allzusehr über eine ganz natürliche Tatsache aufregen. Die meisten unserer Meinungsverschiedenheiten – wenn sie geruhte, meine Aussagen Meinungen zu nennen – galten meinem »Zuviel« an Protest, das sie als sicheres Zeichen dafür nahm, daß ich langsam verrückt wurde. Ich habe bereits versucht, ihr einiges von dem klarzumachen, was meinen Kopf so belastete: Mehr als die Hälfte aller englischen Wörter verunglimpfen direkt oder indirekt das Schwarzsein – und ich lehrte diese Scheißsprache und deren Scheißliteratur und schrieb auch noch Romane in ihr. Als ich noch Student war, hatte ich – ziemlich spät – entdeckt, daß alle meine Bemühungen, »objektiv« zu sein gegenüber solchen Schandflecken wie Kipling, Faulkner, Melville, Conrad, Shakespeare (in *Titus Andronicus, Othello, Der Sturm*) – mit Ausnahme von einigen der eindeutigeren »anthropologischen« Romane wie Defoes *Robinson Crusoe* – mir nichts weiter einbrachte als ein schwelendes Unbehagen in meinem Hinterkopf, das eines Tages in die Luft gehen wird. Und wenn das Verrücktwerden heißt, dann – Herrgott – soll die ganze Welt in die Luft fliegen. Das, was den Juden geschah, ist Tieren nie angetan worden. Und das, was die Scheißweißen – Juden eingeschlossen – meiner Familie, meinen Landsleuten, dem ganzen schwarzen Volk angetan haben, ist mit Tieren niemals geschehen. Was den Tieren angetan wird, ist nichts, verglichen mit der grimmigen Geschichte der menschlichen Lust, anderen Menschen Leid zuzufügen. Und die buntscheckige Eigenart dieser grimmigen Lust ist bestimmt für jeden Menschen grauenerregend genug, um ernsthaft über die Frage nachzudenken, ob und wie sehr menschliche Wesen nun eigentlich menschlich sind. Und jene Opfer, die überleben? Was wird aus ihnen? Sie werden von Ärzten psychoanalysiert, die behaupten, nun, die Nazis haben dir einen Gefallen getan, indem sie dich von deinem Ödipuskomplex befreiten, und gleichfalls von den latenten Süchten des Kindesmordes und der Kleptomanie, so daß du jetzt ein Mensch ohne alle Komplexe bist. Und schlag dann unter »Nigger« und »Jude« im *Oxford Dictionary* nach und erzähl mir dann, daß die Nazis die einzigen gewesen sind, die so etwas getan haben. Doch ich schweife ab. Nein, eigentlich nicht, weil ich noch beim Thema des Animalischen im Menschen war. Und dieser Köter leckte mein Gesicht und beschnupperte mich mit seiner kalten Nase und wedelte mit seinem Stummelschwanz sanft hin und her, wenn auch etwas unsicher. Es schien, als ob ich mit ihm geredet hätte, während ich bewußtlos war. Ich weiß noch, daß ich zu ihm von meinen Eltern sprach, als ich wieder zu mir kam, wie sie darbten und hungerten, um mir eine Ausbildung zu geben und mich zu dem zu machen, was ich jetzt bin. Ich sagte: »Laß dich niemals und unter keinen Umständen von deinen geplagten Eltern erpressen, den Opferstock für ihre Altersversorgung abzugeben. Normalerweise bedeutet das, daß sie beschlossen haben, dich mit Leib und Seele an die dreckigen Weißen zu verkaufen.« Der Hund sah mich ein paar Sekunden nachdenklich an und nickte dann mit dem Kopf. Er leckte seine Lippen und sagte mit trüber, kiesiger Stimme: »Was Sie gesagt haben ist völlig richtig. Wirklich völlig richtig. Aber würden Sie jetzt bitte erst einmal aufstehen, sonst könnte jemand denken, daß ich Sie angegriffen hätte. Nicht, daß ich damit etwas gegen ihre tapfere Gesinnung sagen möchte, oder gegen meine eigene, nein, es ist, weil die Menschen jedesmal aus allem die falschen Schlüsse ziehen. Sie sollten sie mal in den Gerichtssälen erleben, wo ich manchmal schlafe. Sie sind natürlich die Ausnahme, weil Sie meine Argumente verstehen und ich die Ihren nachvollziehen kann. Aber die anderen. Ach, die anderen. Au, die anderen, bau, wau.« Ich stand auf und tastete nach meinem Kopf. Hinten hatte er eine große Beule. Mein rechter Ellenbogen war naß von Blut, dort, wo ich ihn mir beim Hinfallen abgeschürft hatte. Der Hund sah skeptisch zu meinen Lippen auf und sagte: »Lecken Sie Ihre Lippen, und Sie werden sich gleich viel besser fühlen, und wir werden dorthin gehen, wo Sie ursprünglich hingehen wollten.« Doch so sehr ich mich auch mühte, ich konnte mich nicht erinnern, wohin ich gewollt hatte. Ich blickte erwartungsvoll auf den Hund. »Vielleicht habe ich Ihnen mein Ziel verraten, als ich bewußtlos war?« Ich lehnte mich an den Laternenpfahl, während er sich hinter dem Ohr kratzte und scharf nachdachte. Ich bemerkte in seinen Augen und Ohren und in der Art, in der sein Schwanz und seine Nase bebten und zuckten, wie angestrengt er nachdachte. Schließlich runzelte er die Stirn und sagte: »Da war die Rede von einer Katze, die du getötet hast und die man Melinda-die-dreckige-Weiße nannte.« Langsam kehrte mein Gedächtnis zurück, wie das Aufblitzen eines Spiegels von einer Bergspitze in ein Tal hinein. Plötzlich strahlte alles durch meine Sinne, als wären sie von der Konzentration der Sonnenstrahlen in einer Glasscherbe verbrannt worden. Ich umklammerte die Laterne, um mich aufrecht zu halten. »Bin ich er oder ist er ich oder bin ich ich selbst und er er selbst?« Doch der Hund sah plötzlich ganz verlegen aus. Er versuchte bereits, seine Kiefern zu bewegen, um mir zu antworten, doch dann klappte er sie so plötzlich zusammen, daß ich dachte, jetzt hätte er mir einen stattlichen Brocken meines Verstandes entrissen. Nach einem endlosen Augenblick betrachtete er mich mitleidig und sagte: »Sie glauben wohl, *er* hat mich zu Ihnen geschickt. Stimmt's?« Ich konnte ihm nicht in die Augen sehen. »Was sonst soll ich glauben, wenn alles so erschreckend und gewalttätig und unglaublich ist?« fragte ich. Doch ich sprach bereits in die leere Luft, denn schon hatte sich der Hund geräuschlos aus dem Dunstkreis meiner Ungläubigkeit entfernt. Aber ich war ganz sicher, daß ich ihn irgendwann wiedersehen würde. In meinem Kopf klopfte es jetzt sehr heftig. Ich beschleunigte meine Schritte. Der Gedanke an meinen Freund, den Hund, gab mir Flügel, und ich begann, rasch auf etwas, ich weiß nicht was, loszufliegen. Der Student öffnete die Tür. Er stieß, kaum hatte er mich erblickt, einen kleinen Schrei der Entrüstung hervor: »Wie viele seid ihr denn?« fragte er provozierend. »Leben wir schon in der schönen, neuen Welt? Tritt dir die Füße ab und komm erst mal rein.« Ich versuchte, mich an ihm vorbeizuquetschen, mit ungeputzten Schuhen. Er packte mich am Hals und begann mit seinen Nikotindaumen heftig zu drücken. Das war zuviel! Ich wehrte mich gewaltig. Ich hatte genug von Gewalttätigkeiten! Doch bevor ich richtig reagieren konnte, klatschte ein pelziges Etwas in ihn hinein, und wild knurrend fing es an zu beißen und ihn mit bewunderswerter Wut zu zerfleischen. Unter Angstgeschrei ließ er meine Kehle los, und beim Zurückfallen erkannte ich meinen alten Freund, den Köter. Ich ließ sie weiterkämpfen und schoß die Treppe hinauf. Ich platzte ins Zimmer und erwartete, meine Frau in den Armen dieses Teufels zu sehen. Meine widerwärtige Vorahnung verwandelte sich im Nu vor meinen eigenen Augen in Wirklichkeit. Diese Schamlosigkeit! Sie waren nackt und verschwitzt und prusteten dabei wie verrückt, und das verknautschte Bettzeug erzählte mir, wie sie in der Hitze der Leidenschaft aus ihrem Bettgestell gepurzelt waren, ohne ihr weißglühendes Vergnügen zu unterbrechen. Ich konnte nur dastehen, mir die Nase reiben und in den Stiefeln die Zehen verdrehen. Irgend etwas zupfte an meiner Hose: Es war der Hund. Er sah mich bedeutungsvoll an, und ich wußte genau, was er wollte. Er rief »Los!«, und wir stürzten uns beide auf das Paar. Der Hund biß wahllos in Beine, und ich legte in blinder Wut mit beiden Fäusten los. Der Hund knurrte wie ein Löwe, vertiefte zunächst seine Zähne in ein linkes Bein, während das kräftige Bein in die Luft kickte und den Hund wie eine Fahne hin und her schwenkte. Inzwischen polierte ich mit meinen Fäusten jedes erreichbare Gesicht und buddelte mit Knien und Füßen in der Körperlandschaft. Sie waren viel zu überrascht, um nennenswerte Reaktionen zu zeigen. Und dann schmiß sich der arme Student, der sich von seinen Verletzungen etwas erholt hatte, in die kämpfenden Massen. Meine Frau kratzte und krallte in der Gegend herum, und qualvolle zehn Minuten lang hatte sie meine Eier am Wickel und quetschte und zog und quetschte, bis ich glaubte, ich würde sterben. Und irgend jemand stieß ihren Ellenbogen in meinen Magen. Der Hund bemerkte meine Zwangslage und kam mir zu Hilfe. Hunde wissen, wie wichtig die Eier sind, wenigstens dieser. Er biß sie in den Oberkörper. Er biß sie in die Brüste. Er biß sie in den Hals. Doch sie ließ nicht los, und es schien, als quetschte mir jemand alle wertvollen Säfte dieser Welt aus. Und dann tauchte der Hund zwischen ihre Beine und biß herzhaft zu. Ihr Aufschrei schien die Fundamente des Hauses zu sprengen. Zumindest zersprang die Decke und duschte uns mit Zementstaub. Als sie meine Eier losgelasen hatte – sie wand sich wahnsinnig, als wenn der Hund ihr eine Dosis ihrer eigenen Medizin verpaßt hätte –, erhob ich meine Hand, um sie zu schlagen, aber sie sah so verquält aus, daß ich mich herunterbeugte, um sie zu küssen, worauf ich zur Belohnung einen heftigen Hieb ins Auge erhielt, ins rechte Auge, und ich gab ihr einen ebenso guten, wenn nicht besseren Hieb zurück und duschte *ihn* – der Hund und ich schienen unsere Wut auf sie zu konzentrieren, während der arme Student (ein Rugbytyp) *ihn* zermatschte und seinen Kopf unaufhörlich auf den Fußboden schmetterte. Ich schrie! Sie hatte meine Eier gebissen und ihre Zähne in sie hineingesenkt. Der Hund beschäftigte sich immer noch mit ihrem Unterleib und konnte mir deshalb nicht helfen. Doch dann sahen sich der Student und sein Gegner zufällig nach uns um, und man hätte glauben können, daß das Geräusch, das sie von sich gaben, dem noch entfernten, aber unaufhaltsamen Herandonnern einer Flutwelle ähnelte, die alles vor sich herschwemmt. Deren Gewalt schmiß den Hund krachend gegen die Decke und warf mich selbst gut einen Meter weit in die Luft, obwohl ich dabei größeres Glück hatte als der Hund, denn er fiel genau ins Feuer und fluchte wie ein Seemann, bevor er sich wieder am Kampf beteiligte und jeden mit den Flammen versengte, die aus seinem Fell flackerten, während ich genau auf den Kopf meines Zwillingsbruders fiel und seinen Hals mit tödlicher Schwere umklammerte. Der Student versuchte, meine Frau zu besteigen, doch hatte der Hund seine Weste in Flammen gesetzt und seine Weste die Gardinen, und der Hund versuchte, sein Privatestes vor den rächenden Händen meiner Frau zu schützen. Der Teppich fing auch schon Feuer, die Gardinen loderten auf, die Bücher des Studenten waren von einem listig dreinblikkenden Funken angezündet worden, und die Bettwäsche brannte fröhlich wie eine Fackel. Der Rauch wurde immer dicker, und selbst der Hund keuchte und winselte zwischen seinem Geknurr. Bald war der Rauch so dick, daß man nicht einen Zentimeter weit gucken konnte. Doch ich hatte beschlossen, meinen Zwillingsbruder nicht mehr loszulassen: Ich würde ihn mit meinen Beinen in die Zange nehmen, bis der Hades sich abgekühlt hätte. Was nicht sehr wahrscheinlich war, obwohl die Wasserstrahlen der Feuerwehrleute draußen nur zu weiterer Verwirrung beitrugen. Ich konnte nichts mehr sehen. Ich konnte hören, wie der Hund und der Student bei meiner Frau gewisse Erfolge erzielten. Doch plötzlich ergriff mich eine riesige Hand – ich schloß meine Zange um *ihn* noch fester – und schwang mich und meinen Zwillingsbruder auf seine Schulter, und rasch wurden wir eine Feuerwehrleiter heruntergetragen, ich weiß nicht wie, aber er schleppte uns beide. Als wir unten angelangt waren, begann mein Zwilling um Hilfe zu jammern, doch natürlich war er ganz nackt, und ich warf eine Bemerkung dazwischen, wie ich das Feuer entdeckt und mein Hund und ich hineingestürmt wären, um die Bewohner zu warnen, von denen manche selbst jetzt noch nackt und erregt waren. Inzwischen waren meine Frau (völlig nackt), mein Hund (völlig nackt und mit seinen Eiern fest in die Zähne meiner Frau verkrallt) und der arme Student (der irgend etwas über Babys aus der Retorte und schöne, neue Welten brabbelte) allesamt in Sicherheit gebracht worden. Sobald mein Hund befreit und fotografiert worden war, hielt ich ein vorbeifahrendes Taxi an und fuhr mit dem lieben Hund so schnell wie möglich zu meiner Wohnung zurück. Ich wollte *vor* meinem falschen Zwillingsbruder dort sein – falls er es wagen würde. Auch wollte ich mit Clara sprechen, bevor er es tat. Um Gottes willen. Das Lokal wird ja schon geschlossen. Es war nett, mich mit Ihnen zu unterhalten. Auf Wiedersehen.

2

Andrew war ein Stein auf den Kopf gefallen, der sich aus einer Felswand gelöst hatte. Von diesem Tag an irrte er im düsteren Wald umher und versuchte, sich zu erinnern, wer er war, woher er kam und warum und wie er in diesen endlosen Wald gelangt war. Er hatte den Namen Andrew entdeckt, der auf die Innenseite seines Hemdkragens gestickt war. Doch hatte er weiter nichts über sich herausfinden können.

Als er durch den Wald stolperte, entdeckte er eine kleine Lichtung, in der sich ein kleines Haus mit einem leuchtend grünen Dach befand. Er war so müde und so hungrig, daß er geradewegs in die winzige Küche lief, sich etwas Brot und Milch nahm und dann die steile, kleine Treppe heraufstolperte und sich in dem kleinen, merkwürdigen Schlafzimmer ins Bett legte.

Er träumte, er schliefe auf einem Bett mit knarrenden, menschlichen Schädeln und die Decke, unter der er lag, sei in Wirklichkeit aus menschlichen Knochen und menschlichen Rippen gefertigt. Die Rippen hatten sich so eng um seinen kleinen Körper geschlossen, daß jedesmal, wenn er nur den kleinen Finger bewegte, das Schädelbett und die Rippendecke knarrten und grinsten, amüsiert gackerten und knarrten, als ob sie irgend etwas sehr lustig fänden.

Er wachte auf und fühlte sich sehr müde. Als er gähnte und sich dabei rekelte, knarrten seine Ellenbogen vor rostiger Übermüdung, und seine kleinen Kiefer knarrten auch und taten ihm weh. Als er seine kleinen, grauen Augen öffnete und sie rieb, sie weiter öffnete und wieder rieb und noch weiter öffnete, konnte er nicht glauben, was er sah. Es war ein mächtiges, schwarzes Warzenschwein, mit einer gelben Schürze bekleidet. Herr Warzenschwein starrte mit offenem Mund und großen Zähnen auf den Jungen hinunter. Und Herr Warzenschwein sah aus, als wäre er mit sich selbst sehr zufrieden. Andrew schloß fest seine Augen. Doch ein komisches Geräusch öffnete sie ihm wieder. Herr Warzenschwein zog aus den Falten seiner Schürze eine edle, alte Geige, stopfte sie sich zwischen seinen dunklen Kiefer und aß sie mit lautem Knacken. Und während er kaute – seine großen, schwarzen Augen auf den Jungen gerichtet –, entströmte seinem gewaltigen Maul eine seltsam hypnotisierende Musik. Sie machte Andrew ganz schläfrig und ängstlich.

Andrew gähnte ein ums andere Mal...

Doch Herr Warzenschwein hatte endlich die edle, alte Geige aufgegessen und griff dann erneut in die Falten seiner gelben Schürze und zog mit aller Kraft ein riesiges Cello heraus, das er sofort zu verspeisen begann, knakkend, kauend und große Brocken auf einmal verschlingend, wobei er sich wollüstig seine dunklen Lippen leckte.

Es war zum Verrücktwerden, der Junge konnte das nicht ertragen. Der Junge gähnte so erschöpft, daß er schon fest schlief, bevor er noch zu Ende gegähnt hatte, und deshalb sah er auch den leuchtenden Funken der Schadenfreude nicht mehr, der Herr Warzenschwein durch die schwarzen Augen blitzte.

Als Andrew aufwachte, fühlte er sich, als wäre er im Schlaf wütend umhergerannt. Der ganze Körper tat ihm weh. Ein dumpfer Schmerz pulsierte durch seinen Hinterkopf. Als er aus dem kleinen, nassen Fenster blickte, war ihm, als ob sich der dicke, schwüle, feuchte Wald näher an das Haus herangeschoben hätte. Die riesigen, schlanken Bäume mit ihren breiten, gigantischen Blättern und ihren schweren, erstickenden Bewegungen waren, so schien es Andrew, schon dagewesen, als das alles erschaffen wurde, so alt und stickig und schwer rochen sie. Doch etwas brachte den Jungen dazu, sein Gesicht fest gegen die kleine, nasse Fensterscheibe zu pressen. Es waren zwei Dinosaurier, die lässig ihre Zähne mit goldenen Zahnstochern reinigten und sich über den neuen Supermarkt unterhielten.

»Phantastisch«, meinte der eine gedehnt.

»Ja, das ist nicht mehr von dieser Welt«, tönte der andere.

Die beiden Dinosaurier bekakelten das kleine Haus.

»Ich hab mir dort gestern einen tollen Fernseher geklaut«, meinte der eine.

Und er zog aus seiner Westentasche einen großen Fernseher und schaltete ihn ein. Andrew kniff seine grauen Äuglein zusammen und blickte in eine Runde von Schwachköpfen, die über Kinderbücher redeten und den Umstand beklagten, daß sie in der Regel zu viel Phantastisches und allzu wenig »moderne« Realität enthalten würden.

Einer der Gesprächsteilnehmer brüllte aufgebracht:

»Zwei Weltkriege! Sechs Millionen Juden vergast. Terrorismus! Naziamerikanische Psychoanalytiker! Dieser Teufel Amin! Beschissene und unnötige Apartheidpolitik. Das, meine Herren, ist die Realität.«

Der andere Dinosaurier streckte seine kleine, rosa Zunge in die Gesprächsrunde und lachte erfrischend mit seinen hornigen Zehen.

»Na, die sind ja wohl nicht mehr ganz von dieser Welt, Mann!« tönte der andere. Und als dieser zustimmte, beugte er sich herunter und schaltete den Fernseher wieder aus.

Andrew gähnte so konzentriert, daß die Scheibe des kleinen, nassen Fensters zu klirren begann, als ob sie der Junge an eine zarte Zinnfolienstelle getippt hätte. Die Dinosaurier schielten zu dem Jungen herüber, und einer der beiden hob die Hand und wedelte mit einer kleinen, britischen Flagge. Der Junge trat verwirrt vom Fenster zurück und fiel geradewegs in die Arme von Herrn Warzenschwein, der geräuschlos kicherte.

Die Dinosaurier starrten fröhlich auf den Jungen und auf Herrn Warzenschwein und lachten so sehr, daß die Bäume im Gewittersturm des Dinosauriergelächters zitterten und vibrierten. Einer der beiden sagte wieder und wieder:

»Ist die Schöpfung nicht dufte, Mann!«

Herrn Warzenschweins große Hauer blickten überrascht auf den Jungen hinunter, doch nach einer Weile beruhigte er sich, ließ den Jungen los und stolzierte zum Fenster, schlug es mit der Faust ein und sagte:

»Sieh mal, mein Junge, da draußen ist überhaupt nichts.«

Andrew blickte überrascht: Dort war kein Urwald, kein Dinosaurier, kein Fernseher, keine wehende Fahne. Nur ein kalter Strom eisiger Luft.

Der Junge zitterte vor Kälte.

»Ich habe Hunger«, sagte der Junge.

Herr Warzenschwein blickte überrascht auf den Jungen und kniff seine schwarzen Augen zusammen.

»Es gibt nur Salat«, sagte Herr Warzenschwein. »Der Supermarkt ist geschlossen.«

»Egal was«, bettelte der Junge.

»Wir müssen ins Salatzimmer hinuntergehen.«

Die steile, kleine Treppe knarrte schelmisch unter ihren Füßen. Herr Warzenschwein öffnete eine kleine, rote Tür, und sie gingen hinein. Der Junge guckte, und plötzlich stieß er seinen Atem ruckweise und gequält aus: Der

Salat war menschlich. Nein, das Menschliche war der Salat. Nein, die Salatköpfe sahen halt wie Menschen aus.

»Es ist die einzige Salatsorte, die hier gedeiht«, erklärte Herr Warzenschwein, während er an einem Blättchen knabberte, das wie ein menschliches Ohr aussah.

Er biß sich ein anderes Stückchen ab, das einer menschlichen Handfläche ähnelte, und knabberte ebenfalls daran herum. Der Junge starrte fest auf die trüb-grauen Falten einer der Pflanzen.

»Die da ist gut für das Gehirn von kleinen Jungen«, sagte Herr Warzenschwein.

Der Junge zuckte zusammen:

»Das ist ja menschliches Gehirn!« schrie der Junge.

Herr Warzenschwein musterte den aufgeregten Jungen mit einem merkwürdigen Blick.

»Ich hab dir doch bisher nichts getan, oder?«

Der Junge schüttelte abwesend den Kopf.

»Du mußt Vertrauen zu mir haben«, sagte Herr Warzenschwein. »Alle kleinen Jungen müssen dem Rat ihrer Eltern vertrauen. So ist es immer gewesen. Du vertraust mir doch ein bißchen, oder?«

Der Junge nickte nach einer langen Denkpause mit dem Kopf.

Herr Warzenschwein brach ein Stückchen Salatgehirn ab und gab es dem Jungen. Der Junge, die Augen fest geschlossen, zwängte die menschliche Gehirnmasse in seinen Mund und kaute mutig. Und als er dabei ins Würgen geriet, klopfte ihm Herr Warzenschwein hilfreich auf den Rücken.

»Und nun werden wir etwas Obst essen, damit der Salat gut verdaut werden kann«, sagte Herr Warzenschwein.

Er zog seine Schürze aus und streichelte bedächtig die Kugel seines Bauches. Der Junge, etwas schläfrig nach dem gewaltigen Salatessen, nickte und folgte Herrn Warzenschwein hinaus in den kleinen Hinterhofgarten. Der Junge blickte sich um, konnte aber keine Früchte entdecken.

»Aber hier gibt es gar kein Obst.« Der Junge war enttäuscht.

»Du mußt, glaube ich, deine Vorurteile aufgeben«, murmelte Herr Warzenschwein gutmütig.

Und Herr Warzenschwein starrte mit seinem großen Kiefer auf den Jungen herunter und gab einen Laut von sich, der wie eine Mischung aus Schnarchen und Gackern klang. Und der Junge nickte ohne das geringste Verständnis in langsamer, aber nachdrücklicher Zustimmung, als wäre er inzwischen ein bedächtiger und weiser alter Graubart geworden. Herr Warzenschwein, wieder beruhigt, wandte den Kopf und pfiff mit durchdringendem Ton:

»Nick!« rief Herr Warzenschwein ungeduldig. »Nick!«

Der Junge, ohne sich dessen bewußt zu sein, rief auch nach dem alten Nick.

»Nick!«

Ihre beiden Stimmen ergaben einen wunderschönen alten Chorgesang, der gegen die eiserne Kante des Himmels stieß und aus allen vier Ecken des Firmaments zurückscholl, so daß die kleinen Fensterscheiben vor Freude vibrierten. Es war wie der Klang von zusammenstoßenden Zimbeln. Der Junge hüpfte ängstlich auf und ab.

Eine riesige, schimmernde Schlange, die gereizt etwas vor sich hin murmelte, glitt langsam aus einem Loch in der nassen Gartenerde.

»Noch mehr Obst, nehme ich an«, brummelte die Schlange.

Herr Warzenschwein deutete mit dem Kopf auf den Jungen und sagte sanft zur Schlange: »Er ist zurückgekommen.« Die Schlange, die plötzlich all ihre Gereiztheit verlor, starrte offenen Mundes dem Jungen ins Gesicht. Die Schlange kam näher, lächelte und beleckte den Jungen zärtlich.

»Obst, hm?«

Die Schlange begann eiligst, ihren großen, glänzenden Körper zu drehen und zu winden, und stieß plötzlich einen Schmerzensschrei aus. Einen Augenblick später drehte sie sich zur Seite, und zwei blutbefleckte Eier wurden sichtbar. Der Junge beobachtete sie angestrengt.

»Das ist kein Obst«, sagte der Junge.

Die Schlange blinzelte zu Herrn Warzenschwein hinüber:

»Doch das schmeckt viel besser als gewöhnliche Äpfel, was?«

Herr Warzenschwein hob zwei der Apfel-Eier auf und gab eines dem Jungen. Der Junge wischte einen winzigen Blutfleck von seinem Apfel-Ei, und mit äußerster Konzentration biß er einen Mundvoll ab und begann sehr nachdenklich zu kauen, als ob er einem fernen, aber inneren Weltenklang lauschte.

»Die Arbeit macht durstig, nicht wahr?« fragte Herr Warzenschwein höflich.

»Hm«, nickte der Junge.

Sie befanden sich im Blutzimmer.

Herr Warzenschwein öffnete einen Glasschrank, nahm einen menschlichen Schädel heraus und goß eine dicke, rote Flüssigkeit hinein. Er reichte das dem Jungen.

»Zuerst du.«

Der Junge gähnte:

»Nach Ihnen, mein Herr.«

Herr Warzenschwein nickte geschmeichelt und trank. Der Junge beobachtete ihn gelangweilt.

»Sind Sie, mein Herr, irgendwie mit dem Wildschwein verwandt, das vom Grünen Ritter gejagt wurde, während Sir Gawain von dessen Gattin belästigt wurde?«

Herr Warzenschwein reichte den Schädel dem Jungen, der unverzüglich zu trinken begann.

»Nicht direkt.«

»Ah«, rülpste der Junge.

Der Schädel war leer.

Im Schulzimmer, direkt neben dem Salatzimmer, standen zwei nackte Figuren, männlich und weiblich, und betrachteten sich gegenseitig. Herr Warzenschwein schaute auf das leuchtende Schaltbrett, das vor ihm stand, und drückte auf eine raffinierte Kombination von Knöpfen. Zum Schluß schleuderte er einen Hebel zur Seite und sagte zu dem Jungen:

»Jetzt paß mal gut auf.«

Die männliche Figur bekam geschwind eine Erektion und bewegte sich in schräger Inbrünstigkeit auf die weibliche Figur zu, die zärtlich ihre Schenkel öffnete und langsam ihren Hintern hochhob, um den Mann zu empfangen. Sie lehnte sich zurück und sank herunter auf die Couch, und er befand sich zwischen ihren Beinen, und beide vibrierten heftig. Elektrische Funken entfuhren sprühend ihren wilden Bewegungen.

Der Junge gähnte.

Herr Warzenschwein, der mit seinen großen Zähnen lächelte, drückte auf einen roten Knopf.

Sofort begannen die beiden Figuren auf der Couch einen heiseren, eisigen Luftstrom aus sich herauszuwinden, zu stöhnen und zu heulen, so daß der Junge einen Augenblick lang sein Gähnen unterbrach, die Ohren spitzte und sich plötzlich an etwas halb Vergessenes erinnerte:

»Wenn Vollmond war, machte mein Hund immer so ein Geräusch.«

Und Herr Warzenschwein grinste verstohlen in seine gelbe Schürze hinein.

Fünfzehn Minuten später, als er Herrn Warzenschweins Schlußvortrag zuhörte, sank der Junge immer tiefer in seinen Sessel; die dauernden Wiederholungen des Warzenschweins fand er entschieden zu langweilig. Und der Junge glaubte wirklich, er hätte das Wesentliche schon beim ersten Mal begriffen. Das erste Beispiel war zu platt und zu grob gewesen. Herr Warzenschwein ließ Marc Antonius wieder und wieder in das gleiche blutbefleckte Schwert hineinrennen, jedesmal stürmischer, doch gelang es diesem nicht, sich umzubringen. Denn etwas Unvorhergesehenes war geschehen: Marc Antonius hatte sich am Schmerz und am Geruch seines eigenen Blutes so aufgegeilt, daß er seine großen Augen in das Schaltbrett bohrte, darauf zuraste und einen Knopf nach dem anderen herunterdrückte, im hysterischen Versuch, sich aus dem Würgegriff des Szenarios zu befreien. Herr Warzenschwein lachte nur einen Mundvoll glotzender Zähne in seine Richtung, und als der wütende Antonius ihn am Hals zu packen versuchte, stieß Herr Warzenschwein ihm einfach etwas in den Rücken. Der erregte Mann kreischte und taumelte aus dem Haus, und der gelangweilte Junge beobachtete eine wildgewordene Stubenfliege, die ihren Weg durch das kleine, nasse Fenster hindurchkämpfen wollte, um an das Blut heranzukommen, das Marc Antonius verspritzt hatte. Der Schauplatz sah sehr nach Schlachthof aus. Das zweite Beispiel war eine Nahaufnahme von Othello, wie er Desdemona umbrachte und durchfickte. Das dritte war eine langweilige Analyse der Gesichter von Macbeth und Duncan, um die künftige Sympathie zwischen dem Opfer und seinem nervösen Mörder darzustellen. Das vierte verfehlte etwas den Punkt – aber als der Junge darauf aufmerksam machte, hatte Herr Warzenschwein bloß gegrinst. Es stellte Aaron dar, der Lavinia vergewaltigt, ihre Zunge herausschneidet und ihr dann fein säuberlich die Hände mit einer rostigen Laubsäge abhackt.

Der Junge hörte Herrn Warzenschweins kleinem Vortrag zu: ». . . auf deinem Recht bestehen, weit abschweifen zu dürfen. Deinem Recht, einen Holzschuh ins Getriebe zu werfen. Deinem Recht, dich zu weigern, in

Kästchen gezwängt zu werden und auf deinem Recht zu bestehen, dich so zu verhalten, wie es kein anderer von dir erwartet. Deinem Recht, aus purer Laune heraus nein zu sagen. Auf deinem Recht zu bestehen, all jene zu verblüffen, die menschliche Impulse mit Theorien reglementieren wollen, mit psychologischen, religiösen, historischen, philosophischen, politischen Theorien usw. Auf deinem Recht zu bestehen, der bloßen Laune eine Wichtigkeit, sogar eine große Wichtigkeit zuzuerkennen. Es gibt kein größeres Vergnügen als das, das man aus dem Werfen oder Nichtwerfen eines Holzschuhs in das Getriebe zieht, einzig und allein dem Lustprinzip folgend.«

Herr Warzenschwein sprach ausführlich. Der Junge hörte aufmerksam zu.

Danach überreichte Herr Warzenschwein dem Jungen eine Tafel, auf der geometrische Formen und Umrisse ohne Sinn und Ordnung zusammengewürfelt waren. Er gab dem Jungen einen Zehn-Zentimeter-Würfel, den er die Kontrollbox der Tafel nannte. Er sagte, die Tafel würde die ganze Geschichte der Menschheit enthalten.

»Versuchs mal«, empfahl Herr Warzenschwein freundlich.

Der Junge drückte wahllos auf den erstbesten Knopf.

»Habe ich«, fragte Iwan der Schreckliche Kurbski, »habe ich etwa den Thron durch Schwindel oder blutige Gewalt bestiegen? Ich wurde, durch die Gnade Gottes, zum Herrschen geboren.«

Der Junge drückte auf einen anderen Knopf.

Trotzki, Sinowjew, Kamenejew, Pjatakow, Sokolnikow und Jewdokimow gestanden, daß sie schuldig waren, die Parteidisziplin verletzt zu haben. Sie schworen der Fraktionsbildung ab und verleugneten ihre Anhänger.

Der Junge drückte auf einen anderen Knopf:

Die beiden Dinosaurier reinigten ihre Zähne mit goldenen Zahnstochern und diskutierten gemächlich das Für und Wider der Nürnberger Prozesse.

Der Junge, nahe am Verzweifeln, drückte einen weiteren Knopf:

Die Tafel öffnete sich und eine geballte Faust – auf der das Gesicht von Feldmarschall Amin aufgemalt war – knallte dem Jungen genau zwischen die Augen.

Der Junge ballte und entballte seine Fäuste: Er spürte, er könne jetzt mit Leichtigkeit Herrn Warzenschwein zu einem üppigen Schweinefilet zusammenschlagen.

»Den hättest du nicht drücken sollen«, sagte Herr Warzenschwein verunsichert.

»Warum nicht?«

»Es ist der verbotene.«

»Davon steht aber nichts auf der Kontrollbox.«

»Nun, es ist nicht direkt verboten. Doch die Tafel kennt immer die beste Methode der ... äh ... Didaktik.«

»Sie hätten mich wenigstens warnen sollen.«

»Es wäre der Tafel gegenüber nicht fair gewesen, und es wäre dir gegenüber nicht fair gewesen. Es ist eine der Unzulänglichkeiten von – ich kann es jetzt nicht besser ausdrücken – Didaktik.«

Der Junge zitterte noch vor Wut. Und sein Anblick in

diesem Zustand schien Herrn Warzenschwein irgendwie zu befriedigen.

»Das haben Sie absichtlich getan.«

»Eine rein erzieherische Maßnahme, glaube mir«, erklärte Herr Warzenschwein.

Der Junge betrachtete ihn mit bitterster Verachtung: »Jetzt weiß ich es, aber macht mich das, macht es mich...«

Der Junge schien sich nicht ganz zu trauen, das unappetitliche Wort auszusprechen. Dies erkennend, besänftigte Herrn Warzenschwein:

»Ja, ich fürchte, das macht es dich«, sagte Herr Warzenschwein nicht unfreundlich.

Der Junge kniff seine Augen so fest zusammen, daß sie ihm weh taten. Irgend etwas in ihm versuchte das, was Herr Warzenschwein gesagt hatte, zu verleugnen. Aber es war zu undeutlich. Zum Verrücktwerden. Der Junge schmetterte die Kontrollbox auf den Boden und eilte die steile, kleine Treppe herauf und warf sich aufs Bett und starrte gegen die Wand.

Herr Warzenschwein schaute zur Tür herein.

»Ich hab dir was mitgebracht«, sagte er zu dem dickköpfigen Jungen.

Doch der Junge sagte nichts.

»*Lysistrata,* eine griechische Komödie. Du wirst sie lustig finden. Wenn nicht, hab ich dir auch das *Satyricon* mitgebracht und das, was du haben wolltest, den *Goldenen Esel* von diesem Burschen Apuleius.«

Der Junge sagte nichts. Herr Warzenschwein nieste und schneuzte sich laut die Nase. In der darauffolgenden

Stille kratzte und raspelte der Atem des Jungen an den Wänden. Herr Warzenschwein lächelte, seiner Sache nicht sicher.

»Willst du lieber noch etwas Salat?«

Als der Junge immer noch still blieb, seufzte Herr Warzenschwein nicht ohne Genugtuung und sagte, als er sich auf die Tür zubewegte:

»Aber du wirst nicht darum herumkommen, dir den Film anzugucken, denn der Film wird dir einiges zeigen, was man auf jeden Fall lernen muß. Und noch etwas, bevor ich es vergesse, es macht überhaupt nichts, wenn das, was in deinem Inneren vorgeht, nichts mit dem zu tun hat, was sich außerhalb abspielt. Oder wenn das, was draußen vorgeht, sich nicht in deinem Inneren abspielt. Das macht alles gar nichts.«

Die Schultern des Jungen bebten in einem Anfall von kaum kaschiertem Schluchzen.

Doch Herr Warzenschwein war noch nicht entmutigt. Im Gegenteil, er schien mit seiner Arbeit sehr zufrieden. Er hatte in seinen Augen einen Schimmer von Nostalgie, als er das Zimmer verließ und leise die Tür hinter sich schloß und der Junge sich von der Wand wegdrehte, um sich hungrig auf Aristophanes zu stürzen.

Im Film brieten die Nazis Spiegeleier, die sie verzehrten, während sie mit ihren Bajonetten eine endlose Schlange nackter Kinder in einen riesigen Behälter mit Schwefelsäure gabelten. Das war die einzige Handlung des Films, und der lief vier Stunden lang. Der Junge sah ihn sich bis zu Ende an. Herr Warzenschwein hatte einen riesigen Teller mit Spiegeleiern vor ihn hingestellt und zwang ihn, während der Vorführung alle aufzuessen. Außerdem war eine Plastiktüte vorhanden, in die man sich erbrechen konnte, aber dem Jungen war während des Films nicht ein einziges Mal übel geworden. Doch als schließlich Herr Warzenschwein die Lichter wieder anknipste und einen Spiegel vor den Jungen hinstellte, damit er sich eingehend betrachten könne, bekam der Junge einen grauenhaften Schlaganfall. Herr Warzenschwein gab ihm eine Injektion, doch wußte er, diese grauen Augen würden, des erlittenen Schocks wegen, für immer glasig bleiben.

Quer durch die Wüste

Scharf wirbelt Schmutz in kreischendem Wind,
der rasselt und röhrt wie ein Höllenkind.
Wüstenort ist unser Herr ein Ball voll stechender Glut.

Hoch oben brennt der Himmel starr.
Vor unserem Schritt das gierige Grab, es narrt den
  Pfaffen.
Dünen des Lebens driften Tag für Tag und
überkriechen ohne Halt den langen
  Wüstenaugenblick.

3

Protista

In unserer Gegend herrschte eine große Dürre. Alle Flüsse trockneten aus. Alle Brunnen trockneten aus. Nirgendwo gab es einen Tropfen Wasser. Ich lebte allein in einer Hütte neben einem kahlen Feigenbaum, von dem nicht bekannt war, daß er jemals Früchte getragen hatte. Ab und zu gab er Lebenszeichen von sich, doch sie welkten dahin und wurden von den nie endenden Südwestwinden fortgeweht, die trocken und staubig waren und bis in den kühlen Kern unseres Verstandes hineinstachen. Diese Winde, sie waren grimmig und sengend, und kein Tropfen Feuchtigkeit blieb zurück.

Meine Hütte stand auf einem kleinen Buckel auf der Schulter des Lesapi-Tales. Das Tal war rot und lehmig und von Erdrissen durchnarbt, die von brennender Sonne und langen, kalten Nächten herrührten, in denen ich wach lag und an Maria, die Jägerin, dachte, die eines Morgens Pfeil und Bogen von der Wand genommen hatte, in die Morgendämmerung hinausgegangen war und nie wieder gesehen wurde. Doch bevor sie ging, hatte sie mit roter Kreide einen Kreis an die Wand neben meinem Bett gemalt und gesagt. »Wenn der Kreis zu bluten beginnt und das Blut die Wand herunterläuft, dann bedeutet das, daß ich in Gefahr bin. Doch wenn er sich blau färbt und in ein Kreuz auflöst, dann heißt das, ich komme nach Hause.«

Die Dürre begann am gleichen Tag, an dem sie mich verließ. Kein grüner Grashalm war übriggeblieben. Kein grünes Blatt der Hoffnung blieb, die Dürre hatte ihre große, rote Hand erhoben, alle eingesammelt und sie in einem einzigen heißen Atemzug zu einem Pünktchen auf der Strichlinie des Horizonts zusammengefegt, dort, wo Maria zuletzt gesehen wurde, als sie mit Pfeil und Bogen auf eine rennende Gazelle zielte.

Und zwölf lange, magere Jahre waren irgendwie dahingegangen.

Ich hatte weitere drei Jahre abzusitzen. Ich war in diese rauhe Gegend verbannt worden, von einem Gericht, das mich verschiedener politischer Vergehen schuldig fand. Maria war meine Sekretärin und meine Frau gewesen und hatte lange Jahre das fahle Feuer des Exils mit mir erduldet. Und die Sonne verbrannte ein jedes Jahr zu Ruß und Asche, die den Charakter der Landschaft verdunkelten. Ich fing an, Ereignisse zu vergessen. Meine Träume klammerten sich noch verbissen an den eisernen Draht alter Erinnerungen, denen die Kraft fehlte, sich in meinem Kopf richtig zusammenzufügen. Meine Vorstellungen waren ständig gespickt mit Gedanken an Wasser, an Durst, an Öde und wasserloses Sterben und damit, im Grabe nichts als eine ausgetrocknete Mumie zu sein. Es war weniger Vergeßlichkeit als vielmehr die dauernde Beschäftigung mit dem einzigen Leitbild – Wasser. Und das Wasser meiner Gedanken war untrennbar verbunden mit meiner Grübelei über Maria, über meine Kraftlosigkeit, über den Feigenbaum und über die rote Erde des Lesapi-Tales. Die Jahre meines Lebens, die vorüber waren, bestanden zu einem großen Teil aus verschwendeter

Zeit, so wenigen Taten, so vielen Niederlagen, so wenig Gelingen. Es waren Jahre, die ich am liebsten vergessen hätte, wenn sie nicht meine Jugend umspannt hätten und die einzige Zeit, in der ich mit Maria glücklich gewesen war. Und jetzt kamen sie bruchstückhaft zu mir zurück und mit einem so neuartigen Akzent, daß ich kaum noch erkennen konnte, worum es sich dabei handelte. Darunter befand sich die Geschichte, die mein Vater mir erzählt hatte, als ich knapp sechs Jahre alt war, über die Unverwüstlichkeit menschlicher Wurzeln. Ein Junge, der gegen die Welt seines Vaters rebelliert hatte, war eines Morgens von zu Hause fort und bis ans Ende der Welt gelaufen, wo er sich so glücklich fühlte, daß er an die Wand kritzelte: »Ich war hier« und seinen neuen Namen darunterschrieb. Die Jahre rollten freudig vorüber, bis er ihrer überdrüssig wurde und daran dachte, nach Hause zu fahren und seinem Vater über sie zu berichten. Doch als er sich seinem Elternhaus genähert hatte, wo sein Vater bereits nach ihm Ausschau hielt, sagte dieser, als sie zusammentrafen: »Während all der Zeit, in der du dachtest, ganz weit weg zu sein, bist du in Wirklichkeit hier in meiner Hand gewesen.« Und sein Vater öffnete seine geballte Faust und zeigte dem Sohn, was auf seiner Handfläche geschrieben stand. Die Worte – ganz genau die gleiche Unterschrift – des Sohnes waren deutlich erkennbar: »Ich war hier.« Der Sohn war so geschockt und wütend, daß er seinen Vater auf der Stelle erschlug und sich selbst an einem trockenen Feigenbaum, der im Garten stand, aufhängte. Ich träumte viele Male von dieser Geschichte, und jedesmal verwandelte sich eine bestimmte Einzelheit in irgendeine andere. Manchmal wurde der Vater zu Maria, der Jägerin, oder ich selbst wurde zum Sohn, oder der Feigenbaum wurde zu dem Baum, der draußen vor meiner Hütte stand. Doch manchmal wurde der Sohn zu Maria, und ich wurde zum Vater, dessen geballte Faust alles enthielt, was Maria gewesen war.

Die narbige Hand des Exils war ausgetrocknet und todverheißend, und die Linien ihrer Innenseite waren wasserlose Flußbetten, mit Kratern und Erdrissen und vertrockneten Kanälen, die von der endlosen Dürre aus der Erde herausgekratzt wurden. Meine eigenen Hände, mit ihren Narben, ihrer Hornhaut und ihren abgebrochenen Nägeln, schienen manchmal nicht zu mir zu gehören, sondern ein Teil der harten Bestrafung des Exils zu sein. Und doch hatten sie einst zärtlich Maria an mich gedrückt, und sie war weich und warm und wild und verlangend in genau jenen Händen gewesen. Jenen Händen, die jetzt Bestandteil der Dürre waren, sie hatten einst die belebenden Säfte des Lebens umschlossen, das herzhafte Lachen der Jugend, die scheinbare Sicherheit süß duftender Illusionen. Diese Hände, die jetzt brüchig waren, sie hatten einst versucht, eine Zukunft aus den Ziegeln von Vergangenheit und Gegenwart auf- und auf- und aufzubauen. Diese Hände, die nie die Wange eines eigenen Kindes gestreichelt hatten, sie waren jetzt ganz und gar nutzlos geworden, im langsam vor sich hin brütenden Backofen der Dürre, deren Ankunft mit Marias Weggehen zusammengefallen war.

Ihre Arme waren lang und schlank, und auch die Finger waren lang und schön geformt, obgleich ihre Nägel, wie die meinen, schon längst ihren natürlichen Glanz verloren hatten und brüchig und schartig geworden waren. Und sie war sanft, so schrecklich sanft, denn sie wußte, worin ihre Stärke lag. Sie war einen Kopf größer als ich, und ihre langen, rundlichen Beine überholten mich stets, wenn wir im Lesapi-Tal zusammen spazierengingen. Ich hatte das Tal Lesapi getauft, denn so hieß mein Geburtsort, wo ich einst angeln und schwimmen gelernt und mich ins weiche, grüne Gras gestreckt hatte, um mich zu entspannen, mit geschlossenen Augen und einem Kopf, der vom Krächzen der Krähen und dem gemächlichen Muhen der Kühe summte, die auf Herrn Roberts Flußseite grasten, wo es Zäune gab und ein Warnungsschild für gelegentliche Passanten. Und im Sommer hielten die Weißen ihre Schlauchboot-Wettrennen auf dem Fluß ab, und manchmal durfte ich zuschauen, wie sie im windigen Rücken des Flusses vorwärtsquirlten. Doch eines Tages ertrank jemand, und mein Vater verbot mir, weiterhin an den Fluß zu gehen, weil der ertrunkene Knabe sich in einen Menschenfisch verwandelt hätte und bestimmt einen Gefährten bräuchte, der ihm die Langeweile vertriebe. Wasser war eine gute Sache, aber nur, wenn sich kein Menschenfisch darin befand. Mein erster Alptraum handelte von einem weißen Menschenfisch, der mir in meinem Zimmer erschien, mir seine großen Kiefer ins Gesicht bleckte und vor meinem Bett ausrief: »Komm, komm, komm mit mir«, und seine Hand erhob, um einen Kreis an die Wand hinter meinem Kopf zu malen, und dann hinzufügte: »Dieser Kreis wird so lange bluten, bis du zu mir kommst.« Ich sah auf seine Hand und bemerkte, daß er Schwimmhäute hatte, von bläulichblasser Farbe, die sich von einem Finger zum nächsten spannten. Und dann streckte er seinen Zeigefinger aus und berührte meine Wange. Das war wie eine Berührung mit einem glühenden Nagel, und ich schrie auf, konnte aber noch nicht einmal meine eigene Stimme hören, und sie versuchten, die Tür aufzubrechen, und ich schrie lauter, und die hölzerne Tür splitterte entzwei, und mein Vater stürmte herein mit einem Weltkrieg in seinen Augen. Doch der Menschenfisch war verschwunden, und dort, wo er gewesen war, hockte jetzt ein schwarzer Frosch. Am nächsten Tag kam der Medizinmann und untersuchte mich und sagte, daß ein Feind der Verursacher sei. Er nannte Barbaras Vater, und mein Vater kaufte starke Medizin, die das, was mir angetan worden war, als Bumerang auf Barbaras Vater zurückschleudern würde. Dann machten sie kleine Einschnitte in meinem Gesicht und auf meiner Brust und rieben schwarzes Pulver hinein und sagten, daß ich, wenn ich jemals an ein Gewässer käme, immer ausrufen solle: »Großvater, hilf mir!« Mein Großvater war tot, doch sagten sie, sein Geist würde stets über mir wachen und mich beschützen. Sie zündeten ein Feuer an und warfen den schwarzen Frosch hinein, und der Medizinmann sagte, daß er seine Asche im Garten von Barbaras Vater verstreuen wolle. Doch konnte er nichts gegen den Kreis an der Wand tun, denn obwohl ich ihn klar erkennen konnte, blieb er für jeden anderen unsichtbar. Kurze Zeit später trübten sich meine Augen ein wenig, und ich habe seitdem eine Brille tragen müssen, damals jedoch ließ sie jedesmal den kleinen Kreis nur noch schärfer in meine Augen springen, wenn ich das Zimmer betrat. Die Stelle, wo der Menschenfisch mich berührt hatte, schwoll eitrig an, und meine Mutter mußte viel Salzwasser aufkochen, den Eiter ausquetschen und dann die Wunde in Salzwasser baden. Daraufhin heilte sie etwas, und seitdem habe ich dort in meinem Gesicht eine kleine, schwarze Narbe. Kurz darauf schnappte Barbaras Vater über, und eines Tages wurde sein Körper von Polizeitauchern in schwarzen Gummianzügen aus dem Fluß gefischt. Er hatte diverse Kratzwunden im Gesicht, und sein Körper war völlig nackt, und irgend jemand im Fluß hatte versucht, ihn aufzufressen: Man entdeckte seltsame Zahnabdrücke auf seinen Hinterbacken, und seine Schultern waren teilweise angefressen; die Hände sahen aus, als ob sie jemand erst durchgekaut und dann versucht hätte, sie von den Armen abzunagen.

Jeden Morgen, wenn die Sonne aufging, sah man einen hauchdünnen Nebel im Tal, und das Wechselspiel zwischen ihm und den Sonnenstrahlen ließ phantastische Bilder aufleuchten. Und fast immer glichen sie Menschen, die ich früher gekannt hatte. Die Gestalten im Nebel waren ein bißchen verschwommen und doch von solcher realistischer Körperlichkeit, daß ich niemals genau wußte, was ich davon halten sollte. Ich hatte das Tal Lesapi genannt, um ihm die Mythen und Gesichter von Episoden in meinem Leben anzuheften. Doch während die Jahre verstrichen, strahlte das wasserlose Tal – paralysiert von den krampfigen Auswirkungen einer überwältigenden Beklemmung – seine eigenen symbolhaften Nebel aus, die die Bilder meiner Vorstellung besiegten und schließlich so sehr in eigenen Rauch und Feuer und Gesichter und Formen explodierten, daß ich nicht mehr sagen konnte, welches Tal das wirkliche Lesapi war. Ich war durch Wasser- und Nahrungsmangel körperlich geschwächt. Außerdem war ich nie besonders kräftig gewesen. Und diese spukhafte Gegend, die so von der Sonne gequält wurde, schien wenigstens eine erstaunliche Bevölkerung von Insekten zu besitzen: Fliegen, Moskitos, Zikaden, Spinnen und Skorpione. Die Zikaden konnte man rösten, der Rest plagte mich mit unvermittelten Stichen. Der gewaltige Unterschied zwischen Tages- und Nachttemperatur war auch eine harte Tortur. Und die Art und Weise, in der man mich erzogen hatte, war nicht danach gewesen, meine Phantasie zu verkrampfen und zu ersticken, sondern im Gegenteil, meine Vorstellungskraft lag immer auf der Lauer, um mir einen Schreck einzujagen. All das verwandelte das Tal zu einer lebendigen Erscheinung auf meiner Türschwelle. Der Kreis, den Maria an die Wand gezeichnet hatte, schien zu leben, er bewegte sich ständig, wechselte die Farbe, löste sich auf und verwandelte sich in ein Kreuz, zog sich wieder zu einem Kreis zusammen und blutete und rann die Wand herunter, bis ich im Schlaf weinte. Es schien, als befände ich mich an vielen Orten zur gleichen Zeit, zwischen Schlafen und Wachen war kein Unterschied mehr. Eine stechende, aber ferne Flamme schmerzte in meinem Kopf, es schien, als ob ich nicht zu mir selber spräche, sondern mit den Dingen des Tales redete.

Eines Morgens wachte ich auf und spürte, daß irgend etwas nicht stimmte. Ich konnte mich nicht bewegen, weder meinen Kopf noch meine Hände, noch meine Füße. Zuerst dachte ich, jemand hätte mich nachts heimlich an den Boden gefesselt, aber ich bemerkte keine Fesseln. Als ich erkannte, was geschehen war, hätte ich beinahe geschrien – aber ich bremste mich, weil mich sowieso niemand gehört hätte. Nicht genug, daß meine Haare in den Boden gewachsen waren wie Wurzeln, auch die Finger und Zehen und Venen und Arterien meines Körpers hatten sich im Schlaf im Erdboden verwurzelt. Ich bin in irgendeine Pflanzenart verzaubert worden, dachte ich. Und während mir dieser Gedanke durch den Kopf schoß, spürte ich, daß sich meine Haut in Borke verwandelt hatte. Nun war es doch passiert, sagte ich zu mir. Und während ich noch sprach, sprang mir der Kreis auf der Wand ins Auge, ich sah, daß er zu bluten begonnen hatte und die Wand herunterlief – irgend etwas war Maria zugestoßen. Ich spürte meine Augen und Ohren nicht mehr, aber, seltsam, ich konnte hören und sehen. Ich weiß nicht, wie lange ich dort lag, noch wie viele Tage oder Wochen vergingen, in meinem Kampf gegen das fieberhafte Delirium, das mich kurz darauf überfallen hatte. Und ich starrte wie gebannt auf Marias Leben, das von der Wand blutete, und ich starrte so heftig darauf, daß ich nichts anderes mehr wahrnehmen konnte, nur noch den Kreis, wie er langsam von der Wand blutete.

Es war ein Schlaf mit offenen Augen.

Die Schritte, die ich draußen hörte, hatten vor meiner Schwelle innegehalten, und ich konnte hören, wie jemand schwer atmete. Das Dach klapperte ein wenig, vom Südostwind, der vorbeistrich. Und dann hörte das Atmen auf. Der Wind ebenfalls, und das Dach klapperte nicht mehr. Plötzlich dämmerte mir, daß die Schritte eigentlich in mir waren, sie waren mein altes, klopfendes

Herz,
die heimgekehrten Dinge meiner Vergangenheit. Die Tür hatte sich nicht geöffnet, aber ich konnte sie deutlich erkennen. Sie bestand nur noch aus Haut und Knochen, ein fleischloses Skelett, und sie saß auf einem Baumstamm. Ich war jener Baumstamm. Ich weiß nicht, wie lange sie dort saß. Sie weinte, perlenklare Tränen, silbrig und doch wie Glas, die aus dem Stein ihrer augenlosen Höhlen herausquollen, und ihr kleiner, glimmender Kopf ruhte in den offen daliegenden Gebeinen ihrer Handflächen, deren Arme sanft auf ihren Knien ruhten. Und sie hielt zwischen ihren Vorderzähnen einen silbernen Knopf, der mir bekannt vorkam: Jahre vorher hatte ich ihr einen Mantel mit solchen Knöpfen gekauft. Es war der Anblick ihres trübsinnigen Herumkauens auf diesem Knopf, der mich mit so großer Traurigkeit erfüllte, daß ich nicht bemerkte, wie sich meine Wurzeln schmerzlos gelöst hatten. Was jetzt noch zu tun blieb, das war, meine Wunden zu verbinden und noch einmal – aber mit frischem Blick – den Weg des Tales zu durchschreiten. Das Dach klapperte wieder, die Südostwinde sangen ihr dumpfes Lied durch die Tür hindurch. Und die widerwärtigen Schritte verklangen in der Ferne, bis ihr Echo still in meiner Brust klopfte.

Danach ging die Sonne nie wieder auf. Ich weiß nicht, aber offenbar hatte sie sich entschlossen, woanders hinzuziehen. Vielleicht war sie ins Meer gefallen, wo der große Menschenfisch lebt. Jedenfalls kam auch die Nacht nicht wieder, sie hatte sich auf den tiefsten Meeresgrund zurückgezogen, wo der große Menschenfisch zu Hause war. Der Himmel hatte so viel Ähnlichkeit mit seinen Gesichtszügen, daß selbst die Sterne auf teuflische

Weise zu Menschenfischen geworden waren. Und alle wollten sie Gesellschaft haben, sie alle hungerten nach mir, dürsteten nach mir. Doch ich war auf der Hut und kaute beständig auf dem Silberknopf, denn nur das vermag sie mir vom Leibe zu halten. Gestern traf ich Barbaras Vater im Tal:

»Einmal erwisch ich dich doch, du elender Bursche!« schrie er mir zu.

Doch ich biß in den Silberknopf und verwandelte mich in ein Krokodil und bleckte ihm lachend meine großen, scharfen Zähne entgegen.

Sofort verwandelte er sich in Nebelschwaden, und ich biß nur in Luftklumpen hinein. Während ich auf ihn fluchte, sagte eine unsichtbare Stimme:

»Du dachtest wohl, das wäre alles Politik, was?«

Doch es war niemand zu sehen.

Ich fauchte:

»Etwa nicht?«

Und verdrossen verwandelte ich mich in meine menschliche Gestalt zurück. Ich hatte mich entschlossen, alles aufzuschreiben, weil ich nicht sicher war, ob mich nicht eines Tages der stinkende Menschenfisch doch noch holen würde. Maria, solltest du meine Worte jemals lesen – mein Kopf lodert vor Fieber, und nur schemenhaft weiß ich, was ich geschrieben habe – ich glaube, daß die Menschenfische meinen Verstand unterminieren wollen – solltest du dies jemals finden – ich glaube, Barbaras Vater stellt mir nach, und der Himmel und die Erde und die Luft sind voll von Ungeheuern wie er und ich – wie er – ich wollte, ich hätte dir ein Kind geben können – mein Kopf! – alle Erwachsenen sind Menschenfische, aber glaube mir, es gibt eine Chance, daß die Kinder – mein Kopf!

Ich bin mein ganzes Leben lang ein Menschenfisch gewesen. Maria, es war richtig, daß du gingst. Ich muß fort.

Der schwache Hall seiner Schritte

Eines Tages, wenn ich hier sitze,
ruhig auf diesem Eckplatz, kehrt
er vielleicht zurück, der schwache Hall
seiner Schritte.
J. D. C. Pellow

Ich träumte heute nacht, daß der preußische Chirurg Johann Friedrich Dieffenbach die Ansicht vertrat, ich stottere, weil meine Zunge zu groß sei. Und er verkleinerte mein großes Organ, indem er von der Spitze und den Seiten einige Stücke abschnippelte. Meine Mutter weckte mich, um mir zu sagen, daß Vater im Kreisverkehr von einem schnellen Wagen überfahren worden war. Ich ging zur Leichenhalle, um ihn zu sehen. Sie hatten den Kopf wieder an den Rumpf genäht, und seine Augen waren geöffnet. Ich versuchte, sie zu schließen, doch sie wollten nicht, und später begruben wir ihn mit nach oben starrenden Augen.

Es regnete, als wir ihn begruben.

Es regnete, als ich aufwachte und nach ihm suchte. Seine Pfeife lag dort, wo sie immer gelegen hatte, auf dem Kaminsims. Während ich sie betrachtete, fiel noch stärkerer Regen vom Himmel und rüttelte an dem Blechdach meiner Erinnerungen an ihn. Seine Bücher mit ihren Lederrücken standen aufrecht und ganz still im Bücherschrank. Eines von ihnen war Olivier Blutsteins *Ein Handbuch über die Kunst des Stotterns.* Dort befand sich auch eine Keilschrifttafel – eine Nachbildung des Originals –, auf der, einige Jahrhunderte vor Christus, ein inständiges Gebet um Erlösung vom Übel des Stotterns niedergeschrieben worden war. Er hatte mir gesagt, daß Moses, Demosthenes und Aristoteles auch ihre Sprachfehler gehabt hatten, daß Prinz Battus, von einem Orakel ermuntert, sich durch die Eroberung Nordafrikas vom Stottern heilte und daß Demosthenes sich unverkrampftes Sprechen beibrachte, indem er die Brandung mit einem Mund voller Steine niederschrie.

Es regnete noch immer, als ich mich hinlegte und die Augen schloß, und ich sah, wie er ausgestreckt in seinem feuchten Grabe lag und versuchte, seine Kieferknochen zu bewegen. Als ich erwachte, spürte ich ihn in mir, und er versuchte zu sprechen, aber mir gelang es nicht. Aristoteles murmelte etwas in seinen Bart über meine Zunge, die abnorm dick und hart sei. Hippokrates öffnete mir gewaltsam den Mund und preßte brennendheiße Substanzen auf meine Zunge, um die dunkle Flüssigkeit wegzusaugen. Celsus schüttelte den Kopf und sagte: »Alles, was diese Zunge braucht, ist, einmal richtig gurgeln und eine Massage.« Doch Galen, mit seinem Geltungsbedürfnis, sagte, meine Zunge sei nur zu kalt und zu feucht. Und Francis Bacon alias Shakespeare schlug vor, ich solle ein Glas Glühwein trinken.

Als ich zur Bierhalle hinunterschlenderte, sah ich eine Reihe Soldaten, die sich oben auf den Toren des Afrikanerviertels aufgestellt hatten. Es waren blütenweiße Soldaten. Einer von ihnen sprang herunter und stieß mir sein Gewehr in den Magen und verlangte meinen Ausweis. Ich hatte bloß meinen Studentenausweis bei mir.

Er prüfte ihn genauestens und so ausgiebig, daß ich mich fragte, was an ihm wohl auszusetzen sei.

»Warum schwitzt du eigentlich so?« fragte er.

Ich kramte Papier und Bleistift aus der Tasche, schrieb etwas nieder und zeigte es ihm.

»Du tickst wohl nicht ganz sauber, was?«

Ich nickte.

»Und dasselbe meinste wohl von mir, was?«

Ich schüttelte den Kopf. Doch ehe ich noch aufhören konnte, tauchte seine Hand auf und haute mir zwischen die Zähne. Ich hob die Hand, um das Blut abzuwischen, doch er stoppte sie und schlug noch einmal zu. Mein Zahnersatz krachte, und ich hatte Angst, ich könnte die scharfkantigen Stückchen herunterschlucken. Ich spuckte sie aus, ohne meine Hand zum Mund zu erheben.

»Auch noch falsche Zähne, was?«

Meine Augen stachen. Ich konnte ihn nicht deutlich erkennen. Doch ich nickte.

»Und falsche Personalien, was?«

Ich spürte den unüberwindlichen Drang, meine Kiefer zu bewegen und meine Augen zu zwingen, das zu wiederholen, was auf meinem Studentenausweis stand. Doch konnte ich nur unverständliche Laute aus mir herausbrabbeln. Ich zeigte auf Papier und Bleistift, die auf den Boden gefallen waren.

Er nickte.

Doch als ich mich bückte, um die Sachen aufzuheben, schnellte sein Knie in die Höhe und brach mir beinahe das Genick.

»Du suchst wohl 'n Stein, was?«

Ich schüttelte den Kopf, doch das tat so weh, daß ich nicht mehr aufhören konnte. Hinter mir hörte ich rennende Füße, die Stimmen meiner Mutter und meiner Schwester. Es folgte das scharfe Krachen von Gewehrschüssen. Mutter, mitten im Laufen getroffen, ihr Körper nur noch von der schwülen Luft aufrecht gehalten, starrte durch ihre eigenen Augen hindurch. Eine Sekunde später zerbrach etwas in ihr, und sie taumelte zu Boden. Die ausgestreckte Hand meiner Schwester, die mein Gesicht berühren wollte, flog ihrem sich öffnenden Mund entgegen, und ich merkte, wie sie ihre Stimmbänder anspannte, um aus meinem Munde zu schreien.

Mutter starb im Krankenwagen.

Die Sonne schrie lautlos, als ich sie begrub. Sie hatte heiße und kalte Ringe um ihre nasse Strahlenkugel gelegt. Meine Schwester und ich, wir liefen die sechs Kilometer nach Hause, vorbei am Krankenhaus für Afrikaner, am Krankenhaus für Europäer, am Lager der Britisch-Südafrikanischen Polizei, dem Postamt, dem Bahnhof, und wir durchquerten die kilometerbreiten Grünanlagen und liefen in die schwarze Siedlung hinein.

Das Zimmer war so still, daß ich spürte, wie es seine Zunge und seinen Kiefer zu bewegen versuchte und mit mir zu reden versuchte. Ich starrte auf die hölzernen Dachbalken. Ich hörte, wie meine Schwester in ihrem Zimmer, das sich direkt neben meinem befand, auf und ab ging. Ich spürte sie intensiv in mir. Mein Zimmer enthielt nichts als mein eisernes Bettgestell, meinen Schreibtisch, meine Bücher und die Leinwände, auf denen ich schon so oft versucht hatte, die Gefühle der stummen, aber verzweifelten Stimmen in mir in Farbe zu verwandeln. Ich unterdrückte meine Tränen und fühlte sie doch so intensiv in mir, daß ich es nicht mehr aushielt. Doch Gott sei Dank öffnete sich die Tür, und sie kamen herein und führten sie an der Hand. Sie war in blendendes Weiß gekleidet. Ein blaß-blauer Schimmer umgab sie. An ihren schlanken Füßen waren Sandalen von leuchtend-weißem Leder. Doch der Magnet ihres fleischlosen Gesichtes, die zwei leeren Augenhöhlen, die scharf grinsenden Zähne (einer ihrer Zähne war etwas angeschlagen), die hohen Backenknochen und die grausige, fehlende Nase – deren Magnet hielt meinen Blick gefangen, bis, so schien es, meine angespannten Augen abrupt in ihre unbewegliche Stille aufgesogen wurden.

Er war schwarz gekleidet. Ihre fleischlose Hand ruhte in seinen fleischlosen Fingern. Sein Kopf war nicht richtig angenäht worden. Er neigte sich gefährlich nach einer Seite, und man hatte den Eindruck, er würde jeden Augenblick abfallen. Sein Gesicht hatte einen Zickzackriß, der von der Mitte der Stirn bis zum Kinn reichte. Dem Schädel waren seine früheren Züge nur äußerst ungeschickt eingesetzt worden, so ungeschickt, daß es aussah, als würde er jeden Augenblick auseinanderfallen.

Der Schmerz in meinen Augen war unerträglich. Ich blinzelte. Als ich meine Augen öffnete, waren sie verschwunden. Meine Schwester stand dort, wo sie gewesen waren. Sie atmete schwer, und das verursachte mir Beklemmungen in der Brust. Ich streckte die Hand aus und berührte sie. Sie war warm und lebendig, und ihren Atem spürte ich in der schmerzhaften Bangigkeit meiner Stimme. Ich mußte etwas sagen! Doch bevor ich ein einziges Wort herausbringen konnte, beugte sie sich herab und küßte mich. Ihr heißes Aufflackern ließ uns in unserer Umarmung erbeben. Draußen plätscherte die Nacht ihr dumpfes Geschwätz auf das Dach, und der Wind klammerte sich ungestüm an die Fensterscheiben. Wir hörten in der Ferne die Bläser und Streicher einer Militärkapelle.

Weihnachtliches Wiedersehen

Ich hatte noch nie eine Ziege getötet. Doch es war Weihnachten. Und Vater, der das immer getan hatte, war tot. Er war schon sieben Jahre tot. Von meiner Schwester Ruth hätte man nie und nimmer erwarten können, daß sie den Ziegenbock tötete. Man betrachtete das als Männerarbeit. Und Mutter war auch schon tot. Wir wohnten zu zweit im Haus, Ruth und ich. Ich hatte ein Forschungssemester bewilligt bekommen und hoffte, zu Weihnachten würde ich mich ein wenig von dem Buch erholen können, an dem ich gerade arbeitete. Aber ausgerechnet ein Geißbock mußte mir alles verderben. Der Weihnachtsabend war schon gekommen, und es war höchste Zeit, den Bock zu töten und ihm das Fell abzuziehen. Jeder Familienvater in der Siedlung war jetzt damit beschäftigt, seine Weihnachtsziege abzuschlachten. Als ich versuchte, eine Entschuldigung dafür zu finden, den Ziegenbock nicht selbst zu töten, erinnerte ich Ruth daran, daß ein Bock eine leidenschaftliche Kreatur sei, Pans Lieblingstier, und wie sollte ich dieses Tier in mir selbst umbringen? Ich war, sagte ich mir, ein wetterfester, fröhlicher, geiler, gehörnter und bärtiger wiederkäuender Vierfüßler, wenn schon nicht äußerlich, so doch innerlich. Ich war schon immer ein Biest gewesen. Ich throne in Wirklichkeit am Himmel, wo der Steinbock sich befindet, sagte ich. Und wenn das noch nicht reicht, sagte ich, dann denk doch mal an den allgegenwärtigen Wendekreis des Steinbocks, der alle, die in seiner Nähe leben, in gemeine, blutrünstige, verdorbene, dreckige Buren zu verwandeln scheint, und so würde, kurz gesagt, die Tötung des Ziegenbocks eine Respektlosigkeit gegenüber einem wesentlichen Teil der menschlichen Äußer- und Innerlichkeiten darstellen. Übrigens, fügte ich hinzu, weißt du, daß ich niemals das essen kann, was ich selbst getötet habe. Und außerdem war ich nicht bloße Ziegenwolle im Gewebe dieser bedeutungsvollen Fiktion, die wir Leben nennen, und daher logischerweise unfähig zu solch einer Ungeheuerlichkeit wie dem Töten einer lieben, alten Geiß? Stell dir mal eine größere Ansammlung blutrünstiger Deutscher vor, die einem kleinen, verängstigten jüdischen Jungen das Wort GEISS entgegenschreit! Der Massenmord an völlig harmlosen, doch von Gott geschaffenen Ziegen erschien mir nichts anderes als eine grobe Verzerrung dessen, was Weihnachten eigentlich darstellte. Und das war? Und das war? Nun, wir sind trotz allem Afrikaner, und dieser ganze Weihnachtsrummel war sowieso nur ein blödsinniges Ablenkungsmanöver. Denn es ist doch so, sagte ich, daß Weiße und Schwarze sich gegenseitig das Fell über die Ohren ziehen, sich bei den Fersen packen und in die eine große Küche schleifen, weil sie einen Weihnachtsbraten brauchen, schön garniert mit Peperonis und Senfkörnern und schwarzem Pfeffer und Fritten. Und hinterher reiben sich alle die Bäuche und rülpsen sanft und kratzen sich in der Magengegend, in der die Atmosphäre von Weihnachten und Freiheit langsam verdaut wird. Die Manie, christliche Freude durch Aufschlitzen von Kehlen schicksalsgeplagter Ziegen auszudrücken, ist doch wirklich gräßlich, ganz zu schweigen von der sogenannten Zivilisierung der Ziegen in konzentrationslagerähnlichen Krals, bedenkt man, daß es nichts Majestätischeres und Mutigeres und Robusteres gibt als richtige Bergziegen. Ich konnte beim besten Willen nichts anderes als Unmenschlichkeit darin erblicken, wenn sich jemand für ein paar Schillinge eine Ziege kauft, sie an einem alten Stacheldrahtzaun anbindet und dann die Kinder zugucken läßt, wie ihr erst die Kehle und dann der Bauch aufgeschnitten werden. Und ich bin eben nie ein richtiger Killer gewesen. Vielleicht bin ich manchmal zufällig auf einen Käfer getrampelt, der nicht aufgepaßt hatte, wo er hintrat, und es stimmt schon, daß ich ganze Horden verfluchter Moskitos ermordet habe, die meine Räume in der Universität heimgesucht hatten, und jene häßliche, fette Fliege, die mich so wahnsinnig machte, daß ich sie mit einem gebundenen kompletten Shakespeare bewarf. Ich glaube aber, ich hab ihr nur die Glupschaugen angekratzt und sie in den Papierkorb geschmissen, wo das raffinierte Insekt sich so beharrlich tot stellte, daß es am Ende doch noch starb. Und ich gebe zu, daß die Schlange, die unter dem Apfelbaum herumlungerte, als du gerade sehnsüchtig die reifste und roteste Frucht angepeilt hattest, es vielleicht nicht verdient hätte, von meinem Schuß aus der Flinte tödlich erschreckt zu werden. Und hatte nicht jeder picklige Knabe, der noch ein bißchen was auf sich hielt, eine Gummischleuder, um damit Vögel zu Tode zu steinigen? Und der Unterschied zu einer Prügelei ist nur gering: Du erhebst gegen jemanden eine Faust, und schon bist du ein potentieller Mörder – das hat nichts mehr mit Männlichkeit zu tun. Der ständige Zwang, sich als »richtiger Mann« beweisen zu müssen, treibt uns noch alle in den Wahnsinn. Ich lehne das ab. Zwischen dir und mir gibt es keinen Unterschied außer dem kleinen zwischen unseren Beinen. Und wenn du Ziegenfleisch essen willst, dann bring das Vieh doch gefälligst selber um. Und wenn ich zwischen dem Auf- und Zuklappen meiner Augendeckel zu einem »richtigen Mann« werden soll, indem ich die menschlichen Kehlen von menschlichen Ziegen durchschneide, dann kann ich nicht einsehen, warum du nicht ebenso geschwind eine »richtige Frau« werden solltest, durch die gleiche fürchterliche Greueltat. Wie kann man nur jemals wieder etwas Lebendigem in die Augen schauen, wenn man zum Erwachsenen wurde, indem man die Kehle eines Lebewesens durchtrennte? Ich meine, meine Sinne sind deshalb so durcheinander, weil jede Stufe die vorangehende Stufe auffrißt, und wohin soll diese Wendeltreppe des sich gegenseitig Auffressens denn noch führen? Wer wird die erste Treppenstufe sein wollen und wer die letzte, alles verschlingende? Gott? Ich weiß, daß dieser Ziegenbock wahrscheinlich eine ganze Menge verschüchterter Grashalme ausgerottet hat, und das Gras wiederum das Wasser und das Salz des Bodens aufgegessen hat, und das Wasser wahrscheinlich von stinkenden Leichen im Erdboden herrührte, und diese Leichen wahrscheinlich etwas anderes verschlungen haben – ich meine, was soll's! Gott sei Dank tragen wir etwas in uns, das nicht tötet, wenn die ganze blutige Welt da draußen nur aufs Töten aus ist! Schau, du bist meine Schwester, also dränge mich nicht, gib mir wenigstens eine Chance. Wir sind doch keine Guerillabande, aus der man nicht lebend desertieren kann. Wir sind auch nicht Smiths Armee. Ich bin's. Ich allein. Und ich bin nur Ziegenwolle, der niemand seine Aufmerksamkeit schenkt. Die Art, in der diese Ziege mich ansieht, macht mich nervös. Doch das ist ganz natürlich. Wie würdest du Leute anglotzen, die in deiner Gegenwart offen über die Frage sprechen, wie sie dich beseitigen sollen, dir das Fell abziehen und dich so herrichten, daß du nicht einmal eine Leiche bist, sondern etwas Nahrhaftes und Wohlschmeckendes, das eine Stunde später wieder aus ihren Ärschen herauskommt und in einem Labyrinth von Abwässerkanälen weggespült wird? Ich weiß, daß wir nicht von Luft oder Steinen oder Feuer leben können, doch können wir ja wenigstens Wasser trinken. Doch warum müssen wir überhaupt essen und trinken? Wer immer uns erschaffen hat, muß einen makabren Einfall gehabt haben! Wie würde es dir gefallen, wenn dich jemand enthäuten würde, dann deine Haut zum Trocknen aufhinge und ein Paar Schuhe daraus machte? Ich meine, dort draußen gibt es tatsächlich Menschen, die deine Knochen auskochen würden, um daraus Düngemittel herzustellen – und sollten deine Knochen von minderwertiger Qualität sein, würden sie noch einmal aufgekocht, um daraus Kleister zu machen, den man kleinen Kindern geben würde, damit sie ihre Papiermännchen auf eine Zeittafel kleben könnten, die erklären soll, wie die menschliche Zivilisation sich vom Neandertaler bis zum heutigen Menschen entwickelt hat, der die Dinge wie durch eine Kameralinse betrachtet, kurz bevor die Klappe fällt? Ich weigere mich, die Dinge so zu sehen. Sie schauen dich an, auf genau jene Weise, in der ich deiner Meinung nach die

Ziege betrachten soll. Sie gucken dich an, als wärst du eine potentielle Mahlzeit, und sie verdauen deine Innereien und furzen und nennen das Fortschritt. Ich kriege Beklemmungen, wenn ich daran denke, daß wir imstande sind, ganze Populationen von Schweinen, Rindern, Geflügel, Schafen und Ziegen einzusperren, zu mästen und dann in Gaskammern zu treiben, sie, wenn sie tot sind, ihres Fleisches und ihrer Knochen zu berauben, ihrer Gehirne und Goldzähne und Eheringe und Brillen – ihnen alles zu rauben und das – was? – intensive Landwirtschaft, modernen Fortschritt zu nennen. Und wir nennen es alles mögliche, nur nicht das, was es ist. Die Welt wurde nicht geschaffen, um uns als Mahlzeit zu dienen. Und sollte das doch die Wahrheit sein, dann erbarme sich Gott solcher Menschen wie mir. Gott? Es ist sein Weihnachtsfest, und 1915 und 1916 an der Westfront hörten sie auf, sich gegenseitig abzuknallen und stießen einen Fußball umher, und sobald sein heiliger Geburtstag vorüber war, zerfleischten sie sich wieder die Mandeln. Einer von den dreckigen Deutschen war ein Spaßvogel mit einem Goldfisch. Ich möchte nicht der Goldfisch sein in der Vorstellung, die ein anderer von einer kosmischen Farce hat. Die Ziege sicher auch nicht. Und diesem armen Erzbischof in Uganda gefiel es sicherlich auch nicht, ein Goldfisch in Amins Kopf zu sein. Und wahrscheinlich würde der Goldfisch glücklicher sein, wenn sein Name in diesem Zusammenhang unerwähnt bliebe.

Um Himmels willen! Es ist ja schon so spät. Wann soll es Abendessen geben? Was soll das heißen, ich muß erst die Ziege töten, wenn ich etwas essen will? Ich will mein

Abendessen. Seit sieben Jahren bin ich zum ersten Mal wieder zu Hause, und du willst mir nicht einmal eine bescheidene Mahlzeit gönnen? Der Bock? Er? Er soll wirklich unsere bescheidene Mahlzeit werden? Dann, Gott steh mir bei, werd ich halt... Ach, geben wir ihn doch den hungernden Makonis. Sie haben heute wahrscheinlich wieder nichts zu essen. He – sieh dir das an. Er hat die Strippe abgerissen. Sieh, wie er rennt, wie Pan selber, oder wie ein Sündenbock, oder wie ich, als ich noch jung war. Er stürmt durch die Menge hindurch. Schon ist er im Wald. Nun, viel Glück, Pan. Jetzt spiel doch nicht die Beleidigte, Ruth, weil wir essen gehen werden. Ich hab schon einen Tisch reservieren lassen. In diesem schicken Restaurant, Bretts. Meine Frau wird dort – mal sehen – in fünf Minuten auf uns warten. Ihr beiden werdet euch viel zu erzählen haben – immerhin sind es schon sieben Jahre her. Ich hoffe nur, daß mich keiner wegen zu hoher Geschwindigkeit aufschreibt.

Gedankenspuren im Schnee

Der Himmel hatte sich bedeckt. Um alle meine Angelegenheiten stand es schlecht, und ich war so trübsinnig wie die großen, grauen Wolken, die den Blick auf die Sonne versperrten. Ich war krank gewesen – ein Fieber –, und ich hatte mich mit Medikamenten abzufinden und einer größeren Portion neugieriger Aufmerksamkeiten von seiten meiner Hauswirtin, welche die Überzeugung vertrat, daß meine Schriftstellerei meiner Gesundheit abträglich wäre. Es hatte heftig geschneit an diesem Sonntagabend, und ich beobachtete, wie die breiten, weißen Taubenfedern herunterschwebten, um sich überall aufzuhäufen. Ich konnte nicht schlafen. Ein beunruhigender Refrain blitzte wiederholt durch meinen Kopf: »Du bist verrückt, verrückt, verrückt.« Und ganze Armladungen davon schneiten auf die Dächer hinunter, auf die Straßen, auf die Gehwege, schneiten überall hinein: »Du bist verrückt, verrückt, verrückt.«

Letzte Woche hatte ich das Abtippen meines Romans beendet und ihn abgeschickt und geglaubt, jetzt wäre ich davon befreit. Doch er hörte nicht auf, mich zu bedrükken, und ich machte den Briefträger nervös und mich selbst völlig krank. Ich hatte mich jedoch schnell wieder gefangen und einen neuen Anfang gemacht, indem ich einem pickligen Knaben Nachhilfestunden gab, der allerdings an dem Unterricht, den ich mit ihm vereinbart hatte, nur wenig interessiert war. Er käme aus Nigeria, sagte er, und was ich denn von der Rhodesienkrise halten würde oder von weißen Mädchen? Und jedesmal, wenn ich auch nur vorsichtig andeutete, daß wir unsere Aufmerksamkeit auf seinen ungeschriebenen Aufsatz über William Blake konzentrieren müßten, schüttelte er so gequält seinen Kopf, daß mir ganz unwohl wurde. Meine Sitzungen mit ihm arteten stets zu alkoholischen Ringkämpfen aus, weil er nie die Aufsätze mitbrachte, die er hätte anfertigen sollen, sondern hochgeistige Getränke, die uns jedesmal richtig fröhlich stimmten. Und wir sprachen über Gott und die Welt – nur nicht über englische Literatur. Er hatte, wie er sagte, meine Erzählungen gelesen und ziemlich unverdaulich gefunden. Warum schrieb ich nicht in meiner eigenen Sprache? fragte er mich. War ich vielleicht einer jener Afrikaner, die ihre eigenen Wurzeln verleugneten? Sollte ich nicht viel eher in der großen Tradition der mündlich überlieferten Literatur schreiben als Pseudo-Kafka-Dostojewski-Geschichten auszuspucken? Was tat ich eigentlich, wenn ich nicht schrieb – hatte ich ein Mädchen? Wußte ich, daß ich ein Scheißhaufen war? Nein, sagte er, so hätte er das nicht gemeint – er meine Scheiße in ihrem guten, erdhaften Sinne.

Und draußen hatte sich der Schnee so weich aufgehäuft, wie Dinge, die man zu vergessen versucht, Dinge, die vom Himmel herabschwebten und sich still und heimlich Zentimeter für Zentimeter auftürmten, um mich einzuhüllen. Mir war so heiß, daß mir unerträglich kalt war. Mir war so kalt, daß ich die Hitze nicht ertragen konnte.

Ich glaubte, an den Tränengasschwaden würde ich noch ersticken. Die Polizeihunde rissen noch Fleischstücke aus verängstigten Studenten, die Steine krachten noch in die fetten, weißen Gesichter, und von überall heulten die Sirenen, knurrten trampelnde Stiefel, flogen Schlagstöcke in die Luft – knapp vor dem Splittern von Knochen unter poliertem Hartholz –, eingefangen von einem Kameraauge, das sich öffnet und schließt. Dicke Rauchschwaden explodierten kreuz und quer durch die Rugby- und Kricketfelder, und im Nu war alles vernebelt. Als es sich aufklarte, hatten bewaffnete Polizisten und Soldaten die Studenten auf der alten Kricketbahn zusammengetrieben, und eine Reihe drahtvergitterter Fahrzeuge fuhr die Studenten gruppenweise zu den aufgrund des Ausnahmezustands eingerichteten Haftzentren. Eine Gruppe weißer Studenten bejubelte die Polizei und beschimpfte die Studenten. Ein Kameramann vom rhodesischen Fernsehen zeichnete alles genauestens auf. Die riesigen Schäferhunde leckten ihre gewaltigen Kiefer vor der langen Schlange der Verhafteten...

Gedankenspuren im Schnee – Scheiße!

Während das Flugzeug in die Nacht hineinsurrte, die angolanische Küste hinter sich ließ und in die Leere über dem Atlantik hineinstieß, fiel mir plötzlich ein, daß ich in der chaotischen Hetze des Abschieds meine Kontaktlinsen vergessen hatte. Ich kam buchstäblich blind in England an. Die verschwommenen Umrisse der übrigen Passagiere klebten verbissen auf der Leinwand, auf der Clint Eastwood wieder einmal die Scheiße aus seinen Problemen herausschoß. Ich saß allein, nippte an einem Whisky, und mein Kopf dröhnte in ungewohnter Leere. Was hatte ich nun tatsächlich hinter mir gelassen? Meine Jugend glich einem Kopfschmerz, der im Takt mit dem

Triebwerk eines gewaltigen Hungers surrte, der riesige Stücke leerer Luft auffraß. Ich glaube, ich wußte damals schon, daß lange Jahre verzweifelter Einsamkeit vor mir lagen, und daß auf diesen Whisky andere Whiskys folgen würden, andere selbstzerstörerische Gifte. Ich hatte nichts als Bücher im Kopf, die im Begriff waren, mich zu verbrennen, während ich mit den Motoren der Hoffnung und der Illusion in die endlosen Weiten der Lüfte surrte. Wen hatte ich hinter mir gelassen? Mein vorzeitig ergrauter Kopf saß immer noch ungelenk auf meinen Schultern, meine Familie wußte nicht, wo ich mich befand, ob ich lebendig oder tot war. Ich glaube, es wäre ihnen auch gleichgültig gewesen, wenn sie gewußt hätten, daß ich in diesem Augenblick Tausende von Metern über der Erde schwebte, in jener Leere, die mir mein Flirt mit der Politik eingebracht hatte. Ich fühlte mich krank, krank vor Selbstmitleid, krank von der rhodesischen Krise, krank! – und auf den ersten Whisky folgten weitere Whiskys und mein altes Jungmännergesicht starrte aus dem kleinen Fenster auf mich zurück. Würde es an der Universität Oxford anders sein – war ich mir da wirklich so sicher? Die Morgendämmerung zerstob, als wir die Biskaya überflogen, und der frische, weiße Taubenflaum der Schäfchenwolken schaute von oben wie eine weitere Offenbarung herab, die sich beim Essen eher als Stein denn als Brot erweisen würde.

»Ich meinte Scheiße in ihrem guten, erdhaften Sinn«, wiederholte der Nigerianer.

Auf dem Tischchen zwischen uns lag der vergessene Text von William Blakes *Lieder der Unschuld und Lieder der Erfahrung*.

Ein plötzliches Klopfen rettete mich davor, antworten zu müssen. Ich blickte auf die Uhr und wußte sofort, wer gekommen war. Als sie hereinkam und sich auf dem Fell vorm Kamin ausstreckte und etwas Schockierendes über das Wetter murmelte, spürte ich in den Augen des Nigerianers eine stumme Anklage, eine Anklage, die sich plötzlich in eine Verurteilung verwandelte. Ich sah, es würde wieder einer jener Tage werden. Mein Kopf summte wieder von ohnmächtiger Wut, einer krankmachenden Verzweiflung, die ich heute mal unterdrücken wollte.

»Sie müssen mich bitte entschuldigen, ich muß jetzt die nächste Stunde geben«, sagte ich atemlos.

Noch nie in meinem ganzen Leben war es mir gelungen, meinen Atem unter Kontrolle zu halten.

Der Nigerianer blickte schnell auf. Er hatte beschlossen, die Sache auf sich beruhen zu lassen, stand auf und ging wortlos davon. Rachel starrte ins Feuer, und die Art, in der ihre Schultern zitterten, signalisierte mir, daß sie etwas Dramatisches vorhatte.

»Hast du es beendet?«

Ihre Stimme spulte sich um den Stahldraht einer straffen Selbstbeherrschung.

»Ja, ich hab es an den Verlag geschickt.«

Sie hatte sich nicht umgewandt. Das Glas in meiner Hand war unstabil.

»Willst du mich denn nicht begrüßen?«

Das hatte ich nicht erwartet.

Ich stand auf und legte meine Hand auf ihre Schulter, doch sie warf sich plötzlich herum und gab mir eine saftige Ohrfeige. Gott im Himmel, was war mit ihrem Gesicht geschehen? Ich stand da, mit meinem alten Graukopf, und ahnte, daß ich immer ein wenig lächerlich wirken würde.

Sie hatte sich wieder dem Feuer zugekehrt. Ihre Schultern – diese schmalen, zerbrechlichen Schultern! – zitterten noch. Ich setzte mich hin und füllte mein Glas erneut und erinnerte mich mit Bitterkeit an den Spott des Nigerianers. Es war eine giftige Komödie, und die beiden zwangen mich, die Hauptrolle zu spielen.

»Es ist dir wohl egal, ob ich mich mit ihm treffe? Mit ihm schlafe«, fragte sie plötzlich.

Doch ich war vorbereitet. Obwohl ich wußte, daß die Wunde schmerzen würde, nachdem sie fortgegangen war, wartete ich in diesem Moment gespannt auf den Messerstich. Hielt sie wirklich so wenig von mir?

»Rachel, es ist dein Körper, nicht meiner, und du kannst damit tun und lassen, was du willst«, sagte ich.

»Weißt du, was du bist – ein Niggerschlappschwanz«, sagte sie.

»Du brauchst mich nicht daran zu erinnern, Rachel«, sagte ich.

»Heuchler.«

Ich fühlte mich matt vom prickligen Summen in meinem Kopf. Tränengaskanister explodierten um meine fliehenden Füße. Ich schleuderte einen Pflasterstein auf einen näher kommenden Bullen –

Mein Glas war umgekippt und goß meinen Himbeergeist auf den Boden.

»Ich weiß nicht, warum ich dich eigentlich geheiratet habe«, sagte sie.

Wir hatten vor zwei Jahren geheiratet, aber nur die ersten fünf Tage zusammen geschlafen.

»Wenn wir ein Kind bekommen hätten, wäre vielleicht ...« meinte ich mutig.

Sie schwang sich herum, doch das Feuer brannte noch in ihren Augen. Jetzt geht's los, dachte ich.

»In mir wächst ein Kind«, sagte sie sanft.

Sie senkte stets ihre Stimme, wenn sie etwas in die Welt setzte, von dem sie meinte, es sei ein tödlicher Schwertstreich.

»Und es ist sein Kind«, fügte sie hinzu.

Ich schenkte mir nach, leerte das Glas und schenkte erneut ein.

»Von diesem Knaben aus Nigeria?«

»Er ist kein Knabe«, sagte sie. »Sondern ein Mann, ein richtiger Mann. Kein impotenter Bastard wie du.«

»Es wäre mir lieber, wenn du meine Mutter aus dem Spiel ließest«, sagte ich, »aber wenn du sie unbedingt hineinzerren willst – bitteschön.«

»Ich möchte mich scheiden lassen.«

»In Gottes Namen, tue es, Rachel. Ich hab dir schon vor siebzehn Monaten ...

»Du glaubst wohl, du stündest über allem, wie?«

»Rachel, das stimmt nun wirklich nicht.«

»Rachel mich nicht ständig!« Ihre herausgeschrienen Worte prallten gegen die Decke und knallten zurück auf die Bücherregale.

Ich räusperte mich.

»Du hast mich nie wirklich geliebt«, sagte sie.

Der selbstmitleidige Unterton in ihrer Stimme – ich erkannte in ihm jene ferne Rachel, mit der ich durch

Nordwales getrampt und fünf Tage lang glücklich gewesen war.

Ich nickte der Whisky-Karaffe zu. Und sie mixte sich still und bedächtig einen Drink.

»Zum Teufel, Charles – warum, warum?«

Sie kaute auf ihrer Unterlippe herum. Und dann, plötzlich, setzte sie sich auf die Armlehne meines Sessels.

»Warum?« wiederholte sie.

Ich schwieg. Sie war absichtlich impulsiv – fast verspielt –, wenn sie es wollte.

»Wie lange hast du es schon gewußt?« fragte sie.

»Lange genug, damit es nicht mehr weh tut«, sagte ich. Die Tür öffnete sich langsam.

Ich beugte mich vor, um mein Glas aufzufüllen, und sie legte einen Arm um meine Schultern, und mit dem anderen zog sie mein Gesicht an ihres heran und küßte mich. Die Tür wurde jetzt ganz aufgerissen, und der Nigerianer stürzte fluchend ins Zimmer:

»Votze! Elende Dreckvotze!«

»Charles!«

»Nuttige weiße Dreckvotze!«

»Charles, was sitzt du da noch rum – er beleidigt mich, mich, deine Frau!«

Ich wollte mich bücken, doch der Schlagstock klatschte seitlich auf meinen Kopf.

»Charles! Ich bin deine Frau!«

Sie lag dort auf dem Boden und wurde von einem Schäferhund zerfleischt. Eine weitere Dose explodierte hinter mir an der Wand. Dickes, weißes Gas umhüllte mich erstickend. Ich hielt den Atem an und warf mich auf den

Uniformierten. Irgendwo im Hintergrund lauerte meine Hauswirtin mit ihrem Nudelholz.

Ich hatte mir den Nigerianer vorgeknöpft. Er fluchte noch immer:

»Ihr rhodesischen Scheißer, holt euch erst mal eure Unabhängigkeit, dann wißt ihr, wie man kämpft!«

Er hatte eine kräftige Handschrift. Ich spürte, wie das Blut aus meiner Nase rann. Rachel lag irgendwo auf dem Boden, in der Nähe des zerschmetterten Glasschranks. Die Hauswirtin schlich sich behutsam von hinten an ihn heran und knallte das Nudelholz auf seinen Kopf. Er sackte auf den Boden, bewußtlos. Ich versuchte, das Blut aus meinem Gesicht zu wischen und gleichzeitig der Hauswirtin für ihr rechtzeitiges Dazwischentreten zu danken, als ein blitzender Schmerzesstrahl mich auf den Boden wirbelte. Als ich wieder zu mir kam, klatschte mir die Hauswirtin auf den Backen herum und Rachel kam mit einer Schüssel dampfenden Wassers und einem Handtuch herein. Der Nigerianer war spurlos verschwunden.

Die Wirtin griff nach dem Handtuch, doch Rachel sagte:

»Sie haben fürs erste genug getan. Sie hätten meinen Mann umbringen können, wissen Sie?«

Die Wirtin seufzte wie jemand, der Kummer gewohnt ist:

»Alles wegen meiner Brille. Ich konnte einfach nicht sehen, wer der Nigerianer und wer ihr Mann war. Und da dachte ich halt, gibst du mal jedem eins drauf, weil ich doch nicht gewußt habe, wem ich schon eins übergebraten hatte. Tut mir leid«, sagte die Hauswirtin und blickte auf mich herab.

Meine Lippen streckten sich zu einem strammen Lächeln, ich wollte nicht laut lachen.

Die Hauswirtin hob ihr gefährliches Nudelholz auf und sagte:

»Diese Dinger sind vielseitig verwendbar, wissen Sie? Als neulich mein Mann betrunken nach Hause kam ...«

»Das wär's dann, Mrs. Sutcliffe-Smith«, sagte Rachel bestimmt.

Die Hauswirtin blickte sie pikiert an und stolzierte würdevoll aus dem Zimmer.

Rachel starrte auf mich herunter und – zum ersten Mal seit jenen fünf Tagen sah sie älter aus, ich meine, nicht viel älter als ihre achtzehn Jahre.

»Für eine Abtreibung ist es noch nicht zu spät«, sagte sie.

Sie wand das Handtuch aus und wischte das Blut ab, das aus meiner Nase quoll.

»Hast du gehört, was ich gesagt habe?«

»Ich werde heute abend mit Michael essen gehen. Du kennst ihn doch, von deiner Ausbildung als Krankenschwester.«

»Der mit dem Sprachfehler?«

Ich nickte.

Ich verbesserte mich:

»Wir werden heute abend mit ihm essen. Er ist der beste Arzt in Oxford. Wir werden es ihm beiläufig sagen.«

»Rachel«, fügte ich hinzu, »es freut mich, daß du wieder da bist.«

Dicke, weiße Taubenfedern schneiten vom bedeckten Himmel herab. Würde man meinen Roman annehmen? Würde Rachel meiner erneut überdrüssig werden? Ich war immer noch ziemlich schwach, doch wußte ich im Grunde meines Herzens, daß ich von Afrika für immer Abschied genommen hatte. Die unwirkliche Morgendämmerung mit ihrem weiß-weißen Schnee strahlte in trübseliger Helligkeit. Die Uhr des Christchurch College schlug vier. Noch einmal lief ich in meinem Arbeitszimmer auf und ab und versuchte vergebens, den erschreckenden Refrain aus meinem Kopf auszutreiben, der, wie ein hängengebliebener Tonarm, sich unaufhörlich wiederholte. Als ich durch das Fenster hindurchblickte, in der Hoffnung, die Fußspuren meines Lebens wiederzuerkennen, bemerkte ich, daß neue Armladungen von Schnee meine Gedankenspuren zugedeckt hatten.

Wohnt dort wirklich jemand?

Eine neue Zeitschrift war erschienen. Ihr Hauptinteresse galt der »schwarzen Familie«. Dies hatte nichts mit der alten, traditionellen schwarzen Familie zu tun, überhaupt nicht, weil sie nach Brautpreis stank, nach Polygamie, nach Unkenntnis in bezug auf Familienplanung, nach dem Fehlen zeitsparender Haushaltsgeräte, nach primitiver Umgebung und allgemeinen Verdächtigungen – seitens der Ethnologen – des Inzests, des Infantizids, Fratrizids, Matrizids und anderer Zide, denen die neue Zeitschrift ablehnend gegenüberstand. Nun hatte ich aus zuverlässiger Quelle gehört, daß diese neue Zeitschrift phantastisch hohe Geldbeträge für Geschichten und Artikel über die moderne afrikanische Familie ausgesetzt hätte, doch mein Informant betonte, daß in jeder Geschichte dargestellt werden müsse, wie die Familie die Produkte und Waren der weißen Zivilisation konsumiert.

Wie üblich hatte ich Schulden. Meine einzigen beiden Freunde, von deren Unterstützung ich lebte, schienen bei der Wahl ihrer Ausdrücke die letzten Hemmungen zu verlieren, als sie meine schriftstellerische Besessenheit kritisierten. Kommt hinzu, daß meine Frau und meine Horde von kleinen Wilden immer undirigierbarer wurden. Die neue Zeitschrift bot mir sowohl die Chance, einen anständigen Batzen Geld zu verdienen, als auch die Möglichkeit, einen langen, tiefgründigen Blick auf mein

Scheitern zu werfen, eine moderne afrikanische Familie großzuziehen. Und schon hatte ich mich dazu entschlossen, einen einmaligen, endgültigen Artikel über die afrikanische Familie mit allem Drum und Dran zu schreiben.

Als erstes galt es zu entscheiden, in was für einem Haus die moderne afrikanische Familie wohnen würde. Bestimmt nicht in strohgedeckten Lehm- und Stangenverhältnissen. Und bestimmt wollte sie auch nicht in diesen weißgetünchten Baracken wohnen, in denen wir normalerweise unser Leben zubringen. In einem vergammelten Mietshaus ebenfalls nicht. Hierbei stand ich auf und warf einen langen, forschenden Blick auf meine eigene Wohnstätte. Die Farbe schälte sich überall von den Wänden. Die Wände hatten sich beträchtlich geschwärzt und verschleimt, weil Schornstein und Spülstein in der Küche fehlten. Es war ein Haus mit drei Zimmern: Küche, Eßzimmer und Schlafzimmer. Doch da drin wohnten wir zu elft: die Frau, ich, die fünf Jungen und vier Mädchen, die drei Katzen und sieben Hunde, ganz zu schweigen von einer Kolonie unbesiegbarer Mäuse, die überall ihre Löcher genagt hatten, ihre Köttelchen im Maismehl ablegten und auf meinen Büchern. Und auf dem Dach (das wir als Rumpelkammer benutzten, wie Leute in irgendwelchen Geschichten das mit Mansarden tun) lebten ein paar ziemlich boshafte Eidechsen, die so gar nicht wie Eidechsen aussahen, vielmehr schien es sich bei ihnen eher um Schlangen zu handeln oder um wer weiß was für eine neue Eidechsenart. Wir waren allesamt, auf unsere eigene Weise, eine große, glückliche Familie. Nicht eine Minute verging, ob am Tag oder in der Nacht, die nicht im Getöse von Streitereien ertrunken wäre, im Lärm von Katzen und Hunden, der vom Himmel herabregnete, und in einem endlosen, teils verderbten, teils unschuldigen Geflüster meiner boshaften, aber süßen Kinderbrut. All das bedeutete, daß ich buchstäblich nirgendwo Platz hatte, um meine Ellenbogen auszustrecken und meine Qualen mit tintenschwarzen Artikeln zu beflecken. Das war reine Glückssache. Ich und meine Frau scherten sich wenig darum, wer wo schlief oder unter welchem Tisch oder auf welchem Nagelbett – hier hieß es, wer zuerst kommt, mahlt zuerst. Häufig waren meine Frau und ich einer Masseninvasion in unser Bett ausgesetzt, doch gewöhnlich fanden wir dort schon ein paar kichernde Alleswisser vor, so daß wir irgendwo auf dem Fußboden schlafen mußten. Das war alles andere als modern. Manchmal jedoch, wenn ich am Küchentisch meine Schreibarbeit erledigte, tauchte dort eine endlose Kinderprozession auf, verlangte Zwiebeln von mir und machte sich daran, sie der Reihe nach unter meiner Nase kleinzuschneiden. Ich beendete meinen ersten Roman unter solchen Umständen – kein Wunder, daß ihn ein anständiger Verleger nicht mal mit einer Mistgabel anfassen wollte. Doch konnte ich mich denn beklagen? Schließlich müssen Kinder sich mit der Gewißheit abfinden, daß, während sie gezeugt wurden, Mama und Papa wieder einmal gegenseitig ihren Scheißdreck aus sich rausbumsten. Einzig und allein der ständige Geldmangel schafft im Haus noch Ruhe und Frieden: Die Kinder können sich nicht ständig mit leerem Magen herumstreiten und verhauen. Die Katzen und Hunde sind wahnsinnig wütend aufeinander und von mir natürlich noch niemals gefüttert worden, seitdem sie von irgendwoher hereinstreunten und sich bei uns häuslich niederließen. Und meine Bücher scheinen ständig mit Feuerholz verwechselt zu werden. Doch alle Kinder scheinen eine übertriebene Ehrfurcht vor meinen Manuskripten zu besitzen. Mein Ältester zum Beispiel wagt nur, kleine Stücke vom Rand abzureißen, um damit seine Glimmstengel und seinen Hasch einzurollen.

Man kann, glaube ich, sagen, daß die Zustände im Haus chaotisch sind: Geschirr unter den Stühlen, Lebensmittel an reichlich verdreckten Stellen, meine Pfeifen in den ungespülten Töpfen und Pfannen von gestern und überall Bücher, nur nicht dort, wo sie sein sollten. Wie hätte die ideale Heimstatt einer modernen schwarzen Familie auszusehen? Wäre sie eine Villa mit zehn Schlafzimmern, umgeben von eleganten Akazienbäumen? Und irgendwo in ihrem Inneren eine Cocktailbar? Schaumgummisitze und Kissen und Puffs und Sofas und Klappbetten? Natürlich auf Abzahlungsbasis. Ein Fernseher. Ein riesiger Plattenspieler. Und an allen vier Wänden die Porträts solcher Helden wie Cecil Rhodes und Fürst Tugela. Ich hätte einen kompletten Schrank voll sauberer Unterwäsche. Und auf einmal gewaschene Socken. Und alles würden wir mit Herrn Saubermann pflegen. Und Reis mit Brathühnchen essen, bis uns das zum Halse heraushinge. Mein ältester Sohn wäre die Zierde der Familie. Drei Autos hinten in der Garage. Und Hausdiener, die jedesmal mit dem Lappen hinter uns herwischten, wenn wir das Haus beträten. Werbeagenturen würden uns die Tür einrennen, damit wir für Fotos Modell stünden, die Ambi-Hautbleichcreme anpreisen, Coca-Cola, Schloß-

und Löwenbier, Benson und Hedges, Anzüge aus reiner Wolle und, ach ja, Fanta mit reinem Orangensaft ist so herrlich erfrischend.

Was will die neue Zeitschrift?

Der Herr des Hauses wäre – kein abgeschlaffter, geldloser Lohnschreiber wie ich – sondern eine bedeutende Persönlichkeit in der Afrika-Abteilung des Informationsministeriums. Information, nicht hundsgewöhnliche Fiktion. Und meine Frau wäre eine Wuchtbrumme im Bund Schwarzer Hausfrauen und eine maßgebliche Persönlichkeit der Schwarzen Konsum-Gesellschaft.

Wir würden stückweise Predigten konsumieren, stückweise ernste Gebete, und bis in Mark und Pfennig hinein das Wissen über unseren Platz in der Hierarchie der Menschen. (Ich müßte massenweise Medikamente gegen Verstopfung, Sodbrennen und die unvermeidlichen Würmer horten.) Wir würden jeden Zuckerstengel der Familienplanung verkonsumieren und uns nur dann gegenseitig durchficken, wenn wir zwischen meinen und ihren Schenkeln ein Schwert spürten. Wir würden Reden halten, die den Brauch der Polygamie verdammen, die Schändlichkeit der Lobola*, den Aberglauben an Magie und Zauberei, und, kurz gesagt, alles ausrotten –

* Brautpreis

Marionetten vom Bergfried

Der Geist ist die Glocke, an deren Schnur
unsere Sinne zerren.
Ihr klirrender Schall
ist das Ringen in unserm Innern.

Doch die Musik, laut und klar
und verlockend aufdringlich,
ruft wach in mir
eines biederen Sonntags,
wie im Turm von St. Augustin
die Irre Margaret partout nicht loslassen wollte.

Erinnert mich an
den schaurigen Mitternachtsklang
der Klosterglocke, die von selbst zu läuten begann,
bis die Mutter Oberin
mit Kreuz und Weihwasser
und Gebeten, bieder und aggressiv,
sie in christliche Stille zurückmurmelte.

Erinnert mich an
den Heißen Harry,
der vorm Arm des Gesetzes floh,
hinein in die Kammer der Großen Glocke
von St. Marien, bis er taumelte,

taub bis in die Stiefelsohlen
eine Stufe verfehlte:
In sausendes Dunkel gestürzt,
betäubt wie ein Stein, auf den St. Michel schlug,
fiel er kopfüber
wirr und reuig vor die Füße seines Herrn.

Erinnert mich an
den tödlichen Reiz des Turms
für den Anonymen Arnold,
der eines Sonntagsabends St. Marien bestieg
und stundenlang auf träumenden Turmspitzen döste,
eine Ewigkeit lang dachte und dachte,
an seine trübe Wohnhöhle,
an seinen grausamen Hauswirt,
an sein Buch über das Einläuten des Wandels,
eine Ewigkeit dachte und dachte,
wie einsam er war,
wie mißverstanden,
wie verzweifelt sein Gemüt,
sein schwarzes Gemüt, mit Leib und Seele
  dem Turm St. Mariens verbunden,
wo er brütete und brütete
und sagte: »Ich halt's nicht mehr aus!«
und sprang.

Erinnert mich an Bergfried, Leonard und
  Jung-Dromond:
doch zuerst Bergfried, den Bettler,
dessen Körper Hotel garni für tausend Flöhe war
und für Vergehen der Sodomie und Blasphemie

von Bombay bis Bournemouth,
Bergfried, der hellwangige Bambino,
der prophetische Winde des Wandels vor der
Kirchentür entdeckte
und bei den Nonnen seinen sinnlichen Eifer bewies,
bis die Heilige Konstanze sein Glied so malträtierte,
daß er in die Kolonien floh.
Bergfried, der die Welt unter seinem Gürtel trug
und so fett wurde wie der Äquator, den er überquerte,
der Geschichten erzählte von wilden Taten in
Afghanistan
und allen sagte, wie hoffnungslos die Lage einst war
– die Kultur hing ausgewogen über der Kraft
seines Arms –
der flohgeplagte Feind preschte ihm entgegen –
ihm, dem letzten Posten, der mit seiner verklemmten
Kanone rang –
wie er dann in Dreck und Gedärm und verspritztem
Hirn
plötzlich den Munitionsesel anzündete,
worauf das unnütze Biest zwischen dem Feind
detonierte,
damit noch einmal Empire und Engländer
triumphierten.
Bergfried, auf den die Zeit hastig ihr Siegel setzte,
ihn zahnlos, arthritisch, glatzköpfig, rheumatisch
machte,
zu einem Spinnkopf und bankrotten Direktor eines
Puppentheaters.
Doch zum Schluß, geldlos, heimatlos, machtlos,
freundlos,

kroch er auf Händen und Knien den Gruselturm
empor
der verwahrlosten St. Davidskirche
und lebte dort von Spinnen und Fledermäusen,
bis er aufblickte und, wo einst die Glocke hing,
den Haken sah,
in dem er schreiend die tödliche Sense erkannte.

Inhalt

edition suhrkamp. Neue Folge